KB017903

# 제주, 우리 안의 식민지

**김동현**

1973년 제주産. 제주대학교 국문과를 졸업하고 한신대학교와 국민대학교에서 공부했다. 지역신문인 제주타임스(현 제주매일)와 제민일보에서 사회부, 문화부 기자를 지냈다. 월간 말과 여의도통신 등의 매체에서 기사를 썼으며 한때 별정직 공무원으로 일하기도 했다. 「로컬리티의 발견과 내부식민지로서의 '제주'」라는 논문으로 국민대에서 박사학위를 받았다. 주요 논문으로 「공간인식의 로컬리티와 서사적 재현양상-『화산도』와 『지상에 숟가락 하나』를 중심으로」와 「'표준어/국가'의 강요와 지역(어)의 비타협성-제주 4·3문학에 나타난 '언어/국가'문제를 중심으로」 등이 있다. 현재 제주대학교 탐라문화연구원과 제주대안연구공동체를 근거지로 삼아 공부하고 있다.

글누림 문화예술 총서 14
**제주, 우리 안의 식민지**

**초판 1쇄 발행** 2016년 3월 28일

**지은이** 김동현
**펴낸이** 최종숙

**책임편집** 문선희 | **편집** 이태곤 박지인 권분옥 이소정 오정대 고혜인
**디자인** 안혜진 이홍주 | **마케팅** 박태훈 안현진
**펴낸곳** 글누림출판사 | **등록** 2005년 10월 5일 제303-2005-000038호
**주소** 서울시 서초구 동광로46길 6-6(반포4동 577-25) 문창빌딩 2층(우06589)
**전화** 02-3409-2055(편집부), 2058(영업부) | **팩시밀리** 02-3409-2059
**홈페이지** http://www.geulnurim.co.kr | **이메일** nurim3888@hanmail.net

ISBN 978-89-6327-335-8 93810
**정 가** 20,000원



* 이 도서의 국립중앙도서관 출판예정도서목록(CIP)은 서지정보유통지원시스템 홈페이지(http://seoji.nl.go.kr)와 국가자료공동목록시스템(http://www.nl.go.kr/kolisnet)에서 이용하실 수 있습니다.(CIP제어번호: CIP2016007139)

글누림 문화예술 총서 14

# 제주, 우리 안의 식민지

김동현 지음

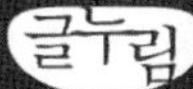

## '제주'에서 한국의 근대를 보는 이유

한국에서 제주라는 섬은 어떤 의미인가. 이 글은 이러한 질문에서 시작되었다. 천혜의 자연을 지닌 아름다운 섬, 힐링과 치유의 섬, 제주. 2000년대 이후 제주는 자본주의적 일상에서 지친 사람들에게 휴식의 해방구가 되고 있다. 제주로 이주하는 사람들이 늘어나고 중국인을 포함한 관광객들이 늘어나면서 제주는 마치 기회의 땅처럼 인식되고 있다. 제주 부동산 가격은 비정상적으로 치솟고 있지만 미디어는 매력적인 투자처로 제주를 소개한다. 한 종합편성채널에서는 '제주에서 한 달 살기'라는 프로그램을 방영하고 있다. 외부인들에게 제주는 한 달을 살면서 일상에 지친 몸과 마음을 충전할 수 있는 휴식의 공간이다. 그들은 한 달'만' 살지만 제주에서 나고 자란 사람들은 일생을 산다. 일회적인 만남이 미디어에서 멋있게 포장되는 동안에 제주사람들은 국내 최저 수준의 저임금을 일상에서 감내해야만 한다. 사람들이 몰리면서 부동산 가격이 요동친다. 웬만한 지역은 연세 1천만 원을 훌쩍 넘는다. 월세로 치자면 월 80만 원에서 100만 원 수준이다. 이 정도 금액은 제주지역 노동자의 평균임금 수준의 절반 수준이다. 사람은 늘어나고 부동산 가치는 높아지는데 정작 제주사람들은 가난해지고 있다. 연세 1천만 원(월세로 치자면 100만 원 정도다)을 넘는 주택이 늘어나고 오를 대로 오른 부동산 가격을 감당하지 못한 주택 빈곤층의 증가를 우려하는 목소리도 커지고 있다. 어떤 이는 제주의 가치가 새롭게 '발견'되고 있다고 말하기도 한다. 그렇다면 '발견'의 주체는 누구이고 의미는 무엇인가.

이 글의 시작은 이러한 질문을 전제로 하고 있다. 대한민국이라는 국민국가의 영토성과 주권성이 '제주'를 어떻게 '발견'하였는지에 주목한 이유가 바로 이 때문이다. 식민지 시기부터 개발독재시대에 이르기까지 다양한 시대의 욕망이 '제주'를 어떠한 방식으로 호명하였고 이러한 호명에 제주의 내부는 어떻게 대응하였는가. 통시적인 접근이 가질 수 있는 일정한 한계에도 불구하고 이러한 시각을 유지한 것은 '지금—여기'의 자리에서 '제주'가 지니고 있는 '제주적인 것'이 어떻게 구축되어 왔는지를 규명하기 위해서다.

이 글은 '제주는 대한민국의 영토인가'라는 다소 도발적인 질문으로 시작한다. 자명한 것처럼 여겨지고 있는 '제주' 표상이 실은 시대의 욕망에 의해 '발견'되고 '창조'된 것이라는 사실을 밝히기 위해서다. 질문의 방식이 달라지면 답도 달라진다.

제주는 식민지 시기 '제국—일본'과 '경성'이라는 이중의 외부와 마주할 수밖에 없었다. 이러한 이중의 외부성은 '제주'가 지니고 있던 본래의 '타자성'을 근대의 시각 앞에서 폭력적으로 '호명'하였다. 식민지 시기 '제국'은 '제주'를 조선 본토와 차별화된 지역으로 규정하고 이를 통해 '제주'와 '일본'을 동일시하였다. 또한 조선 본토의 지식인 엘리트들은 '제주'를 조선 본토가 상실한 전근대적 가치를 지닌 공간으로 인식하였다. 그들은 '제주'와 '한라산'을 분리하여 상상함으로써 '미개'와 '신성'이라는 모순된 시각으로 '제주'를 '상상'하였다. 식민지 시기 제주를 찾았던 조선인 지식인 엘리트들의 기행문은 이러한 '상상'을 구체적으로 보여주었다. 그들은 민족적 신성의 공간으로서의 한라산과 신성의 잉여로서 남겨진 제주를 서로 다른 표상으로 상상하고 끊임없이 재명명하였다. 이러한 시선들은 피식민자인 조선인 지식인 엘리트가 제국의 식민지성을 내면화하고 식민지 내부를 상상적으로 재구획하였음을 보여준다. '제국'의 식민지적 시선과 피식민자인 조선 본토의 지식인이 지닌 내면화된 식민지적 시선이라는 이중의 굴절은 '제주'를 식민지 안의 식민지, 즉 내부식민지로 위치 짓는 결정적인 계기로 작용하였다.

이러한 이중의 굴절 속에서 제주인은 조선 본토와 '일본'을 서로 다른 방식으로 인식하였다. 이는 제주인이 민족적 경계를 월경하는 존재로서 '제국—일본'의 내부에 '제주적인 것'을 창조하는 경계적 상상력을 만들어냈다는 점에서 확인할 수 있다. '이카이노'로 대표되는 '제국' 안의 조선, 정확히 말하자면 '제국'안의 또 다른 '제주'의 존재는 제주와 일본의 심리적 거리가 민족주의적 시선만으로는 규명할 수 없는 다양한 균열들을 배태하는 동력이 되었다. 즉 식민지 시기 제주인은 민족이라는 강고한 중심에서 벗어나, 유동하는 존재로서 '조선'과 '제국'이라는 두 개의 외부를 횡단하였다고 할 수 있다.

해방 이후 제주 4·3은 '반공국가'라는 단일한 선택지만이 강요되었던 해방된 조선의 상황 속에서 또 다른 선택지를 '상상'하고자 하였던 자생적 움직임이었다. 그러나 불행하게도 이러한 자생적 운동은 '절멸'과 '반공'이라는 국가주의적 기획에 의해 실패로 귀결되었다. 반공국가라는 강고한 중심은 오랫동안 '제주'의 표상을 국가가 승인하는 한에서만 인정하였다.

1960년대 이후 제주의 내부에서는 '제주적인 것'에 대한 관심이 일기 시작하였다. 이러한 관심은 제주의 특수성을 타자화함으로써 그 존재를 증명해야 한다는 역설적 상황에서 '발견'되었고 이는 '관광제주'과 '탐라왕국'이라는 두 개의 상징 사이에서 지금까지도 '제주'의 정체를 규정하는 중요한 질료로서 작용하였다. 즉 개발과 전통의 보존이라는 과제 앞에서 지역의 지식인들은 지리적 변방이 중앙에 의해 '발견'되기 시작한 것을 하나의 기회로 여겼다. 하지만 이러한 태도들은 국민국가의 일원으로 편입되고자 하는 욕망과 '제주의 고유성'을 승인받고자 하는 이중의 욕망으로 나타났다.

이러한 태도들은 국가주의적 기획의 내면화와 국가주의에 대한 대항이라는 역설적 상황으로 표면화된다. 이를 구체적으로 보여주는 것이 바로 '이어도 담론'과 '제주 4·3'이라고 할 수 있다. 국가의 지리적 영토의 확장이라는 움직임 속에서 '이어도'가 자명한 실재로서 인식되었다고 한다면 제주 4·3은 국가의 공식 기억에 대항하여 민중의 기억을 전승하고 증언할 수 있는 역사적 사건으로 인식되었다. 이러한 제주 4·3에 대한 인식은 국가주의에 의해 포섭될 수 없는 로컬리티의 존재 방식을 보여준다.

'제주'의 지역성의 발견 양식과 내부 식민지로서의 '제주'를 살펴보고자 하였던 것은 '제주'가 일국적 차원의 단일화된 표상을 내파(內破)할 수 있는 상상의 원천으로서 작동할 수 있다는 인식 때문이었다. 국민국가적 범주를 넘어서는 새로운 상상의 가능성을 '제주'와 '이카이노'로 설명할 때 두 지역은 국민국가를 월경하는 새로운 상상력의 장으로 다가올 것이다. 앞으로 '제주', '오키나와', '대만'이라는 동아시아의 국민국가의 경계들의 문제를 비교, 고찰하는 노력이 필요한 것은 바로 이 때문이다.

글의 전체적인 구성에서 다소 생경해 보이는 노무현 대통령의 제주 4·3 발표문을 수록한 것은 제주 4·3을 대하는 국가주의적 언술의 특성을 살피기 위해서다. 제주의 '타자성'이 어떠한 방식으로 배제되어 가는가를 살피는 것은 그 자체로 국가 권력의 한계와 가능성을 동시에 볼 수 있다고 믿기 때문이다. 대통령의 공식적인 사과에도 불구하고 여전히 '현재 진행형'인 제주 4·3의 문제, 그 풀리지 않는 정명(正名)의 가능성이 이러한 성찰을 통해 가능할 수 있을 것이다.

이 글을 쓰면서 많은 분들의 도움을 받았다. 부족한 글을 읽고 조언을 아끼지 않은 박광현·윤대석·서재길 선생님께 이 자리를 빌려 감사를 드린다. 십 수 년 전부터 지금까지, 한결같이 응원을 해주시는 정선태 선생님의 격려가 없었다면 이 글은 세상에 나오지 못했다. 사당동 시절부터 흑석동과 동천동을 거쳐 오면서, 선생님과 청춘의 한때를 함께 할 수 있어서 행복했다고 말씀드리고 싶다. 게으른 저자를 만나,

더디기만 한 작업을 독려하고 책 꼴을 갖추느라 고생한 문선희 선생에게도 고마운 인사를 드린다. 또한 함께 공부하며 우정의 향연을 즐길 수 있었던 이행선 선생과 동학들이 있었기에 외롭지 않았다.

세상에 내놓는 첫 책이다. 대학 시절부터 나중에 기회가 되어서 책을 낸다면 당연히 시집이나 소설이 될 것이라고 생각했다. 운문도 산문도 아닌 성글기만 한 연구서가 되리라고는 짐작도 못했다.

제주해군기지가 들어선 서귀포 강정은 서류상 본적지인 월평리 인근 마을이다. 올레 8코스가 지나는 아왜낭 거리가 바로 거기다. 아버지는 일찍이 그곳을 떠나왔다. 하지만 나는 어린 시절부터 매년 벌초 때만 되면 월평을 찾았다. '허물서' '이천장물' 등의 인근 지명은 지금도 오랜 친구를 만난 것처럼 반갑다. 제주해군기지 반대 투쟁이 시작됐을 때 나는 제주를 떠나있었다. 공부를 한다는 알량한 이유였지만 마음 한 구석이 편치 않았다. 그들의 싸움이, 그들의 외침이, 그들의 아픔이 가시처럼 박혀왔다. 지역신문에 몇 줄의 칼럼을 쓰기도 했고 제주를 찾았을 때 부러 구럼비를 찾기도 했다. 생각해보면 아무것도 하지 않았다는 비난을 면하기 위한 자기변명일 뿐이었다. 부끄럽다. 그럼에도 보잘 것 없는 이 책을 이 땅의 수많은 '강정'에게 바친다.

2016년 3월 제주에서

김동현

차 례

## 4 국민국가와 이어도 전설



## 5 무엇을 기억할 것인가



## 6 대통령의 사과, 그 이후



## 7 '제주'라는 내부 식민지

제1장

# 식민지 근대, 제주를 바라보는 두 개의 시선

# 01

# 식민지 근대, 제주를 바라보는 두 개의 시선

## 1. '제국-일본'의 지식인

제주가 근대적 시선에 포착되기 시작한 것은 식민지 시기였다. 일본이 조선에 진출하기 시작했을 때부터 한반도 남쪽의 섬 제주는 제국의 관심 대상이었다. 식민지 시기 조선의 근대성을 논의할 때 조선을 단일한 체계로 인식하는 것은 식민지를 해명하는 데 유용한 틀이다. 하지만 이러한 논의는 식민지 내부의 다양성을 획일화하는 가정을 전제로 할 수밖에 없다. 한국적 근대의 성취가 조선의 전 지리적 영역을 통해 균질하게 성취되었다라고 하는 가정은 그 자체로 순진한 발상이다.

제주는 '제국의 근대'와 '경성의 근대'라는 두 개의 외부를 통해 근대를 경험할 수밖에 없었다. 식민지 제주의 표상은 단일하지 않았다. 제국이 상상한 '제주'와 조선이 상상한 '제주'가 서로 달랐다. 제주는 조선의 일부이기도 했지만 일본이라는 제국의 연장이기도 했다. 제국은 '제주'에서 일본을 찾았고 조선은 '제주'에서 '미개'를 발견하며 '조선'의 우월성을 확인했다. '제국'과 '조선'이라는 대타자는 서로의 시선으로 '제주'를 발견했다. 식민지 시기 제주는 고정적인 실체가 아니었다. 발견자의 욕망에 따라 언제든지 달라질 수 있는, '지역이 사라진 지역'이었다. '제주'라는 지역이 가지고 있던 특수성은 '제국'과 '조선'의 욕망에 따라 다르게 호명되었다. 비유하자면 '제주'라는 밑그림을 지우고 새롭게 그려낸 유화. 제국과 조선은 서로 다른 그림을 그렸고 이때마다 '제주'는 서로 다른 물감으로 덧칠되었다.

식민지 시기 가장 이른 기록은 1905년 아요야기 츠나타로오(青柳綱太郎)의 「조선의 보고 제주도안내」이다. 이를 시작으로 조선총독부, 전라남도 제주도청, 목포상업회의소, 부산상공회, 철도국, 농사시험장, 수산시험장 등의 기관들이 제주에 대한 학적(學的) 연구를 실시했다. 조선총독부 촉탁 관리들과 일본인 학자들은 잇달아 제주를 찾았다. 제주의 개략적 현황, 풍속, 전설, 신화, 교통, 통신, 교육, 종교. 그들의 관심은 다양하고 다채로웠다. 또한 그들은 제주에서 근대적 개발계획을 세우기도 했다.[1] 이러한 관심은 일회성에 그치지 않았다. 1928년 7월에는 조선교육회 주최로 제주하기대학이 개최되기도 했다. 제주에 대한 일본의 관심은 '각별'했다.[2] 조선총독부와 일본인 학자들의 제주 조사는

1) 김동전, 「일제시대 일본의 제주 조사 연구」, 『제주학회』, 2010, 4~8쪽 참조

2) 매일신보는 1928년 6월 30일과 7월 2일·3일, 그리고 7월 20일 세 차례 걸쳐 조선교육회의 제주하기대학 강좌 개최 소식을 전하고 있다. 하기대학 참가자는 약 100여 명에 이르렀다. 강좌 세목은 제주의 역사와 습속, 지질에서부터 열강의 해군력과 제국의 국방력 문제에 이르기까지 학술과 정치적인 부분까지 다양했다. 이 하기 대학에 참가했

1944년까지 지속되었다.[3)] 그렇다면 과연 제국은 '제주'에서 무엇을 발

던 참가자들의 논문은 1928년 『문교의 조선』 10월 호에 실린다.

3) 식민지 시기 일본 통치기구 및 일본이 제주 관련 조사내용은 김동전에 의해 다음과 같은 표로 정리된 바 있다.

| 조사 시기 | 조사기관 및 연구자 | 조사내용 | 비고 |
|---|---|---|---|
| 1905 | 青柳綱太郎 | 제주도 안내 | |
| 1906 | 市河三喜 | 제주도 기행, 제주도 곤충 | |
| 1911 | 吉田英三郎 | 朝鮮誌 | 제주편 수록 |
| 1911 | 大野秋月 | 남선의 보굴 제주도 | |
| 1913 | 木浦商業會議所 | 제주도 개황 | |
| 1913 | 오구라 신페이(小倉進平) | 전설 | |
| 1913 | 中井猛之進 | 제주도와 완도식물조사보고서 | 1914 |
| 1914 | 朝鮮教育會 | 제주도 풍속 | |
| 1915 | 朝鮮彙報 | 제주도 풍속 | |
| 1915 | 江口保孝 | 출가 해녀 | |
| 1920 | 小田幹治郎 | 삼성혈 고사 | |
| 1924 | 전라남도 제주도청 | 未開の寶庫 濟州 | |
| 1924 | 오구라 신페이(小倉進平) | 제주도 방언 | |
| 1924 | 島居龍藏 | 민족학상의 제주도 | |
| 1925 | 조선총독부 | 濟州島山地及別刀港灣調査報告書 | |
| 1925 | 藤島刻治郎 | 지나간 날의 제주도 | |
| 1926 | 조선문조선 | 제주성내전경, 성산포 전경, 서귀천지폭포 | |
| 1926 | 前田生 | 해녀생활 | |
| 1927 | 朝滿研究協會 | 조선각도읍의 경계 | 제주편 수록 |
| 1928 | 경찰부장, 조선총독부 촉탁<br>이마무라 도모(今村鞆) | 우마, 蛇窟, 전복, 癩病, 한라산(1931),<br>제주도를 말한다(1942). | |
| 1928 | 森爲三 | 제주도 식물분포 | |
| 1928 | 原口 | 제주도 봉수 | |
| 1928 | 向江太吾 | 제주도 추억 | |
| 1928 | 森生 | 제주도 만담 | |
| 1928 | 前田善次 | 제주도 | |
| 1929 | 조선총독부 촉탁 善生永助 | 생활상태조사 其 2 제주도 | |
| 1930 | 부산상공회 | 제주도경제 | |

| | | | |
|---|---|---|---|
| 1930 | 安倍能成 | 탐라만필, 어제와 오늘 | |
| 1930 | 세키노 타다시(關野貞) | 제주도 유적 | |
| 1930 | 아사미 린타로 | 서복의 석벽문자 | |
| 1930 | 海野淵平 | 하멜 | |
| 1930 | 水城寅雄 | 제주도 사람과 마을 | |
| 1930 | 鶴田吾郎 | 자연과 풍물 | |
| 1930 | 赤松智城 | 俗神雜記 | |
| 1931 | 中山番 | 말(馬) | |
| 1931 | 마스다 이치지(桝田一二) | 제주도 지리연구, 해녀(1933) | |
| 1932 | 秋葉隆 | 蛇鬼信仰, 민속(1941, 1942) | |
| 1932 | 조선총독부 수산시험장 | 조선근해해양도 | |
| 1933 | 다카하시 도루<br>(高橋亨) | 민요와 여성 | |
| 1933 | 善生永助 | 모범부락 | |
| 1933 | 田口禎熹 | 해녀, 제주도해녀 | |
| 1935 | 小浜基次, 左藤正良 | 제주도 원주민 체질인류학 | |
| 1935 | 제주도청 | 제주도세요람 | |
| 1936 | 鎌田白堂 | 조선의 인물과 사업 | 제주편 수록 |
| 1936 | 紫陽三郎 | 제주도 해녀 | |
| 1936 | 조선총독부 철도국 | 한라산, 해녀, 우도 | |
| 1937 | 이즈미 세이치(泉靖一) | 제주도 민족지 | 1936~1937년 조사 |
| 1937 | 전라남도 | 제주도 개발계획 개요 | |
| 1937 | 조선총독부 촉탁 村山智順 | 부락제, 釋尊·祠雨·安宅 | |
| 1938 | 조선총독부 중앙시험소 | 공업용수 조사(제4보)<br>제주도수자원조사개보 | |
| 1939 | 조선총독부 수산시험장 | 제주도 어패상 | |
| 1939 | 다카하시 노보루(高橋昇) | 朝鮮半島の農法と農民 | 제주편 수록 |
| 1940 | 鳥山進 | 제주도 현지조사 | |
| 1942 | 上田常一 | 해중식물 | |
| 1942 | 水鳥謙 | 제주도 일주 | |
| 1942 | 飯山達雄 | 한라산 등산 | |
| 1942 | 立岩巖 | 지질 | |
| 1942 | 難波專太郎 | 해녀 | |
| 1942 | 飯山達雄 | 제주도등산 | |
| 1942 | 竹中要 | 식물 | |

견하였을까. 우선 아요야기 츠나타로오의 『조선의 보고 제주도안내』를 살펴보자.

아요야기는 1901년 신축항쟁 직후 처음 제주를 찾았다. 당시 신분은 체신청 관리였다. 그는 1905년 한 차례 더 제주를 찾았는데 이 두 차례의 제주 방문 결과를 정리한 글이 '대제주경영'(≪목포신문≫, 1905. 3.)이다. 그는 이를 보완, 편집하여 『조선의 보고 제주도안내』를 펴낸다. 아요야기는 이 책의 서문에서 "본도(제주도, 인용자)의 부원(富源)을 세인에게 소개하여 세인이 본도에 건너가 사업을 시도하는 데 도움이 되게 하기 위해서"라고 편찬 이유를 밝히고 있다.[4] '대제주경영'이라는 원제목이 보여주듯 이 책은 일본인의 제주 진출을 염두에 두고 있다. 그는 예언이칙(例言二則)에서 "한반도의 부원(富源)" 개척과 그로 인한 "경제적 팽창", "국민의 새로운 지반(地盤) 건설"을 거론하고 있다. 이렇듯 제주가 일본인들에게 새로운 부를 창출할 수 있는 지역이라는 점을 분명히 하고 있다.

---

이 표는 김동전의 선행 연구 「일제시대 일본의 제주 조사 연구」에서 일본 통치기구와 일본인 학자의 조사내용을 별도의 표로 정리해 놓은 것을 하나로 묶은 것이다. 이 연구는 식민지 시기 일본의 제주 조사를 연대순으로 정리해 놓았다는 데 의미가 크다. 하지만 츠루다 고로(鶴田吾郎)가 1935년에 펴낸 『자연과 풍물』 등 여행 에세이로 분류될 수 있는 것까지 모두 학문적 조사의 범주에 포함시키고 있고 이들의 제주 조사를 식민지적 수탈이라는 관점에서 조망하고 있다는 점은 아쉽다. 츠루다 고로가 태평양미술학교 교수로 재직했었다는 점을 감안하더라도 각 연구주체의 성격을 보다 면밀히 살펴볼 필요가 있다. 이를 통해 식민지 시기 제주 인식을 보다 다양한 관점에서 조망할 수 있을 것이다. 이 글에서는 김동전의 연구를 바탕으로 하되 주요한 원자료를 중심으로 '제주적인 것'이 어떻게 각 연구 주체들에 의해 발견되었는지를 살펴볼 것이다.

4) 青柳綱太郎, 『朝鮮の寶庫 濟州島案內』, 東京 隆文館, 1905, 홍성목 역, 『조선의 보고 제주도』, 제주시우당도서관, 1998, 15쪽. 이하 인용은 제주시우당도서관에서 발간한 책의 쪽수이다.

1905년 3월이면 일본이 러일전쟁의 계속된 승리로 '국가적 성취'에 한껏 도취되었던 때이다. 여기에서도 서구 콤플렉스를 떨치고 난 제국의 도취감이 그대로 반영되어 있다. 책에서는 총 14편에 걸쳐 총론, 지리, 교통, 도사(島史), 인정풍속, 기후, 어업, 농업, 상업, 임업, 외인포교, 재제주일본인, 신일본의 발전 등의 항목이 서술되고 있다. 부록으로 제주도경영론을 싣고 있다. 여기에는 교통경영, 어업적 식민, 농업적 경영 등의 내용이 담겨져 있다.

아오야기가 제주를 "보고(寶庫)"라고 지칭할 때 그것은 식민지적 팽창이라는 관점에서 서술된다. 이를테면 그는 "팽창적 국민의 비약을 시도해야 할 좋은 시기가 현실로 도래하였다"면서 "제주도에 있어서의 「신일본」의 경영"이 "일대발전"의 기회가 될 것이라거나, "용진서구하여 부원 개척에 착수"해야 한다고 독려한다. 일본의 지리적 팽창에 대한 자신감이 그대로 드러난다. 그런데 여기서 주목할 점은 제주가 '조선 반도'와는 다른 지역으로 심지어 제주를 일본 본토와 유사한 곳으로 묘사하고 있다는 것이다.

> 생각건대 본도의 풍속은 일반적으로 강의박눌(剛毅朴訥)의 풍이 있다. 따라서 다소 야비스러운 점이 없는 것은 아니나 대체로 본토와 같이 인순고식(因循姑息), 우유부단(優柔不斷)치 아니하고 더욱이 기개(氣概)가 높고 남녀 모두 근면역역(勤勉力役)의 미풍이 있음은 반가운 일이다. 특히 여자는 음울하지 않고 심히 생산적이어서 해변에서는 돈벌이를 돕고 성내부근에서는 갖가지 공예를 하며 그밖에 밭을 갈고 우마를 끄는 등 한 가지도 불가능한 것이 없다. 요컨대 본토에 있어서의

> 일방유타(逸放遊惰), 행락안면(行樂安眠)의 성향은 거의 이 섬에서는 볼 수가 없다. 모두가 근면역행(勤勉力行), 표한소박(慓悍素朴)의 기상에 넘쳐 본토와 그 취향을 크게 달리하고 있다.(29쪽)

아오야기는 조선 본토를 인순고식(因循姑息), 우유부단(優柔不斷), 일방유타(逸放遊惰), 행락안면(行樂安眠)의 성정을 지닌 곳으로 규정한다. 그가 보기에 낡은 인습에 매달리고, 게으르고 게다가 놀기 좋아하는 민족이 바로 조선인이었다. 하지만 그는 제주인의 성정을 부지런하고 소박하다면서 긍정적으로 평가하고 있다. 제주인은 조선인들의 민족적 특성과는 전혀 다른 성품을 지닌 존재인 것이다. 그가 제주인의 성품을 높이 평가하는 것은 제주를 조선 본토와 다른 지역으로 상상했기 때문이다. 그는 단순히 풍속이 다른 것에 주목하는 것이 아니라 조선 본토와 제주를 대립항으로 상정하면서 제주인의 성정을 높게 평가하고 있다. 이를 제주인이 본래부터 조선 본토와는 다른 우월적 성정을 지니고 있다고 해석할 수 있을까. 오히려 이러한 차별적 시선이 무엇을 의도하는지, 그리고 본토와의 변별성을 강화함으로써 발견하고자 하는 제국의 욕망은 무엇인지를 살펴보아야 하지 않을까.

놀기만 좋아하고 게으른 조선 본토인이 아닌 근면하고 소박한 제주인을 발견하는 것은 아오야기가 제주인의 우월성에 감복했기 때문이 아니다. 그의 시선은 제주를 조선 반도와 차별화하는 동시에 제주를 일본과 동일시한다. 제주를 조선 본토와 차별화함으로써 제주는 일본이라는 지리 영역에 손쉽게 포획된다. 이는 제주에서 일본의 모습을 발견함으로써 일본의 "제주 경영"을 합리화하기 위한 전략적 선택이다. 아요야기는 제주의 풍속을 설명하면서 일본과의 유사성에 주목한다. 그는 "섬의 풍속이 일본의 그것과 혹사(酷似)"하다며 구체적인 예를 들어 설명하고 있다.

1) 남녀를 불구하고 모두가 짐을 등에 지어 본토와 같이 머리에 이지 않는다.
2) 일반적으로 근면·역행, 꾸밈이 없으며 본토인과 같이 빈둥거리고 게으르는 일이 없다.
3) 여자의 얼굴을 가리지 않고 안팎 출입이 자유스럽다.
4) 일반적으로 여자가 활발·영리하여 본토와 같이 음울연약(陰鬱軟弱)하지가 않다.
5) 아궁이는 보통 본토와 같이 온돌식으로 하질 않고 특히 돌과 흙으로써 일본과 같이 조립한다.
6) 노동자 또는 어민 같은 사람의 경우 여자는 수건 따위로 뺨을 가리고 남자는 머리띠를 동여맨다.
7) 본토와 같이 후추를 좋아하지 않고 또 식사는 찬밥도 가리지 않는다.
8) 부인들은 바느질에 있어 그 운침법(運針法)이 일본과 동일하다.
9) 휘파람을 부는 습관이 있다.
10) 용모·골격이 일본인과 유사하며 특히 부인의 경우는 그림에 있는 야마토히메(大和姫) 그대로이다.(31쪽)

조선 본토와 제주의 차이점에 주목하면서 그가 발견한 것은 제주와 일본의 유사성이었다. 그의 시선은 제주를 조선의 내부로 인식하지 않는다. 그는 제주에서 일본을 발견한다. 제주는 제국 지식인의 내면에 구축된 조선의 보편적 심상지리와 다른 공간으로 인식된다. 제국 지식인에게 조선이 "음울(陰鬱)"하고 "연약(軟弱)"하며 게으른 존재로 각인되었다면 제주는 일본인의 풍속과 성정을 확인하는 공간이다. 심지어 제주 여성을 "야마토히메(大和姫)"라고 지칭한다. 여인들의 바느질 솜씨가 일본 여성의 그것과 흡사하다며 제주 여성을 일본 여성의 전형으로 규정한 것이다. 여기에 식민지를 여성화하고 이를 식민지 본국의 국가적 표상으로서의 여성[5]과 동일시하려는 의도가 내재되어 있음을 쉽게 확인할 수 있다. 하지만 그는 식민지 본국 엘리트의 모습을 버리지 않는다. 그에게 '제주'는 여전히 '미개'의 공간일 뿐이다.

그는 일본이 아시아에서 가장 먼저 근대화될 수 있었던 이유를 일본인들의 성격에서 찾는다. 그가 보기에 일본인들은 본래 근대의 변화를 발 빠르게 받아들일 수밖에 없는 민족이었다. 제주를 일본과 동일시하면서 그는 여전히 식민지 본국의 우월적 시선을 고수한다. 그가 제주를 일본의 지리적 영역에 포함시키는 이유는 '제주=일본'이 될 때 일본의 지리적 팽창이 합리화될 수 있기 때문이다. 즉 제국의 "부원(富源)"으로서 제주를 개척하는 당위를 부여하기 위해 '제주=일본'을 상상하고 있다. 이러한 그의 태도는 다음과 같은 부분에서 극명하게 드러난다.

5) 이때의 여성은 다분히 식민지 본국 지식인 엘리트 남성의 시각이 반영된 것이라고 할 수 있다.

남자가 태어나면 사방에 뜻이 있다. 대거 몰려와서 이 부원을 개척, 산과 바다에 충만하는 유리(遺利)를 주워 우리 상품의 공급자가 되고 제2의 새 고향을 건설하여 이로써 국익(國益)을 도모할 것을 바라마지 않는다.(56쪽)

아오야기가 말하는 "국익(國益)"이란 결국 식민지 본국의 경제적 이득이다. 일본인의 제주 이민을 장려하면서 그는 제주에서 "제2의 새 고향"을 건설해야 한다고 말한다. 제주를 "제2의 새 고향"으로 개척하기 위해서는 일본적 성정과 풍속을 제주에서 찾을 필요가 있었다. 제국의 시선이 제주를 조선 반도와 차별화하고 일본의 지리적 영역으로 상상하는 것은 식민지 경영을 합리화하기 위한 식민지적 시선이다.

이러한 시선은 1905년 제주를 찾은 이치카와 상키(市河三喜)의 예에서도 확인할 수 있다. 미국인 학자 말콤 앤더슨과 제주를 찾은 이치카와 상키는 한라산의 동물과 곤충을 조사한 후 이 기록을 일기 형식으로 남겼다. 여기에서도 제주를 본토와 차별화하는 동시에 일본과 동일시하려는 인식이 드러난다.

① 여성들이 짐을 나를 때 육지부 사람과 같이 머리에 이지 않고 등에 짊어진다. ② 여성의 얼굴을 가리는 일이 없으며 안팎출입이 자유롭다. ③ 일반적으로 여자가 활발하여 육지부와 같이 음울연약(陰鬱軟弱)하지 않다. ④ 육지부보다 난폭하고 투쟁적이다. ⑤ 육지부 사람과 같이 후추를 좋아하지 않고 식사는 찬밥도 가리지 않는다.

특히 이 섬에 있어서의 일본인 세력이 대단하여 개중에는 일본에 소속되기를 바라는 사람도 적잖다는 것을 생각하면 「조선에 있어서의

日本島」라는 것도 까닭이 없다고 할 수 없다.[6]

그는 제주인들조차 일본에 소속되기를 바라는 이들이 많으며 제주를 조선의 일본이라고 부른다고 말한다. 또한 제주를 조선 본토가 아닌 '제국—일본'과의 직접적으로 연계하고자 한다. 이러한 인식은 식민지 시기 일본의 제주 인식에서 반복적으로 나타난다.

1928년 7월부터 8월까지 조선교육회가 주관한 제주 하기대학이 열렸다. 이 대회에서 마에다 젠지(前田善次)[7]는 제주를 "해상에 위치한 별천지"로 "인정 · 풍속 · 언어에 이르기까지 육지부와 상당히 다르다"라고 참가자들에게 소개하고 있다. 특히 그는 제주 여성을 소개하면서 제주 여성이 일본에서 도래(渡來)했을 가능성마저 제기한다.[8] 이처럼 제주를 조선 반도와 차별화하고 제주에서 일본적인 것을 찾으려고 했던

6) 市河三喜, 『私の博物誌』, 1956, 제주시우당도서관편, 홍성목 역, 『20세기 전반의 제주도』, 1997, 116~117쪽. 김은희의 연구에 따르면 이치카와 상키는 이 글을 1906년 『博物之友』 제30호, 제31호, 제32호에 3회 분할 연재했다. 이후 1939년 에세이집 『昆虫 · 言葉 · 國民性』(研究社)에 일부 내용을 삭제하여 재수록하고 이것을 1956년 『私の博物誌』(中央公論社)에 재수록했다. 김은희, 「이치카와 상키의 「濟州島紀行」의 제주학적 연구 - Forty Days in Quelpart Island'와의 비교를 통하여 -」, 『동북아문화연구』 제26집, 2011, 241쪽. 제주에서의 일본의 영향력이 상당하였음을 알 수 있는 이 대목은 주의 깊게 읽을 필요가 있다. 이를 단순히 우월적 시선을 지닌 식민자의 곡해(曲解)라고 볼 수도 있지만 제주가 제국과 조선이라는 이중의 외부와 마주하면서 근대를 경험했다는 사실을 비춰볼 때 시사하는 바는 적지 않다. 이와 관련해서는 다음 장에서 보다 자세히 살펴볼 것이다.

7) 마에다 젠지는 1923년 5월부터 1928년 7월까지 제3대 제주도사(濟州島司)를 역임한 인물이다. 제주도에서 도제(島制)가 실시된 것은 1915년 5월의 일이다. 초대 도사(島司)인 이마무라 도모를 시작으로 모두 9명의 도사가 부임했었다. 제주시우당도서관, 홍성목 역, 『제주도의 옛 기록』, 1997, 9쪽.

8) 前田善次, 「濟州島에 대해」, 『文教の朝鮮』, 1928, 8, 제주시우당도서관 편, 홍성목 역, 『제주도의 옛 기록』, 12쪽.

것은 식민지 기간 동안 제주를 찾은 일본인들의 공통적 시각이었다. 1937년 제주를 조사한 이즈미 세이치(泉靖一)는 『제주도민속지(濟州島民俗誌)』에서 제주와 일본과의 관계를 논하면서 "육지에서 이 섬에 오는 사람은 누구나 도민의 풍속습관 특히 여인으로부터 받은 느낌이 육지와는 다르다는 것과 앞에 말한 고려사 소재의 기사에서 '일본적'인 것을 끄집어 내려한다"라고 말하고 있다.[9] 이러한 이즈미의 지적은 제주에서 '일본적인 것'을 발견하고자 하는 욕망이 제국의 시선에 폭넓게 내재되어 왔음을 시사한다. 제국이 제주에서 '일본적인 것'을 손쉽게 찾을 수 있었던 이유는 무엇이었을까. 그것은 바로 탐라개국신화가 있었기 때문이다.

> 탐라현(耽羅縣)은 전라도 남쪽 바다 가운데 있다. 그 고기(古記)에 이르기를 태고적에 이곳에는 사람도 생물도 없었는데 3명의 신인(神人)이 땅으로부터 솟아 나왔는바(이 현의 주산(主山)인 한라산 북쪽 기슭에 모흥(毛興)이라는 굴이 있는데 이곳이 바로 그 때의 것이라고 한다) 맏이는 양을나(良乙那), 둘째는 고을나(高乙那), 셋째는 부을나(夫乙那)라고 하였다. 이 세 사람은 먼 황무지에 사냥을 하여 그 가죽을 입고 그 고기를 먹고 살았는데 하루는 서 자색 봉니(封泥)로 봉인을 한 나무 상자가 물에 떠 와서 동쪽 바닷가에 와 닿은 것을 보고 곧 가

9) 이즈미 세이치(泉靖一), 『濟州島民俗誌』, 제주시우당도서관 편, 홍성목 역, 『제주도(濟州島)』, 1999, 101쪽. 우당도서관에서 펴낸 『제주도』에 기록된 연보를 살펴보면 이즈미 세이치는 1915년생으로 1927년 경성으로 이주, 경성공립중학교를 졸업하고 경성제국대학 법문학부에 진학했다. 경성제대 재학 중인 1935년과 1936년, 두 차례 제주를 찾아 한라산과 제주의 풍속, 지리적 특징 등을 조사했다. 이러한 조사 결과를 바탕으로 1937년 『제주도 - 그 사회 인류학적 연구』를 졸업논문으로 제출했다.

서 열어 보았더니 상자 속에는 돌함과 붉은 띠에 자색 옷을 입은 사자(使者)가 따라 와있었다. 돌함을 여니 그 안에서 푸른 옷을 입은 세 명의 처녀와 각종 망아지와 송아지 및 오곡(五穀) 종자가 나왔다. 그 사자가 말하기를

"나는 일본의 사신인데 우리나라 왕이 이 세 딸을 낳고 말하기를 '서쪽 바다 가운데 있는 큰 산에 하나님의 아들 3명이 내려 와서 장차 나라를 이룩하고자 하나 배필(配匹)이 없다'고 하면서 나에게 명령하여 이 3명의 딸을 모시고 가게 하여 이곳에 왔습니다. 당신들은 마땅히 이 3명으로 배필을 삼고 나라를 이룩하기를 바랍니다."하고 말을 마치자마자 그 사자는 홀연히 구름을 타고 가 버렸다.[10]

고량부가 맞이한 세 처녀가 일본에서 도래했다는 문헌의 기록은 일본이 제주를 일본과 동일시하는 중요한 근거로 작용했다. 내선일체의 현재적 증거로 신화가 인용되었다. 아요야기의 『제주도 안내』는 물론, 1907년 통감부가 펴낸 『제주도현황일반』[11], 『미개의 보고 제주도』[12], 『제주도세요람』 등에서도 고량부가 일본국 세 여인을 맞아들였다는 개국신화는 빠지지 않고 실려 있다. 신화를 일본의 동화정책에 이용했다는 점을 감안할 때[13] 탐라개국신화는 동화의 논리를 뒷받침하는 훌륭

10) 『고려사』 제57권, 탐라현.

11) 統監府財政監督廳, 『濟州島現況一般』, 1907.

12) 全羅南道 濟州島廳, 『未開の寶庫 濟州島』, 1924.

13) 일본은 식민지 통치를 합리화하기 위해 일본과 조선의 신화를 적극적으로 활용했다. 조선의 단군을 일본의 스사노우와 연관 짓는 이러한 일본의 전략은 일선동조론의 근거로 작용하기도 했다. 신화를 활용한 일본의 동화정책에 대해서는 노성환, 「일본신화를 통해서 본 일제의 동화교육」, 『일어일문학』 제39집, 2008, 「신화와 일제의 식민지 교육」, 『한국문학논총』제26집, 2000, 호사카 유지(保坂祐二), 「日帝の同化政策に利用された神話」, 『日語日文學硏究』 제35권, 1999 등이 있다.

한 질료였던 셈이다. 실례로 1922년 제2차교육령이 발포된 이후 보통학교 국어독본에는 삼성신화가 수록되기도 했다.14) 이와 같은 탐라개국신화에 대한 관심은 제주와 일본을 동일시함으로써 동화정책을 합리화하려는 제국적 시선의 반영이라고 할 수 있다.

이처럼 동일성이 강조될수록 제주의 특수성은 일본적 보편성으로 대체된다. 제주가 일본적 특성을 지니고 있는 지리적 공간으로 인식될 때 제주는 상실되고 그 자리를 일본적인 것이 채우게 된다. 제주는 사라지고 제국이라는 보편에 편입되어 간 것이다. 예를 들어 제주도사(濟州島司)였던 이마무라 도모(今村鞆)가 제주의 음식문화에서 "내지류(內地流)"를 발견하거나 집의 가옥 구조가 일본 큐슈 지방의 형태와 유사하다고 말할 때15) 제주의 특수성은 일본의 지리적·문화적 특성과 견주어 '발견'된다.

이러한 제국의 시선과 조금 다른 양상을 보이고 있는 것은 이즈미 세이치의 『제주도민속지』이다. 그는 여러 문헌들을 검토하면서 일본과 제주와의 역사적 관련성이 조선의 다른 지역과 비교해서 그다지 특별하지는 않았다며 상이한 태도를 보인다.16) 제주인의 신체적 특징과 역사, 문화 등을 고찰하면서 그가 내린 결론은 다음과 같다.

14) 탐라국개국신화 즉 삼성혈 신화는 1930년 개정된 국어독본에도 수록된다. 이에 대해서는 일본의 국왕이 보낸 세 여인이 조선의 신들과 서로 힘을 합쳐 나라를 번성케 했다는 이야기가 "내선융화"를 말하기에 좋은 소재였기 때문이라고 해석하기도 한다. 박미경, 「일제강점기 일본어 교과서 연구-조선총독부편 『普通學校國語讀本』에 수록된 한국설화를 중심으로」, 『일본언어문화』 18집, 2011, 486쪽.

15) 이마무라 도모(今村鞆), 「제주도(濟州島)를 말한다」, 『文化朝鮮-濟州特輯』, 1942, 제주시우당도서관 편, 홍성목 역, 『20세기 전반의 제주도』, 우당도서관, 1997, 25쪽.

16) 泉靖一, 『濟州島民俗誌』, 앞의 책, 101~103쪽 참조.

제주도민의 신체형질, 역사, 문화 등에는 종래 일반적으로 믿어졌던 것만큼 일본 및 몽고의 영향은 적으며 옛날에는 독립국이었고 백제의 멸망 뒤에는 신라에 복속하고 그 이후 제주도는 여러 가지 의미에서 어디까지나 조선 특히 남선의 한 지방이었다고 보아야 할 것이다. (…중략…) 제주도는 섬이라고 하는 독자적 환경을 가장 강하게 나타낸 조선의 한 지역인 것이다.[17)]

이즈미 세이치의 이 같은 견해는 당시 통념과 다르다. 그는 제주를 조선의 지리적 영역의 일부로 인식하고 제주가 독자적인 문화를 가지게 된 것이 '섬'이라는 지리적 특수성에서 기인하고 있다고 보고 있다. 특히 많은 일본인들이 탐라개국신화에서 일본과의 동질성을 확인하려고 하였던 경향에 대해서도 그는 단호한 입장을 보인다.

(전략) 삼신용출의 신화에서 볼 수 있는『일본국사』를 가지고서 즉각 역사적 사실이라고 생각한다는 것은 속단으로,「벽랑국사(碧浪國使)」라고 씌어진 글귀가 있었음을 간과해서는 아니 된다. 신화학상으로 이 이야기에 대하여 여러 가지 해석도 가능하겠지만 제주도만이 남조선 여러 땅에 비하여 고대사상으로 보아 일본과의 관계가 깊었다고는 보기 어렵다.[18)]

하지만 이러한 이즈미 세이치의 견해가 식민지 시기 제국의 보편적 심상지리였다고는 말하기 힘들다. 이즈미 세이치와 비슷한 시기에 제

17) 泉靖一, 위의 책, 108쪽.
18) 泉靖一, 앞의 책, 140쪽.

주를 조사했던 마스다 이치지(桝田一二)의 『제주도의 지리학적 연구-1930년대의 지리 인구·산업·출가 상황 등』에서는 여전히 제주와 일본을 동일시하는 시각이 존재한다. 도쿄 대학 지리과학교실의 조교였던 마스다 이치지는 1933년부터 5년간에 걸쳐 매해 제주를 찾았다. 한 번 제주를 찾을 때마다 약 40일 간 5년 동안 200여 일을 제주 전역을 누비며 연구한 결과를 담은 것이 이 책이다. 마스다 이치지는 이 책에서 제주인을 조선 본토인과 차별화하면서 제주에서 '일본적인 것'을 찾으려 한다. 이 때 근거로 활용되는 것도 역시 탐라개국신화이다.

> 제주도인의 혈통이 절반이 일본인이란 것은 섬에 전해지는 삼신인의 아름다운 부부의 신화나 섬사람의 용모·골격·기질 등이 육지와 현저히 다르고 특히 여성이 지니고 있는 용모, 풍습 등은 육지의 조선인보다 한층 일본인에게 가깝다고 느껴진다. (…중략…) 섬사람들은 이 일(탐라개국신화, 인용자)을 굳게 믿고 내지를 가리켜 「어머니 나라」라고까지 칭하면서 일종의 반가움을 갖고 있는 것도 사실이다.[19)]

제주인이 일본을 "어머니의 나라"라고 지칭했다는 대목의 신뢰성 여부와는 별도로 마스다 이치지는 제주인의 용모나 골격, 기질 등에서 일본인의 모습을 발견한다. 이는 제국이 제주를 바라보았던 기존의 관점과 크게 다르지 않다. 탐라개국신화의 "일본국사(日本國使)"를 인용하면서 제주가 고대로부터 일본과 관련을 맺고 있다고 하는 것이나 남성보다 여성에게서 보다 일본 친화적인 색채를 느끼는 것은 이와 같은

19) 桝田一二, 『제주도의 지리학적 연구』, 홍성목 역, 제주시우당도서관, 1995, 35쪽.

시각을 잘 보여준다. 마스다 이치지는 여기서 한발 더 나아가 제주인이 조선 본토인으로부터 이인종(異人種)으로 취급받았을 것이라고 추측한다.

이러한 진술은 조선과 제주를 적극적으로 차별화하면서 제주를 일본의 지리적 영역에 포함시키고 있는 제국의 시선이 식민지 시기 폭넓게 통용되었던 관점이라는 사실을 보여준다. 식민지 시기에 이루어진 수많은 연구와 기행문에서는 이러한 시선이 반복적으로 나타난다. 이는 제주라는 지역성을 지우고 그 자리를 일본적인 것으로 채우려 한 '제국'의 상상력이었다. 그렇게 함으로써 그들은 제주를 일본의 지리적 영역으로 포획할 수 있었다.

## 2. 식민지 조선인의 '제주' 인식

조선인에 의한 본격적인 제주 지역 조사로는 석주명의 연구를 들 수 있다. 석주명은 1936년 곤충채집을 위해 제주를 찾으면서 제주와 인연을 맺은 이후 1943부터 45년까지 경성제국대학 생약연구소 제주시험장 책임자로 부임했다. 그는 제주의 자연, 동식물, 인문, 민속, 역사, 방언 등 다방면에 걸쳐 조사했다. 이러한 연구성과는 『제주도방언집』(1947)을 시작으로 『제주도의 생명조사』, 『제주도관계문헌집』 등으로 출판된다.

| 저자 | 제목 | 수록 잡지 및 지면 | 연도 |
|---|---|---|---|
| 우연자(吁然子) | 「나산영몽(拏山靈夢)」 | 대한학회월보 | 1908.3. |
| 권덕규(權悳奎) | 「제주행」 | 동아일보 | 1924.8.12~8.28. |
| 권덕규(權悳奎) | 「양미만곡(涼味萬斛)의 제주도(濟州島)」 | 삼천리 | 1935.7. |
| 강제환(姜齊煥) | 「귤닉은 南쪽나라 濟州道 보고 온 이약이」 | 별건곤 | 1927.2. |
| 김두백(金枓白) | 「여인국 순례(女人國巡禮), 제주도해녀(濟州道海女)」 | 삼천리 | 1929.6. |
| 김능인(金陵人) | 「제고장서 듯는 민요(民謠) 정조(情調), 제주도(濟州道) 멜로디」 | 삼천리 | 1936.8. |
| 도봉섭(都逢涉) | 「제주(濟州)한라산(漢拏山) 백록담(白鹿潭)의 하로밤」 | 조광 | 1936 |
| 방종현(方鍾鉉) | 「향토문화(鄕土文化)를 차저서, 제4반(班), 제주도행(濟州島行)」 | 조선일보 | 1938.5.31~6.8. |
| 신동기(申東起) | 「제주한라산」 | 동광 | 1931 |
| 이무영 | 「수국기행(水國紀行)」 | 동아일보 | 1935.7.30~8.8. |
| 박찬일 | 「제주도기행(濟州島紀行)」 | 호남평론 | 1936.9. |
| 이은상 | 『탐라기행 한라산』 | 조선일보사 | 1937 |
| 김기진 | 제주도(濟州島) 南總督 隨行記 | 매일신보 | 1938.9.27. |
| 김동환 편 | 『반도산하』 | 삼천리사 | 1941 |
| 김성칠 | 「제주도기행」 | 인문평론 | 1940 |

지금까지 학술 연구조사의 성격이 아닌 것으로 제주에 대해 언급하고 있는 것을 살펴보면 위의 표로 나타낼 수 있다.[20]

이 중에서 도봉섭(都逢涉), 방종현(方鍾鉉), 신동기(申東起), 박찬일, 이은상의 저작을 제외하고는 석주명의 『제주도관계문헌집』에서도 누락되어 있다.[21] 여기에서는 1924년에 제주를 찾은 권덕규와 1935년 동아일보에 연재되었던 이무영의 「수국기행」, 그리고 1937년 조선일보의 한라산 탐승단의 일원으로 제주를 찾은 이은상의 『탐라기행 한라산』을 중심으로 논의를 전개하고자 한다. 세 편의 기행문은 일단 그 시간적 순서에 따라 '제주'의 심상지리가 어떻게 발견되고 변화되는지를 보여준다. 논의의 확장을 위해 이 세 편의 기행문 외에 1908년에 쓰인 우연자(吁然子)의 「나산영몽(拏山靈夢)」과 박찬일의 「제주도기행」을 우선 검토해 보기로 한다.

먼저 우연자(吁然子)의 「나산영몽(拏山靈夢)」. 한라산에서 신령스러운 꿈을 꾼다는 제목이 눈에 띈다. 이는 한라산을 신성의 공간으로 인식하고 있음을 보여준다. 전통적 환몽구조의 서사를 따르고 있는 이 글은 '신성'의 상징으로서 한라산을 묘사하고 있다. 이 글의 화자는 "천연(天然)의 쾌락(快樂)과 자연(自然)의 취미(趣味)를 심(甚)히 사랑하던" "우연자(吁然子)"이다. 그는 한라산을 올라 경치를 조망하다가 "일립노인(一位老人)"이 "청의동자(靑衣童子)"와 "백의소년(白衣少年)"을 데리고 올라오

20) 제주와 관련된 기사의 목록들은 자료를 더 면밀히 살펴 정리할 필요가 있다. 보다 정확한 작업은 앞으로의 과제로 남겨두고 여기에서는 제주도 기행문의 성격을 띠는 글 중, 학술적 조사보고서의 형태가 아닌 글들을 중심으로 살펴보도록 하겠다.

21) 1949년 발간된 『제주도관계문헌집』에는 1519년에 발간된 충암 김정의 『제주도풍토록』을 시작으로 당시까지 발표된 제주 관련 문헌 1,074종의 목록이 기재되어 있다.

는 광경을 목격한다. 화자는 괴이한 광경에 놀라 옆 석굴 안에서 그들의 행적을 관찰한다. "신(神)인지 인(人)"인지 구분이 안 가는 그 노인은 산 정상에 올라와 백의소년을 꾸짖는다. 질타의 이유는 다음과 같다.

노인은 청의동자와 백의소년 모두에게 동등한 권리와 자격을 주었다. 하지만 노인은 백의소년이 천의(天意)를 배반해 신명(神明)을 저버렸다며 백의소년에게 주었던 명부(冥府)를 빼앗는다. 그 명부는 바로 계림(鷄林)의 운명부(運命府)였다. 그것을 빼앗긴 백의소년은 죄 지은 자에게 벌을 내리면 사천년 역사는 어찌하고 삼천리강산과 이천만 생령(生靈)은 어찌해 하느냐며 방성통곡한다. 백의소년을 용서해달라는 청의동자의 청에 대하여 노인은 백의소년이 후천적 악습을 양성하여 멸망을 자초했다고 말한다. 치죄를 면해달라는 계속된 요구에 대해 노인은 백의소년이 회개함을 시험하여 피와 지성으로 간구한다면 용서할 것이오, 그렇지 않으면 천벌을 내리겠다고 말하고 옥피리[玉笛]를 불고 사라진다.

여기에서 백의소년은 조선을 상징한다. 백의소년에게 죄를 묻는 이유는 그가 하늘의 뜻을 저버렸기 때문이다. 질투와 음해라는 개인적 욕심에 눈이 멀어 천의를 배신한 죄. 그것이 백의소년이 지은 죄이다. 이 글은 당시의 민족적 위기를 극복하기 위한 계몽과 각성의 필요성을 강조하고 있다. 그리고 이러한 민족적 각성이 이루어지는 구체적 장소는 바로 한라산이다. 한라산이 지닌 신성에 기대어 민족적 각성의 필요성을 일깨우고 있다. 이러한 태도는 이후 제주, 특히 한라산의 표상에 있어서 반복적으로 나타난다.

권덕규의 「제주행」에서도 한라산은 해동삼신산 중의 하나로 표상된다.

> 괜한 말이 길었다. 신선이야 있고 없고 삼신산이야 참이든 아니든 삼신산설이 조선 때문에 일어났은즉 삼신산이 조선에 있다 함이 그같이 아니하랴. 내가 새삼스럽게 더 이야기할 것 없이 고래로 삼신산이 조선에 있다하고 그 산을 각각 금강, 지리, 한라에 맞추어 놓은 것이 벌써 그러한 의거가 있는 것이요 아주 가공망설(加功妄說)은 아니로다.[22]

신성한 지리적 공간으로서 금강산, 지리산, 한라산을 언급하는 이유는 무엇인가. 식민지 시기 국토순례기는 산악을 민족적 성지로서 인식하고 이를 통해 조선인의 민족성, 이른바 '조선심(朝鮮心)'을 조선의 산하에서 발견하겠다는 의도를 감추지 않았다. 한라산을 신성의 공간으로 인식하는 것은 이러한 국토순례기의 성격과 그 궤를 같이한다고 할 수 있다.[23] 언어학자이자 역사연구가인 권덕규는 "망해가는 민족"의 운명을 한탄하며 삼신산(三神山)의 하나인 한라산으로 향한다. 1924년 8

---

22) 「제주행」, ≪동아일보≫, 1924. 8. 17. 1면. 인용문의 표기는 한글 맞춤법을 따르도록 한다. 한자는 그 의미를 드러낼 필요가 있을 경우에 한해서 괄호 안에 병기하도록 한다.

23) 구인모는 1920, 30년대 최남선, 안재홍, 정인보 등 민족주의 사학자들과 이광수, 이은상 등의 국토순례기가 민족구성원으로서의 자기발견의 서사라고 규정하고 있다. 그는 당시의 기행문이 금강산, 묘향산 등 산악을 등정하면서 단군의 성소로서의 산악을 인식하고 있다면서 이러한 순례가 단일민족으로서의 서사를 강화하기 위한 의도가 담겨져 있다고 지적하고 있다. 구인모, 「국토순례와 민족의 자기구성」, 『한국문학연구』, 2004. 참조. 이와 관련하여서는 최남선의 국토기행을 민족의식을 함양하고 민족주의자로서의 정신적 동력을 만드는 종교적 순례이자 민족의 기원을 확인하는 것이라고 한 서영채의 연구가 있다. 서영채, 「기원의 신화를 향해 가는 길」, 『아침의 영웅주의』, 소명출판, 2011.

월 12일 서울을 출발해 계룡산, 정읍 등을 경유하여 목포에서 배를 탄 권덕규는 16일 제주 산지포에 도착한다. '제주'의 지명 유래가 비교적 상세하게 기술되고 있는데 이는 그의 기행이 단순한 '여행'의 차원이 아니라 이원진의 『탐라지』 등 기존 사료들을 충분히 인지하고 떠난 역사 답사의 성격을 띠고 있음을 보여준다. 권덕규의 글에서 주목할 것은 기행 전후 '제주'에 대한 인식 변화이다. 이러한 인식변화는 '우리 생각하는 제주도'와 '와서 보는 제주도'라는 항목으로 이틀간에 걸쳐 비교적 자세히 기술하고 있는 데서도 살펴볼 수 있다. 처음에 그는 제주를 비교적 풍요로운 섬으로 인식한다. 제주는 "산에는 과실이 많고 들에는 곡물이 풍산하며" "온갖 수산이 무진장(無盡藏)"한 지역이며 제주인은 "순순(淳淳)하기 짝이 없"고 "여자는 정신(貞信)하고 남자는 역작(力作)"에 힘쓰는 존재로 그려진다.[24] 성정이 온순하며 남성은 힘써 일하고 여성은 지조를 지키는 이들이 권덕규의 눈에 비쳐진 제주인들이다. 여기에서 그는 제주를 '삼다(三多)'의 섬이 아닌 "사무(四無)"의 섬으로 부른다.

> 제주도에는 삼다(三多)라는 말이 있다. 돌이 많고 바람이 많고 여자가 많고 이것을 한문으로 쓰면 석다(石多), 풍다(風多), 여다(女多)이다. 많은 것이야 무슨 흠이랴만은 많은 것도 쓸데없는 것이 많으면 걱정이려든 하물며 있을 것이 없는 대야 정말 걱정이 아니랴. 나는 삼다라는 반대로 사무라는 말을 하였다. 곧 천무(泉無) 도무(稻無), 과무(果無) 염무(鹽無)이다. 없다 하면 아주 그야말로 씨알머리도 없다는 것이

24) ≪동아일보≫, 1924. 8. 18.

아니라 있어야 할 비례보다 적다는 말이다. 전에 말한 바와 같이 산야가 기구교학(崎嶇磽确)하여 유후(腴厚)하다 할 평토(平土)는 반묘(半苗)도 없으니 본대 물이 흔치 아니한대다가 수전(水田)으로 하여 경작할 만한 면적이 적으매 도작(稻作)이라고는 일년 농작이 전도에 겨우 이만석, 아아 제주 인구 20만 여에 대하여 이 만석이라는 말이 얼마나 놀라운 소리냐. 또한 앉아서 들으면 과실이 썩 흔할 것 같다. 들에는 업(業)하는 과실, 산에는 자개자락(自開自落)하는 산과(山果) 생각만 하여도 시기를 따라 울긋불긋 검어 누릇한 것이 가지가 축축 늘어지게 주렁주렁 매어달린 양 먹기도 전에 속이 느긋하다. 그러나 이도 실제와는 대상부동(大相不同), 백자(柏子)는 전무(全無), 이율(梨栗) 등 잡종이 절희(絶稀)하며 시목(柿木)은 간유(間有)하나 과육이 농농(農濃)한 것이 아니요 또한 풍속에 하의(夏衣)를 시칠(柿漆)에 염(染)하여 의(依)하는 고로 감을 식용에 공(供)하는 일은 매우 드물다. 그러하면 과실로도 보통 과실로는 있다는 편 보다 없다는 편이 이긴다. 이만큼 쓰고 보면 나의 이른바 사무(四無)라는 말이 그리 심한 것은 아니다.

(1924.8.19)

위의 인용문에서 볼 수 있듯이 '삼다(三多)'는 '사무(四無)'로 교체된다. 제주는 돌, 바람, 여자가 많은 곳이 아니라 강이 없고 쌀과 과일과 소금이 나지 않는 지역이다. 이러한 유무(有無)의 비교 대상은 '육지/섬'이라는 이분법적 구도 속에서 행해지고 있다. 권덕규의 시선에 포착된 제주는 '육지성'이 결여된 대상이다. 이러한 '결여'의 시선은 제주의 심상지리를 구성하는 데 중요하게 작용한다. 앞서 언급했듯이 조선의 지식인들은 금강산과 묘향산 등을 둘러보며 조선의 민족지를 확인하고 단일민족의 기원을 확인했다. 육지와 섬을 나누며 육지에 없는 '결여'를 확인하는 것은 섬을 민족적 동일성으로는 환원할 수 없는 이국의 대상으로 여기고 있음을 보여준다. 즉 조선과는 다른, '엑조티시즘'을 제주에서 발견하는 것이다.

이무영의 「수국기행」에서는 이러한 시선이 보다 극명하게 드러난다. 이무영은 제주를 "한라산이 있는 나라, 울창한 귤나무의 나라, 해녀의 나라"로 서술한다.[25] 오리엔탈리즘이 동양을 여성적 타자로 상정함으로써 작동한다는 점을 감안한다면[26] 이는 내부 오리엔탈리즘적 시선이다. 제주에 첫발을 내딛은 이무영은 "'제주도도 우리 땅'이라는 인식을 수십 차 자신에게 되풀이 해온 나였건만 부두에 첫발을 내어 디디면서부터 남의 땅을 밟는 것 같"[27]다고 말한다. 이를 단순히 기행의 감각으로만 치부해야할 것인가. 분명한 것은 이러한 발언이 제주에 대한 이국적 시선의 강도를 보여주는 동시에 제주가 조선의 지리적 영토와 다른 인식의 차원에서 관찰되고 있음을 보여준다.

> 내 30평생에 꿈꾸고 그리워하든 제주도! 이곳은 삼다국(三多國)이라고 사람들은 말한다. 석다(石多), 풍다(風多), 여다(女多)라 하여 속칭이 생겼음-그리고 여자가 많은 까닭에 여인국이라고도 부를 수가 있다. 이 섬에 여자들은 남자들을 지배하고 있는 것이라 말하여도 과언이 아니리라. 해녀들은 아침부터 저녁까지 작업장에 나와서 부지런히 일하는 것이니 굳센 힘이 들어있는 그네들의 팔과 다리, 땀 흘리며 일

25) ≪동아일보≫, 1935. 7. 30.
26) 에드워드 사이드, 박홍규 역, 『오리엔탈리즘』, 교보문고, 1999. 참조
27) ≪동아일보≫, 1935. 8. 3.

하는 그의 근로성은 이 제주도 사람들의 생활을 보장해 나간다고 한다. 한라산 봉우리에 연기 같은 농무가 어리었으며 생(生) 전복 많은 바다에 해녀들이 일한다. 싸움이 없는 도민들의 순량함이여! 밤에 대문을 닫지 아니하는 것이 이 섬의 미풍(美風)이니 도불습유(道不拾遺)에 야불폐문(夜不閉門)은 제주도를 가리킨 말이 아니고 무엇이랴.

(≪동아일보≫, 1935. 7. 31.)

조선 지식인들의 기행문에는 한라산과 제주를 서로 다른 공간으로 인식하고 있음을 보여주는 대목이 확인된다. 그들에게 한라산은 민족적 신성의 공간이지만 제주(한라산을 제외한 지리적 공간)는 이국적인 공간이며 미개의 지대이다. 식민지 시기 조선의 지식인들의 제주 표상은 신성성과 엑조티즘적 시선이 교차하며 형성되어 왔다. 한라산이라는 신성 공간의 잉여지대로서 제주를 상상할 때는 제국주의적 시선(조선의 지식인에게 내면화된)이 드러난다. 이무영이 '삼다(三多)' 중에서도 굳이 여성의 많음에 주목하는 것도 이러한 인식의 연장선상에서 이해될 수 있을 것이다. 특히 아래와 같은 진술을 확인해보자. 서양 제국주의가 동양의 식민지를 '발견'하였던 방식과 흡사하다.

성내는 삼천여 호에 인구 일만을 헤인다고 하나 아직 정돈되지 못한 시가지가 바둑판 같은 정연미를 찾기에만 급급한 근대도시보다 옛맛이 있다. 더욱이 굵직굵직한 동바로 그물 뜨듯 얽은 지붕이며 사오척의 이끼 낀 돌담 사이로 남국의 부녀들이 미끈한 좋아리를 내놓고 걸어다니는 풍경은 어디다 갖다 놓든지 "남국의 섬"이라는 인상을 주리라.

제주도 또한 남국인지라 검은 살빛에 야생적인 품격은 누구나 상상할 것이다. 그러나 도민들의 표정에는 언제나 인자하고 온후한 맛이 있다. 연연한 꽃잎을 대하는 듯이 부드러웁고 나글나글하다. 이르는 말에 남국의 인정이라는 것은 이렇듯 온후하고 복스러운 표정을 일컬음이라.

이방인의 시선은 '남성'이 아닌 '여성', 그것도 "미끈한 종아리를 내놓"은 여성에게 향하고 있다. 이러한 태도는 문명/미개의 이분법적 시선이 내면에 작동하고 있음을 보여준다. 즉 근대적인 것과 구분되는 특징에 주목하고 있다. 이는 민족적 자기발견의 서사를 보여줬던 여타의 기행과도 다르다. 엑조티즘의 발견과 그것에 대한 '찬미'는 조선이 근대성을 획득하면서 상실해 버린 것들을 제주에서 발견하고자 하는 데까지 나아간다.

해가 어스름만 하여도 마소를 외양 속에 가두고 대문을 첩첩히 닫는 것이 오늘날의 우리 농촌이요, 세계 각국의 풍속이다.

그러나 제주도의 농민들은 꼭 반대다. 해가 질 무렵이면 마소를 집에서 몰아 들과 산으로 내보낸다. 들이나 산에 가서 자고 해 뜨거든 다시 들어오라는 것이다.

호박잎 하나를 가지고도 네 것이니 내 것이니 싸우는 것이 이 세상의 상태거늘 마소에 굴레도 안 씌우고 고삐도 매지 않은 나라가 어디 있을 것인가.[28](1935.8.4)

---

28) ≪동아일보≫, 1935. 8. 4.

조선의 공동체, 전근대적 신뢰의 공동체는 근대의 도래로 상실되어 버렸다. 하지만 제주는 근대 이전의 신뢰를 아직도 간직하고 있는 곳이다. 때문에 제주는 근대적 시선에 의해 찬미의 대상으로 격상된다. 이무영이 1931년에 일어난 해녀항일운동에 대해서 언급하면서 남국의 정서가 단순히 아름다움에 그치는 것이 아니라고 말할 때도 그것은 민족적 저항의 확대 혹은 그것의 민족적 가치를 발견하는 것으로서가 아닌 남국 여성들의 성정을 강조하는 데 그친다. 즉 "동양에서도 진기한 존재"로서 제주도 여성의 지위, 제주도민 여권(女權)을 언급하는 차원에 머무는 것이다.

이러한 '엑조티시즘'적 시선은 박찬일의 「제주도기행」에서도 확인할 수 있다. 박찬일은 제주를 "꿈 속의 나라"이자 "전설과 신비의 섬"으로 인식한다.29) 그의 글에서는 이국적 풍경을 발견하고자 하는 욕망이 그대로 드러난다. 목포에서 배를 타고 제주 산지포구에 도착했을 때 그는 "이 땅의 첫인상은 무엇이라 할까요. 예상과는 훨씬 틀려서 별다른 감상도 나지 않습니다. 이국풍경을 꿈꾸었더니 별로 그러지도 않아요. 어느 정도까지 무릉도원을 그려보았든 것이 여기나 육지나 다름없다는 가벼운 실망을 느끼게 되었습니다."라고 기술한다.(63쪽) 현실에는 존재하지 않은 이상향인 무릉도원을 '발견'하고자 했다는 데에서도 알 수 있듯이 제주는 근대 또는 민족적 현실감각과는 사뭇 다른 지역으로 표상된다. 육지와는 다른 이질성을 제주에서 발견할 수 있는 것은 근대성을 선취했다는 의식이 전제되었을 때 가능하다. 즉 지역과 달리 근

29) 『호남평론』, 1936. 9. 62쪽.

대성을 선취한 '경성의 근대'라는 대타 의식이 그 이면에 내재되어 있음을 의미한다. 전근대의 상태에 놓여 있는 제주는 '신비'와 '꿈'의 고장이며 따라서 누구나 새롭게 명명하고 규정할 수 있는 대상에 불과하다.

> 그러나 제주 삼다에 대해서는 기막힌 실감을 얻었어요.
>
> 삼다 외에 또 한 가지 이곳에 많은 것이 이 섬의 자랑이요, 특색인 목마, 나그네의 흥취는 오로지 이 목마에 끌린다 하여도 과언이 아니리다. 석, 여, 풍, 삼다라 하지만은 나는 마자(馬字)를 넣어서 사다(四多)의 나라라고 부르고 싶습니다. (…중략…) 그리고 또 하나 잊기 어려운 제주도의 인상 동백꽃 빨갛게 피고 오렌지 나무 휘둘는 적은 초가집, 무르녹은 녹음 밑에서 늘어앉아 노래하며 망건 뜨는 이곳 처녀의 아름다운 모양을 어떻게 표현하리오(64쪽)

삼다(三多)의 상징은 사다(四多)로 다시 규정된다. 앞서 권덕규의 예에서도 알 수 있듯이 제주는 상징체계를 손쉽게 바꿀 수 있는 유동적 대상이다. 제주는 고정된 실체로서가 아니라 언제든지 재발견될 수 있는 미지의 대상으로 인식된다. 제주를 "지상의 낙원"이라고 규정하는 동시에 제주의 특징을 새롭게 발견하고자 하는 이러한 태도는 근대적 시선으로 무장한 조선인 엘리트로서의 자신감이 표현된 것이라 할 수 있다. 근대/전근대의 구분에서 전근대는 근대에 의해 끊임없이 재명명되는 계몽의 대상이자 재규명되는 대상일 뿐이다. 제국주의 인류학이 제국주의의 식민 지배를 정당화했다는 점을 염두에 둔다면 이러한 시선은 피식민자인 조선인 지식인 엘리트가 제국의 식민지성을 내면화하고 식민지 내부를 상상적으로 재구획하고 있음을 보여준다고 하겠다.

이와 같은 태도를 이은상의 예에서도 확인할 수 있다. 1937년 조선일보의 한라산 탐승의 일환으로 제주를 찾은 이은상은 "너무도 현실적이오, 과학적인 현대인의 눈"[30]을 지닌 채 기행을 시작한다. 조선일보사는 1936년부터 1940년까지 백두산 · 한라산 · 지리산 · 묘향산 · 설악산을 차례로 탐험하는 산악순례사업을 실시했다. 이러한 점에서 이은상의 『탐라기행 한라산』은 미디어 이벤트의 하나로서 기획되었다고 할 수 있다.[31] 이은상의 제주기행문은 당시 조선일보사라는 미디어를 통해 대중에 폭넓게 확산되면서 대중의 일상의식에도 일정한 영향을 끼

---

30) 이은상, 『탐라기행 한라산』, 1937, 조선일보사출판부, 31쪽. 이하 인용문은 쪽수만 명기함. 『탐라기행 한라산』은 조선일보에 1937년 7월 27일부터 9월 23일까지 모두 32회에 걸쳐 연재되었다. 단행본으로 출판된 이은상의 『탐라기행 한라산』은 크게 '전경(全景)'과 '등산(登山)편'으로 나눠져 있다. 이은상의 기행이 조선일보사에 의해 기획되었다는 점, 그리고 그것이 신문지상에 지속적으로 연재되고 이후 신문사출판부에 의해 단행본으로 출판되었다는 점을 염두에 둔다면 이 기행은 다분히 미디어 이벤트적인 요소에 의해 진행되었다고 볼 수 있다. 요시미 순야에 따르면 미디어 이벤트는 ① 미디어가 주최하는 이벤트 ② 미디어에 의해 매개되는 이벤트 ③ 미디어에 의해 현실화되는 것 세 가지 층위로 설명하고 있다. 요시미 순야(吉見俊哉), 「メディア・イベント 概念の諸相」, 『近代日本のメディア・イベント』, 1996. 3~27쪽 참조.

31) 조선일보사는 서춘과 이은상을 각각 백두산에, 그리고 이은상을 한라산과 지리산에 파견한다. 이은상의 지리산행에 대한 연구로는 박찬모의 선행연구가 있다. 박찬모는 이은상의 「지리산탐험기」를 분석하면서 이은상이 지리산 천왕봉에 올라 그곳을 신성한 제장으로 삼아 민족의 개벽을 연출하고 그곳에서 샤먼이 됨으로써 자기 구제에 이르게 된다고 했다. 그는 이은상이 묘향산에 올라 단군을 부성성의 자리에 놓음으로써 '자식되기'와 '겨레되기'를 회원했다고 한 반면 한라산 기행에서는 부성성의 자리에 천신상을 재정위하고 '지사되기'를 통해 부성성과 조우했다고 평가한다. 이 같은 분석은 이은상의 산악순례의 의미를 밝히고 있다는 점에서는 의미가 있다고 하겠으나 여기서는 이은상의 제주기행이 갖는 내부 오리엔탈리즘적 시선과 그것이 미디어에 의해 확산되는 과정을 중점적으로 살펴보고자 한다. 박찬모, 「자기 구제의 '제장(祭場)'으로서의 대자연, 지리산」, 『현대문학이론연구』, 2009.

쳤을 것으로 짐작된다. 특히 이후 제주기행문이 보여주고 있는 일종의 '산업화 과정'에도 지속적 영향을 미쳤을 것으로 볼 수 있다.32) 당시 한라산 순례에 참여했던 인원은 53명으로 이들은 1937년 7월 24일 오전 7시 5분 경성 역을 출발, 다음날인 25일 목포에서 배를 타고 제주로 향한다. 제주행 배 안에서 이은상은 험한 파도 때문에 다소 걱정을 하지만 "제주에 목사 수령이 자고로 왕래한 이 많았고" "찬적(竄謫)을 당한 이 많았지마는 한 사람도 표익(漂溺)된 이가 없었던 것은 백신(百神)이 봉순(奉順)한 까닭이라 하였거늘, 우리 일행의 거룩한 순례행각을 어느 신이 저해할 것인가"라며 감상에 젖는다.(30쪽) "현실의 눈", "과학의 눈"이라는 근대적 시선과 "거룩한 순례"라는 자기규정이 교차하고 있는 이 기행의 시작은 제주의 삼신 설화의 탄생지인 삼성혈을 찾아 참배하는 것으로 시작한다. 삼성혈을 시작으로 이들 일행은 제주의 서부지역을 돌며 제주 일주에 나선다.

미디어라는 근대적 매체에 의해 기획된 이들의 기행에서 근대적 시선은 기행의 배면(背面)에 깊게 자리 잡고 있다. 제주 삼성신화의 상징인 삼성혈을 참배하고 난 뒤에서도 이은상은 청음 김상헌의 『남사록』에서 탐라개국을 구한(九韓) 때였다고 언급한 대목을 인용한 뒤에 "우리가 여기 인류학 내지 사회학적 원칙에 의하여 본다면 육지의 민(民)으로서 여기 표류해온 사람으로부터 시원(始元)을 삼게 될 것이 물론"이라고 말한다.(44쪽) 이는 신화를 해석하고자 하는 근대적 시선이 근원에

32) 조선일보사의 산악순례 기획을 기점으로 하여 한라산 탐승단, 제주기행단의 모집 광고는 지속적으로 등장한다.

작동하고 있음을 보여주는 것이다. 제주를 '신성'의 표상으로 인식하면서도 그 내면에 '신화'를 근대의 시선으로 해석하고자 하는 욕망이 교차하고 있는 것이다. 이는 제주의 '신성성'이라는 것이 제주인들에 의해 구축된 것이 아니라 근대적 시선이 승인하는 대상에 국한되는 것, 특히 제주기행 이전에 계속되었던 산악순례에서도 보여지듯 자연, 특히 한라산의 신성성을 강조하는 것으로 축소되고 있다는 것을 보여준다. 신성의 영역에서 벗어나는 것은 '기이한 풍속'에 그치고 만다. 이러한 점은 제주의 전설을 소개하면서도 그것의 전거(典據)를 원주민들과의 직접적인 만남이 아닌 동국여지승람, 탐라지 등의 과거 역사적 기록을 인용하는 데서도 살펴볼 수 있다. 인류학적 조사 방법이 원주민과의 접촉을 통해 그들의 생활방식을 조사하는 것이라고 할 때 이와 같은 기술은 지극히 사적(史的) 중심주의적 사고방식이라고 할 수 있다.

또한 제주인을 미개한 계몽의 대상으로 설정하는 서사 방식도 드러난다. 이는 제주의 돌담이 유래하게 된 연유를 설명하는 데에서도 찾아볼 수 있다. 제주를 '돌담의 제주도'라고 명명할 수 있을 것이라고 하면서도 그 유래를 제주에 판관으로 왔던 김구(金坵)에 의해 시작된 것이라고 하고 있는 대목이 그것이다. 이은상은 『동문감』의 기록을 인용하여 다음과 같이 이야기한다.

> 김구(金坵)란 이가 판관이 되어 백성들의 질고(疾苦)를 듣고 드디어 돌을 모아 제 밭마다 담을 두르게 하니 경계가 분명해지고 그로부터 백성들이 편하게 되었다는 것이 있다. (…중략…) 이곳 관록(官錄)에도 그의 소개가 일행에 차지하지 못하고 오늘의 도민들도 그의 이름을

기억하는 이가 많지 못한 듯함은 무엇보다 민망스런 일이다. 나는 김구를 일러 제주도의 은인이라고 칭송하고자 한다.(62~63쪽)

제주의 삼성신화도 인류학적 시선에 의해 이른바 입도조의 하나로 격하된다. 제주의 '기이한 풍속'인 돌담도 선량한 판관의 계몽에 의해 이뤄진 결과일 뿐이다. 이러한 차별적 시선은 비교적 장기간의 여정에서 이은상 일행이 마주치는 제주 원주민들이 극히 제한적이라는 점에서도 확인할 수 있다. 기행 중에 이들은 모두 세 명의 원주민과 마주치는데 첫 번째는 서귀포에서 일박을 하게 될 때 만나는 포녀(浦女)이다. "한폭의 남화(南畵) 속에 그려는 달빛"의 감흥에 취한 이은상은 "여사(旅舍) 앞에서 방황하는 3~4인 동반을 만나 우연히 주점"을 찾는다. 그리고 "수각(水閣)의 포녀(浦女)가 불러주는 민요"를 듣는다.

지금 이 포녀(浦女)가 이상한 사투리로 부르는 노래를 듣노라매 노래의 뜻과 아울러 인생의 비애와 고민이 호수같이 가슴속으로 밀려들어와 하마 감상의 눈물이 달 아래 놓은 술잔 위에 떨어지려 한다.(107쪽)

그 다음은 한라산 산행 길에 만난 한 사나이다. 이은상 일행이 탄 트럭이 지나가자 땅에 엎드려 일어나지 않는 사나이를 보고 이은상은 『탐라풍속기』의 한 구절을 생각해낸다.

『男女遇官人於道 女卽奔竄 男卽必俯伏道傍』

> 아마 이 사나이가 도방(道傍)에서 부복불기(俯伏不起)하는 것이 우리를 관인 행차로나 본 것이 아닌가. 물론 이 사나이 불학무식(不學無識)한 우맹(愚氓)일 것은 두말할 것도 없거니와 그런 채로 성산순례(聖山巡禮)의 길에 오른 우리들을 보아줌이 어떻게나 고마우냐. 그러나 다시 생각하매 저 사나이는 이 성산(聖山) 속에서 살고 있는 사람인지라 어깨가 으쓱하기로야 저가 우리보다 더할 것이니 마땅히 우리가 저 사나이에게 경배(敬拜)를 드림이 옳을 것이다.(154쪽)

마지막은 한라산 하산 길에 만난 2~3명의 소녀들. 이들을 보고 이은상은 "이 가련한 산간소녀들은 그러한 화전민의 소생인가보다"고 짐작한다. 여기에 서귀포 바닷가에 나가 정방폭포를 구경할 때의 사공과 산행을 도운 짐꾼도 있으나 이들과는 직접적인 교류가 없이 기능적인 측면에서 이은상 일행과 마주하고 있다는 점에서 고려 대상에서는 제외해도 될 것이다.

'포녀(浦女)', '사나이', '산간소녀' 중에서 두 번이 모두 여성과의 만남이다. 특히 원주민 여성과의 만남은 그의 낭만적 감상성을 강화하거나, 타자화된 연민의 대상으로 그려지고 있다. 남성인 사나이는 "불학무식(不學無識)한 우맹(愚氓)"한 존재인 동시에 "마땅히 우리가 저 사나이에게 경배(敬拜)"를 해야 하는 존재이다. 이은상이 제주 남성에게서 야만과 신성성이라는 이중의 시선을 보이고 있는 것은 식민지 지식인의 제주 표상이 한라산과 그 잉여로서의 제주가 구분되어 있음을 보여준다. 즉 야만성의 존재인 사나이가 "성산(聖山)" 즉 민족적 신성성을 간직한 장소에 존재할 때만 경배의 시선이 작동하는 것이다. 이은상이

“성산순례”의 길에서 만난 사나이, 민족적 성지의 주거자(住居者)에게만 경배의 시선을 보이는 것은 그가 바라보는 제주 인식의 이중성을 보여준다.

이러한 원주민 여성/원주민 남성에 대한 차별적 시선은 오리엔탈리즘적 시선의 연장이다. 식민지를 여성화함으로써 제국의 식민 지배를 합리화하려는 것이 식민지배의 한 양상이라는 점을 고려한다면 이것은 제국의 식민지배 양식을 식민지인이 내면화하고 그것을 내부의 소수자에게 투사하는 방식이라고 볼 수 있다.

이와 같이 이은상의 『탐라기행 한라산』은 자연, 특히 한라산의 신성성을 강조하는 대신 원주민을 의도적으로 배제하거나 그들을 여성적 타자로 격하함으로써 식민자적 우월성을 강조하는 방식으로 기술되고 있다. 이는 식민지 시기 제주의 표상이 한라산으로 상징되는 신성성의 강조와 함께 원주민들의 신화를 근대적으로 재해석하거나 원주민들의 삶을 이국적인 것으로 위치 짓는 양가적 시선을 보여주는 것이라 할 수 있다.

20, 30년대 기행문이 민족의 자기동일성을 확인하려는 서사의 양식을 가지고 있었다는 점을 감안한다면 식민지 시기 제주 표상은 이러한 민족의 자기동일성만으로는 환원될 수 없는 중층적이며 유동적인 시선이 복잡하게 얽혀있음을 보여준다. 즉 식민지 시기 조선의 지식인들의 제주기행은 한라산과 제주를 분절하여 상상함으로써 국토의 신성성을 확인하는 동시에 제주를 식민지 내부에 또 다른 식민 지대로서 인식하면서 식민지적 자기 우월성을 확인하려는 일련의 지리적 탐험이었다고

할 수 있을 것이다.

## 3. 제주, 제국, 근대

마스다 이치지(桝田一二)는 "섬사람들이 내지를 가리켜 「어머니 나라」로 부른다."라고 진술한 바 있다.[33] 이 같은 진술의 실체적 진실을 밝히는 것은 쉽지 않다. 그렇다고 이를 제국주의적 시선이 만들어낸 허구라고 치부하는 것도 올바른 태도가 아닐 것이다. 마스다의 이 같은 진술은 일본에 대한 제주인의 태도를 살펴볼 수 있는 하나의 시사점을 던져주고 있다. 이는 적어도 제주인들에게 일본은 추상이 아니라 구체적 실재로 다가왔고 일상성의 일부로서 일본을 받아들였다는 것을 짐작할 수 있다.

제주인이 일본을 실체적으로 인식하게 된 결정적인 계기는 바로 1923년 제주－오사카 직항로 개설이다. 1910년대부터 조선인의 일본 이민을 원칙적으로 금지하였던 일본은 1922년 자유도항제를 실시하면서 직항로의 기점으로 부산과 제주를 선택했다. 이 제주－오사카 항로를 대표한 연락선이 바로 기미가요마루(君が代丸)이다. 식민지 시기 제주를 떠나 일본으로 향했던 수많은 제주인들이 바로 이 배를 타고 일본으로 향했고 다시 제주로 귀환했다.[34] 제주－오사카 항로 개설이 오사

33) 桝田一二, 앞의 책, 35쪽.

34) 1923년 아마가사키(尼崎) 기선부(汽船部)에 의해 취항한 기미가요마루는 669톤으로 1891년 네덜란드에서 건조한 구형 선박이었다. 이 선박은 1925년 9월 항해 중에 태

카 방직공장의 노동력을 확보하기 위한 것이었다고는 해도 제주인의 지리적 경계의 확장은 이를 계기로 가속화되었다. 기미가요마루는 그 자체로 "움직이는 제주도"[35]였다.

1923년부터 전시 강제동원이 이뤄지기 전인 1939년까지 제주는 도항과 귀환의 반복으로 상시적인 인구 이동이 이뤄졌다. 1930년부터 1933년까지의 자료를 살펴보더라도 도항자는 많을 경우 1개월에 5,600여 명, 귀환자는 1개월에 2,500여 명을 넘었다.[36] 직항로 개설로 인한 "끊임없이 동적(動的)인" 인구 이동은 제주도민의 정확한 인구를 확정할 수 없을 정도였다.[37]

마스다 이치지(桝田一二)의 1934년 조사에 따르면 당시 일본에 출가(出稼)한 제주인은 남성 2만8,362명, 여성 2만688명이었다. 이중에서 경제생산에 직접적으로 참여하는 15세 이상 50세 미만의 연령만 보더라도 남성이 2만5,050명, 여성이 1만6,467명이었다. 남성의 출가 비율이 여성에 비해 높은 이유를 마스다 이치지는 일본의 남성과는 달리 징병

풍을 만나 좌초되었고 이를 대체한 선박이 소비에트 정부로부터 구입한 1,212톤 급 구식 군함 망주르(Mandjur)였다. 1926년 중반부터 취항한 이 선박을 흔히 제2 기미가요마루라고 부른다. 재일 1세대가 '군대환'이라고 부르는 바로 그 선박이다. 관부연락선은 3,000톤 급으로 철도성이 직영을 했다. 기미가요마루는 민간의 중규모 선박회사가 운영했다. 또한 20년대부터 30년대까지 관부연락선 승객 중 조선인 비율이 30%였던데 비해 제주–오사카 항로는 제주출신이 대부분이었다. 1923년 제주–오사카 항로에 취항한 기미가요마루를 시작으로 1924년에는 조선우선(朝鮮郵船)의 강쿄마루(咸鏡丸, 749톤 급)이 취항했고 이후 이를 대체해 게이조마루(京城丸, 1,033톤 급)이 운항했다. 杉原達, 『越境する民 – 近代大阪の朝鮮人史研究』, 新幹社, 1998, 109~118쪽 참조.

35) "움직이는 제주도"라는 표현은 스기하라 토루(杉原達)의 명명이다.

36) 桝田一二, 위의 책, 154~155쪽 참조.

37) 上田耕一郎, 「제주도의 경제」, 1930, 『제주도의 경제』, 제주시우당도서관, 1999, 31쪽.

적령기의 조선 남성이 잉여 노동력으로 비교적 자유로운 출가를 할 수 있었기 때문이라고 분석하고 있다.[38] 제주-오사카 직항로가 개설되기 이전에도 제주 해녀들의 외지 출가가 존재하였기는 했지만 제주의 노동력이 일본에 대규모로 이동하기 시작한 것은 1923년 이후의 일이다.[39] 1924년 일본에 거주하는 제주도 출신은 대략 5만 명으로 추산되는데 이는 당시 제주도 인구의 4분의 1에 해당한다.[40]

이처럼 1907년 이후부터 간헐적으로 이뤄진 일본 출가의 규모가 확대된 것은 제주-오사카 항로 개설 이후의 일이다. 제주의 노동력이 일본으로 유입될 수 있었던 이유는 당시 오사카 인근을 중심으로 공업화가 가속화되었기 때문이다. 1920년대 후반 오사카 지역은 도시화·공업화가 진전되면서 화학, 금속, 기계, 기구 공업을 중심으로 한 중소 영세 공장이 세워졌다. 특히 1930년대 초 이 지역의 고무공업이 전성기를 구가할 수 있었던 데에는 제주도 출신 노동자들의 역할이 컸다.[41] 제주인의 노동력을 바탕으로 한 오사카 지방의 경제적 성장은 단순히 일본 지역 생산량 증대에만 기여한 것이 아니다. 이들 노동자들이 노

38) 桝田一二, 『濟州島의 地理學的 硏究』, 우당도서관 편, 홍성목 역, 2005, 143~146쪽 참조.

39) 제주 해녀의 출가 시기에 대해서는 1887년과 1892년, 1895년 등으로 의견이 엇갈린다. 마스다 이치지는 1895년 부산에 출어한 것이 시초라고 주장하고 江口保孝는 1892년 경상남도 울산과 기장이 시초라고 한다. 여기에서는 양홍식·오태홍의 『제주향토기』(프린트본, 1958)의 자료를 인용해 1887년으로 보고 있는 박찬식의 견해를 따른다. 박찬식, 「개항 이후(1876~1910) 일본 어업의 제주도 진출」, 『역사와 경계』 68, 2008, 157쪽.

40) 이치지 노리코(伊地知紀子), 「재일제주인의 이동과 생활-해방 전후를 중심으로」, 윤용택·이창익·쓰하 다카시 편, 『제주와 오키나와』, 2013, 301쪽.

41) 杉原達, 앞의 책, 140~145쪽 참조.

동 임금을 고향으로 송금하거나 귀환할 때 소지하고 들어오면서 제주 지역 경제에도 큰 영향을 미쳤다. 1926년 77만4,784엔이었던 출가자의 우편 송금액은 1928년에는 128만7,140엔, 1929년에는 128만7,140엔으로 빠르게 증가했다. 이후 1932년에는 68만5,155엔으로 다소 감소하지만 1933년에는 85만7,000엔으로 다시 늘어났다.[42] 저임금에 시달리면서도 출가자들은 임금의 상당액을 고향인 제주로 송금했고 이들의 송금액이 늘어날수록 제주는 일본(오사카) 경제권에 빠르게 편입되어 갔다.

제주가 조선 본토와 달리 대일본 의존도가 높았다는 것은 1939년 제주를 기점으로 한 해운 노선을 살펴보아도 알 수 있다. 당시 제주–오사카 노선에는 919톤 급의 기미가요마루가, 제주–부산 노선에는 200톤 급 규모의 황영환, 189톤 급의 황려환이, 제주–목포 노선에는 228톤 급과 200톤 급의 태서환과 보성환이 취항하고 있었다.[43] 선박의 운항횟수는 조선 본토와의 운항이 월 15회에서 24회 정도로 많았지만(제주–오사카 노선 월 3회) 선박의 규모 면에서는 제주–오사카 노선이 훨씬 컸다.

출가자의 급증은 한편으로 또 다른 문제를 야기했다. 노동연령층이 대거 일본으로 유입되자 제주의 노동력이 상대적으로 감소한 것이다. 이로 인해 제주 도내의 노동 임금이 상승하고 노동 생산성이 저하되는 일이 발생하자 1934년 제주도청은 유시(諭示)를 내려 도민의 무분별한

42) 桝田一二, 위의 책, 173쪽.
43) 전라남도 제주도청, 『제주도세요람』, 1939.

도항을 금지했다. 1933년 1월부터 1934년 4월까지 도항 출원자는 12만702명인데 비해 도항 유시자는 8만1,458명으로 출원자의 70%가 도항을 금지 당했다.[44] 이러한 기록은 당시 많은 제주인들이 일본 출가를 희망했다는 것을 의미한다. 이처럼 제주와 일본 사이의 인적・경제적 교류의 확대는 제주인이 조선을 경유하지 않고 직접 근대를 경험하는 계기로 작용했다. 스기하라 토루는 이를 제주가 "문명"과 만나게 되는 계기로 인식한다.[45] 일본이라는 '문명'은 기미가요마루를 타고 제주로 유입되었고 제주는 근대 문명과 직접적으로 대면하게 되었다.

실례로 1939년의 조사에 따르면 20만여 명의 제주도민 중에 일본어로 의사소통이 가능한 인구는 2만1,283명으로 전체 인구의 약 10.45%에 달했다.[46] 이는 1939년 말 일본어 보급률이 전국적으로 약 13.89%였다는 점[47]에 비춰본다면 그다지 낮은 수준은 아니다. 특히 나이가 비교적 젊은 세대들의 일본어 구사 능력은 일정한 수준 이상이었다. 이에 대해서는 츠루다 고로도 "젊은이와 말을 하면 결코 일본어의 부

44) 桝田一二, 위의 책, 166쪽.

45) 스기하라 토루(杉原達)는 『越境する民－近代大阪の朝鮮人史研究』에서 제1회 아카하타(赤旗) 단편소설 모집에서 가작으로 선정된 김용환의 단편 「기미가요마루(君が代丸)」를 인용하고 있다. 내용을 소개하면 다음과 같다. "가족 중 누군가를 오사카로 보낸 도민 대다수는 군대환을 귀하게 여겼다. 선박회사가 왕창 벌고 있다는 것은 말할 것도 없다. 군대환은 제주도－오사카 간의 대동맥이 되었다. 일본으로부터는 문명과 관리, 상인, 순경, 그 위에 싸구려 잡화, 메리야스 제품을 산더미처럼 실어왔고 제주도로부터는 값싸면서도 확실한 노동력－금줄 달린 조끼를 입고 싶은 영세상인과 시집가기 전에 방적여공으로 한몫 잡으려는 섬 아가씨들을 쉴 새 없이 실어 나르고 있었다." 47～48쪽.

46) 전라남도 제주도청, 『濟州島勢要覽』, 1939.

47) 허재영, 「일제강점기 조선인을 대상으로 한 일본어 보급 정책」, 2004년 사회언어학회 담화인지언어학회 공동학술대회 2004, 141쪽.

자유를 느끼지 않"는다며 이들의 일본어가 "큐슈의 오지 사람들보다 훨씬 산뜻한 일본어"라고 평가하고 있다.[48)]

이러한 츠루다 고로의 설명은 제주-오사카 항로를 통한 문명의 직접적인 대면이 일본어의 구사라는 외면적 효과를 가져왔음을 보여준다. 비록 오사카 사투리가 섞이기는 했지만 일본어를 자유롭게 구사할 수 있었던 제주인에게 일본은 근대와 조우하는 직접적인 체험의 장으로 다가왔다고 할 수 있다. 이러한 경험의 축적은 조선 본토와 일본이 지리적으로 분명한 이격(離隔)에도 서로 다른 심리적 거리로 다가왔을 것으로 짐작할 수 있다. 이는 점점 제주 경제의 대일본 의존도가 높아지는 것에서도 확인할 수 있는데 대일무역량을 살펴보더라도 1923년 9만3,144원에서 1935년에는 356만7,569원으로 38배 이상 증가했다. 이를 제주 경제가 식민 자본주의에 종속되어 간 실증적 사례로 볼 수도 있다.[49)] 하지만 이러한 가치 판단을 논외로 하면 제주와 일본의 심리적 거리는 급속하게 가까워졌음을 알 수 있다.

또한 제주-오사카 항로에 취항한 아마가사키(尼崎) 기선부(汽船部)와 조선우선(朝鮮郵船)의 높은 운임에 항의하며 '우리는 우리 배로'라는 슬로건으로 내세우며 동아통항조합(東亞通航組合)이 조직된 것은 제주와 일본의 연락(連絡)이 그만큼 중요했음을 의미한다. 당시 동아통항조합의 조합원은 재오사카 거주 제주인과 제주도를 포함하여 모두 4,500여 명에 달했다. 문창래, 김문준 등이 주축이 된 동아통항조합은 1931년 교

48) 츠루다 고로(鶴田吾郎), 『濟州島の自然と風物』, 1926, 중앙조선협회, 8쪽.
49) 진관훈, 「해방전후의 제주도 경제와 4·3」, 『탐라문화』 21호, 2000.

룡환(蛟龍丸)을, 이듬해에는 복목환(伏木丸)으로 대체되어 제주-오사카 항로에 취항했다.[50]

식민지 시기 제주와 일본의 심리적 거리는 해방 이후 제주인의 일본 인식에서도 찾아볼 수 있다. 김석범의 『화산도』[51]는 이러한 점에서 주목할 만하다. 『화산도』는 작품 곳곳에서 식민지 시기와 해방 이후 제주와 일본의 상호 인식이 어떠했는지를 보여주고 있다. 예를 들면 『화산도』에서 남승지는 소학교 3학년 때 사촌형 남승일을 따라 일본으로 건너가 오사카 고베에서 성장한 인물로 그려진다.[52] 작품 속 인물들은 조선과 일본이라는 민족적 경계에 결박된 존재가 아닌 '월경'하는 존재들로 그려진다. 남승지와 양준오, 김동진 등이 대표적이다. 일본에서 성장한 남승지는 '해방된 조국'으로 귀환한다. 하지만 조선에서의 삶은 남승지에게 안정을 주지 못한다. 남승지는 끊임없이 '일본'으로의 이동을 염원한다. 이러한 불안은 "조직의 승인을 얻어서라도 잠시 일본에 가서 경제적인 준비를 갖춘 다음 다시 오고 싶은 마음"이라고 표현되기도 한다.[53] 일본에서의 '귀환'은 자발적이었지만 고향 의식은 당시의 시대배경과 맞물리면서 상실의 감각으로 다가온다. 남승지가 생각

50) 강재언, 「제주도와 大阪」, 『제주도연구』 13집, 1996, 284쪽. 동아통항조합은 1934년 1월 해산되었는데 강재언은 해산의 이유를 외부적으로는 일본 경찰의 탄압과 일본 자본의 압력, 내부적으로는 조합을 운동단체에서 경영단체로 전환시켜 경영난을 해소하려 하였던 세력에 반대한 반제동맹오사카지방위원회 소속 조합원들이 반발 때문이라고 보았다.

51) 김석범, 『화산도』, 1~12, 보고사, 2015.

52) 남승일은 고베에서 고무공장을 경영하며 상당한 성공을 거둔 인물로 묘사된다. 이러한 경제적 성공은 이후 남승지가 강몽구와 함께 무장봉기 자금을 구하기 위해 오사카로 향하는 계기로 작용한다.

53) 『화산도』 2권, 71쪽.

한 고향이란 독립국가 건설과 친일잔재 청산이라는 민족적 과제가 마땅히 성취되어야 하는 공간이었다. 하지만 1948년 1월의 사회주의자 검거는 해방 이후의 민족적 당위가 좌절되는 계기로 작용한다. 검거 선풍 당시 중학교 교사 시절 동료였던 윤상길을 비롯해 많은 사람들이 일본으로 밀항했다. 독립국가 건설과 식민잔재 청산에 실망한 이들이 선택한 지역이 일본이라는 사실은 무엇을 의미하는가. 남승지를 비롯해 제주에 남아있는 자들은 고향과 조국독립이라는 대의명분에 심리적으로 결박된 존재들로 그려진다. "섬을 떠날 생각은 하지 않았다"면서도 남승지는 끊임없이 동요한다. 이러한 남승지의 동요는 해방 이후 극도로 혼란한 정국에 대한 불만 때문이기도 하지만 해방 이후에도 민족의 경계를 쉽게 넘을 수 있을 만큼 가까웠던 일본과의 심리적 거리도 그 이면에 작용하고 있다고 할 수 있다. 숱한 밀항의 풍문이 들려오던 때 한라신보 기자 김동진은 남승지를 만나 밀항자들을 비판한다. 김동진은 밀항을 "고향을 버리는 짓"이라고 말한다. 하지만 밀항자들이 도착할 곳이 결국 일본밖에 없다는 사실 앞에 김동진은 동요한다. 이러한 김동진의 태도는 밀항을 고향을 버리는 일이라고 스스로에게 각인시켜야만 고향에 머물 수 있다는 모순으로 나타난다. 따라서 남승지가 "고향을 버려도 갈 곳이 있다"라고 느끼는 것은 어찌 보면 당연하다고 할 수 있다. 남승지에게 일본은 어떤 존재였는가. 일본은 제주에서 모자란 생활비를 누이동생이 "인편에 사냥모자나 셔츠 등 돈으로 바꿀 수 있는 물건과 일본돈"을 보내주는 일상적 삶의 한 부분과 밀접한 관련을 맺고 있는 실체적 감각으로 인식되는 존재였다.

이러한 감각은 소설의 곳곳에서 발견할 수 있는데 이를테면 미군정 통역관인 양준오와 부르주아 집안의 아들인 이방근이 남승지의 고모를 찾아가는 대목이 그것이다. 지프차를 타고 가면서 양준오는 이방근에게 "일본에 가고 싶지 않느냐"라고 묻는다. 이때 양준오는 자신은 '고향'이라는 추상적 의리로 살고 있다며 일본에서 사는 편이 낫다고 이야기한다.

> 나는 조선을 떠나고 싶어요. 나는 이곳에 친척도 아무것도 없는 사람이지만, 해방 덕분에 다른 사람과 똑같이 조국이라는 곳으로 돌아왔습니다. 그런데 요즘의 상황은 어떻습니까. '고향'이라는 것 때문에 의리로……말하자면 추상적으로 살고 있는 거나 마찬가집니다. 하지만, 어차피 추상적인 것에 불과하다면……나는 고향에 아무런 의리도 없고, 여기 있는 것보다는 외국에서 사는 편이 낫습니다. 일본이 아니라 미국이라도 좋지만, 미국에는 쉽게 갈 수가 없으니까요. 아니, 솔직히 말하면 미국에는 가고 싶지 않습니다. 해방 후 미국이 이 나라에서 한 짓을 보면 점점 미국이라는 나라가 싫어졌어요.[54]

해방 이후 조선과 일본의 교통이 단절되었고 조선인의 일본 입국이 금지된 상황에서도 양준오는 제주를 탈출하고자 한다. 그 탈출의 도착지는 바로 일본이다. '고향'에서의 삶은 구체성을 상실한 추상으로 인식되는 대신 일본이라는 지리적 감각은 엄존하는 민족적 경계에도 불구하고 월경이 가능한 대상으로 인식된다. 특히 양준오는 해방 후 미

54) 김석범, 『화산도』, 1권, 212쪽.

국에 대해 강력한 반감을 지니면서 일본으로의 탈주를 희망한다. 이것이 해방 이후의 정치사회적 상황에 기인한 것이라고는 해도 식민지 시기 일본에 대한 감정이 단순히 민족적인 착취와 억압의 감정만으로는 설명할 수 없는 다층적인 심상지리의 영역이었음을 의미하는 것은 아닐까.

『화산도』에서 남승지와 양준오는 모두 일본에서의 성장 경험을 가지고 있다. 이들의 고향은 과연 어디인가. 제주인가, 이카이노인가. 제주에 남아 혁명의 길에 뛰어들었던 이들이 고향을 지킬 수 있었던 것은 해방 이후 민족적 과제－독립국가 건설과 식민지 청산－를 수행해야 한다는 대의명분, 즉 추상적 의리가 있었기 때문이었다. 하지만 이러한 신념이 폭력적으로 좌절될 때 그들은 과거 식민지 본국이었던 일본으로 밀항한다. 그들이 밀항이라는 탈경계를 의식할 수 있었던 이유는 이카이노라는 또 다른 고향이 있었기 때문이었다. 식민지 시기 제주인들이 대다수였던 오사카 이카이노는 "조선인의 생활의 원형"이 "훼손되지 않고 불가사의한 생명력으로 계속 살아남아" 있었던 곳이었다.[55] 조선에서의 생활을 그대로 유지할 수 있었던 또 다른 고향을 일본이라는 지리적 영역 안에서 구현했고, 할 수 있었다는 경험이 탈경계의 원동력이었던 셈이다. 그런 점에서 이카이노는 일본의 지리적 영역으로 수렴될 수 없는 이질적인 존재이며 지도상에는 없지만 엄연히 존재하는 구체적 장소였다. 이러한 사실은 제주가 제국의 지리적 영역에 종속적으로 편입되었다는 민족주의적 해석만으로는 설명할 수 없는

55) 김석범, 『화산도』, 2권, 297쪽.

보다 복잡한 기제가 포함되어 있음을 시사한다. 무장봉기에 필요한 자금을 구하기 위해 남승지와 강몽구는 일본으로 향한다. 그리고 무장봉기가 실패로 끝날 것이라는 판단을 한 이방근은 선박을 사고 게릴라들을 일본으로 탈출시키려 한다. 이러한 모습에서도 알 수 있듯이 제주인들은 탈경계의 존재들이었다. 재일조선인이 해방 후 새로운 국민국가 만들기의 과정에서 조선을 상상하는 일은 자명한 일이 아니었다. 그것은 '추상적 의리'로 재구성해야 하는 작업이었다. 그 이유는 그들이 이카이노와 제주라는 두 개의 지역에서 놓인 경계인이었기 때문이었다. 조국이 독립했기 때문에 돌아왔다는 남승지의 고백에서 알 수 있듯이 독립은 그에게 있어 민족으로서의 정체성을 재구성해야 하는 의무감으로 다가왔다. '대의명분'으로서 조국이 존재한다는 것은 남승지와 양준오에게 조국이 선험적이며 자명한 사실로 인식되는 것이 아니라 끊임없이 '대의명분'과 '의무감'으로 재구성해야 하는 사후적 과제라는 사실을 보여준다. 그렇기 때문에 남승지는 고향인 제주에서 위화감을 느끼며 양준오는 탈주를 희망한다.

여기에서 주목할 것은 그들을 경계인으로 존재하게 한 것이 제주와 일본의 폭력적 단절에서 비롯되었다는 사실이다. 이처럼 제주와 일본의 갑작스러운 단절은 재일 제주인들에게는 비극적 원체험으로 다가왔다. 원수일의 『이카이노 이야기』에서 물맞이를 하며 재순과 두기가 암거래 보석상 추월을 떠올리는 장면은 이를 잘 보여준다. 재순과 두기에게 반지를 팔았던 추월은 해방 후 일본에서 제주로 귀환했다가 4·3을 피해 다시 일본으로 건너온 인물이다. 자신의 '병신 아들'을 고모에게 맡겨놓고 일본으로 밀항한 추월은 세월이 흘러 남한과 북한간의 화해 모드가 조성되자 아들을 데리러 제주로 건너간다. 하지만 일본으로 다시 밀항하던 중에 배가 좌초되어 자신의 아들과 함께 사망한다.[56] 일본으로의 밀항과 제주로의 귀환 그리고 다시 일본으로 밀항하는 추월의 모습은 해방 후 폭력적으로 구분된 제주와 일본의 지리적 경계가 빚어낸 '비극의 동선'이라고 할 수 있을 것이다.

민족적 경계 사이를 유동하는 제주인들의 사례에서도 볼 수 있듯이 식민지 시기 제주는 조선 본토보다는 일본과의 지리적 유대감이 더 컸다고 할 수 있다. 제주인들은 일상적 체험으로서 일본을 마주해야 했다. "산더미처럼" 밀려오는 "메리야쓰"는 문명국 일본을 추상이 아니라 구체적 일상으로 자각하게 만들었다. 식민지 시기 제주에서의 근대는 경성이 아니라 일본 산 '메리야쓰'라는 구체적 감각으로 인식되었다. 해방 후 대일무역이 금지된 상황에서도 밀무역이 성행했다는 것은 그만큼 일본을 일상의 영역에서 수용했다는 것을 의미한다고 하겠다. 제주 4·3의 직간접적인 원인 중 하나로 밀무역 과정에서의 관의 지나친 통제와 간섭, 착취 등을 꼽는 것도 갑작스런 경제 단절에 따른 피해가 컸음을 의미한다.[57] 이는 식민지 시기 제주와 일본의 경계가 고정된 선분이 아니라 유동의 경계, 월경의 경계였다는 사실을 역설적으로 증명한다.

제주는 조선(경성으로 대표되는)을 경유하지 않은 채 일본이라는 근대

---

56) 원수일, 김정혜·박정이 역, 『이카이노 이야기』, 새미, 2006, 68~69쪽.
57) 진관훈, 앞의 글, 121쪽.

와 직접 대면했다는 특수성을 지니고 있다. 이는 식민지 시기 근대의 경험이 균질적으로 이뤄지지 않았다는 점뿐만 아니라 그 경험의 양상도 사뭇 달랐음을 보여준다. 즉 민족적 경계라는 확고한 중심에서 벗어나 유동하는 존재로서, 제주는 근대를 경험하게 되었다. 기존의 식민지 시기 일본인의 학적(學的) 연구를 식민지 수탈이라는 민족적 관점에서만 바라보는 것은 식민지 시기 민족적 경계의 확고부동성을 전제할 때 가능해진다. 이는 조선 민족의 배타적 존재로서 일본을 상정하고 조선 민족의 범위에 제주·제주인을 포함시키는 것을 당연시 여긴다. 하지만 식민지 시기 제국의 시선이 제주를 발견하고 그리고 제주인이 일본을 상상하는 방식은 단순히 민족적 범주로만 설명할 수 없는 균열의 지점들을 배태해 갔다고 할 수 있다.

제 2 장

# 싸우거나 망하거나

## — 해방기와 한국전쟁기의 '제주' 표상

# 02

# 싸우거나 망하거나

## — 해방기와 한국전쟁기의 '제주' 표상

1945년 8월 15일. 해방이 되었다. '제국' 일본이라는 강고한 중심은 증발했다. 해방은 제국이라는 중심이 사라진 하나의 사건이었다. '텅 빈 중심'을 무엇으로 채울 것인가. 그것은 '나라 만들기'를 어떻게 할 것인가는 민족적 과제로 다가왔다. 중심이 사라진 시대, 그 '텅 빈 중심'을 무엇으로 채울 것인가는 '나라 만들기'라는 과제를 우리 앞에 던져주었다. 이러한 시대적 과제 앞에서 지역은 어떠한 식으로든 재편성된 중심에 의해 소환되고 소비될 수밖에 없었다. 이때 발견되는 지역이란 지역성으로 환원될 수 있는 모든 것들의 총합이 아니라 발화자의 욕망과 지역성의 일부가 맞닿은 교집합으로 존재한다. 달리 말하자면 지역을 발견하는 자는 그 스스로 발견하고자 하는 욕망의 창으로만 지역을 바라본다. 이는 지역이 '발견'되는 형식이며 이 때문에 지역성을 둘러싸고 서로 다른 발화자의 욕망이 대립하는 상상의 대결장이라는 사실을 보여준다. 그리고 이러한 상상의 대결은 일국적 차원에만 그치는 특수한 것이 아니다.

실례로 1911년 오키나와를 방문한 교토제국대학의 가와카미 하지메(河上肇)가 겪었던 '가와카미 하지메 설화 사건'은 서로 다른 욕망이 지역을 '발견'하는 양상을 잘 보여준다. 가와카미는 오키나와 현 교육위원회의 요청으로 '신시대가 다가온다'라는 제목의 강연을 했는데 다음 날 오키나와 현지 신문에 이에 대한 비판 사설이 실렸다. 문제가 되었던 부분은 가와카미가 오키나와는 충군애국사상이나 국가심이 왕성한 일반사회와는 다른 독자성을 지닌 곳이며 이러한 독자성이 새로운 시대의 지도자를 배태할 가능성이 있다고 한 대목이었다. 현지 신문은 이 같은 지적을 오키나와 현민을 충군애국정신이 부족한 사람들로 바라보는 무례한 언사라고 비판했다.[1)]

본토 일본인은 오키나와의 독자성에 주목하고 오키나와 인은 '충국애국정신'을 내세우며 일본 본토와의 동일화를 욕망한다. 이러한 예는 지역에서 본토와의 차별적 요소를 확인하려는 본토인과, 본토를 지향하는 주민들과의 서로 다른 욕망이 배면에 자리 잡고 있었기 때문이다. 일본 본토라는 강력한 중심과 그에 대한 대타항으로서의 지역의 대립은 단순히 일본의 지리적 영토에만 국한되는 일은 아니다. 중앙과 주변이라는 기표에 무엇을 기입하느냐에 따라 이 같은 대립은 반복된다. 그것은 일국적 차원의 반복일 수도 있으며 때로는 국가의 경계를 넘어

1) 다카라 구라요시, 원정식 역, 『류큐왕국』, 소화, 2008.

서기도 한다.

이러한 점을 염두에 두고 여기에서는 해방기 제주 인식에 대하여 살펴보고자 한다. 해방 이후 제주 표상을 규명함에 앞서 주의해야 할 것은 제주 표상을 단일한 것으로 환원하려는 태도일 것이다. '제주적인 것'을 단일한 것으로 규정하려 할 때 거기에는 다양한 가능성의 지점들을 해석의 편의를 위해 폭력적으로 획일화하려는 욕망이 개입될 수 있다. 해방과 한국전쟁기라는 시공간 속에서 제주는 하나로 환원되지 않는 수많은 역사적 변수와의 상관 속에서 인식되어 왔다. 때로는 외세에 저항한 항쟁의 경험지로서, 제주 4·3을 겪으면서는 '절멸'을 통해서라도 반공국가 수립의 역사적 과제를 성취해야 하는 곳으로, 그리고 한국전쟁기에는 육군 제1훈련소로 상징되는 반공의 최후 보루라는, 다양하고 복합적인 심상으로 덧칠되었다. 비유하자면 하나의 캔버스 위에 그려진 그림에 수많은 덧칠이 더해지면서 '제주'라는 지역성이 구축되어 왔다고 할 수 있다. 이러한 점을 감안하여 여기에서는 제주를 유동성을 지닌 존재로 전제하고 그 유동을 추동하였던 동력이 무엇인지를 구체적으로 살펴보고자 한다.

## 1. 청년 영웅의 등장과 '항거(抗拒)'의 증명

최금동이 최광운이라는 필명으로 1946년 7월 발표한 시나리오 「봉화」는 해방 이후 '제주'라는 공간을 이해하기 위해 우선적으로 검토해야 할 텍스트이다.[2] 지금까지의 해방기에서 제주문학 연구는 4·3이라는 역사적 비극의 원인을 규명하는 데에 몰두해 왔다. 그것은 섬의 모든 주민을 몰살해서라도 반공국가를 수립하려고 했던 지배세력의 폭력과 그로 인한 비극적 죽음의 원인과 실체를 규명하려는 '진실찾기'가 지역문학의 성격을 규명하는 중요한 원동력으로 작용하였기 때문이다. 제주 4·3의 역사적 무게는 그 자체로 엄혹한 시절을 살아야 했던 지역민들을 오랫동안 잡아끌었다. 하지만 해방 이후 혼란스러운 정국 속에서 지배세력에게 제주가 '절멸'의 땅으로 인식되었던 것과 다르게 제주의 역사적 체험을 현재적 관점에서 규명하려는 움직임이 존재했었다. 「봉화」는 바로 그러한 서사적 재현의 실천이었다고 할 수 있다. 특히 「봉화」는 1948년 3·1사건 발발 전에 발표되었다는 점에서 4·3이라는 역사적 비극이 제주를 휩쓸기 전, 그러니까 해방 직후 제주 표상의 구체적 실체를 확인할 수 있는 텍스트라고 할 수 있다.

「봉화」는 1946년 7월부터 12월까지 총 4회에 걸쳐 『신천지』에 연재되었으며 4회에 "부득이한 사정"으로 연재가 중단된 이후 다시 게재되지 않은 채 미완으로 끝이 났다.[3] 1901년 제주에서 일어난 이재수난을

---

2) 최금동은 1937년 동아일보의 제1회 영화소설 현상공모에 「환무곡」이 당선되어 작품 활동을 시작했다. 「해빙기」(1938), 「향수」(1939) 등의 장편 영화소설을 신문에 연재하였고 해방 후에는 「산유화」, 「오 내고향」 등의 영화소설과 시나리오를 포함해 100여 편의 작품을 남겼다.(한국예술연구소 편, 『이영일의 한국영화사를 위한 증언록』, 도서출판 소도, 2003, 204~207쪽. 최금동의 시나리오는 "민족의식적인 역사적 사건과 위인, 불교소재, 실존인물을 통한 사회고발성 소재, 문제적 주인공의 인간 승리 등의 소재" 등을 주로 다루었다.(오영미, 「최금동 시나리오 연구」, 『드라마연구』 제35호, 2001. 12, 296쪽.) 이러한 구분에 의하면 「봉화」는 역사적 사건과 위인을 민족의식으로 그려냈던 최금동의 시나리오 창작 경향이 반영된 작품이라고 볼 수 있다.

3) 1회 연재는 『신천지』, 1946년 7월호, 2회는 1946년 9월호, 3회는 1946년 10월호, 4회는

소재로 하고 있는 이 작품은 '용암(溶暗)' '용명(溶明)', '이중전환' 등의 시나리오 기법을 사용하고 있다. 또한 제주의 풍물과 풍습에 대해 상당한 지식을 갖고 창작되었음을 알 수 있다. 이재수난을 본격적인 서사의 대상으로 삼은 작품은 현기영의 『변방에 우짖는 새』[4] 정도에 그치고 있다는 점을 감안한다면 시나리오로 재현된 이 작품은 역사적 기억의 재구성과 공유라는 측면에서 중요하게 다뤄질 필요가 있다.[5]

이재수난은 사건이 발생한 지 100년이 지났지만 아직도 그 정명(正名)이 쉽게 정리되지 않았다. 천주교의 박해를 강조하는 입장은 '제주교안(濟州敎案)' 혹은 '신축교난(辛丑敎難)'으로, 제주도민의 저항을 강조하고 천주교의 교폐를 강조하는 측은 각각 '1901년 제주항쟁', '성교난(聖敎亂)' 등으로 명명한다. 일반적으로 이재수난의 발발 원인을 천주교의 교세확장과 이로 인한 폐단 그리고 정부의 조세수탈에 있다고 본다.[6] 이처럼 이재수난은 천주교 측에서는 교민들의 종교적 박해의 역사로, 제주도민들의 입장에서 프랑스 선교사를 앞세운 천주교의 교폐와 왕실에서 파견한 봉세관의 조세수탈에 대한 저항이라는 서로 다른 시각이 존재한다. 이러한 갈등을 해소하기 위해서 지난 2001년 사건 발생 100

---

1946년 12월호에 게재되었다.

4) 현기영, 『변방에 우짖는 새』, 창작과비평사, 1983.

5) 최금동의 「봉화」에 대해 김동윤은 그것이 "미완(일부 미발표)의 시나리오라는 한계가 있지만, 신축제주항쟁에 관한 최초의 현대문학적 접근이면서 반제국주의적·반외세적인 양상을 보인다는 점에서 의미가 있는 작품"이라고 평가하고 있다. 김동윤, 「신축제주항쟁의 문학적 형상화 양상과 그 과제」, 『제주작가』 제7호, 2001, 160쪽.

6) 이영권, 『새로 쓰는 제주사』, 휴머니스트, 2005, 274쪽. 신축항쟁을 지칭하는 위의 용어 이외에도 '1901년 제주민란'이라고 불린다. 여기에서는 작품이 창작된 당시에 사용된 이재수난을 그대로 사용하기로 한다.

년을 맞아 지역사회에서 항쟁 100주년 기념사업회가 조직되기도 하였다. 천주교 측에서도 지역사회와의 화해를 위한 움직임이 조성되면서 2003년 천주교와 지역사회가 화해와 기념을 위한 미래선언을 공동으로 발표하였다.[7] 이재수난에 대한 역사적 기억에 대한 복원이 1950년대 중반 이후 60년대 본격적으로 진행되기 시작했다는 점을 염두에 둔다면[8] 「봉화」는 근대의 초입에 제주 지역사회가 겪었던 역사적 사실을 서사적으로 재구성함으로써 역사적 기억을 공유하려고 하였던 시도라고 할 수 있을 것이다. 그렇다면 「봉화」는 과연 어떠한 기억을 공유하고자 하였던 것일까. 그것의 단초는 시나리오 연재의 의도를 밝히고 있는 도입부에서 실마리를 얻을 수 있다.

> 해녀들의 휘파람 소리 그리고 신화와 전설어린 「情□의 섬」 제주도(濟州島)의 역사를 뒤져볼 때 거기에는 또한 장장이 아롱진 주민(州民)의 『피의 투쟁』에 접(接)하고 우리는 감격하지 않을 수 없을 것이다. 것은 곧 대자연의 □□한 시련과 삼신 계하 시대(三神陛下時代)부터 무수한 침략자에의 치열한 항거의 불길이었다. 그리고 그것들은 모두 이 거치른 섬덩이를 사랑스러운 고향으로서 키워냈고 기름지고 살찐 우리들의 복지(福地)로서 건설하여 왔었다. 그중에도 우리는 아직까지

7) 박찬식, 『1901년 제주민란』, 도서출판 각, 2013, 22~44쪽 참조. 박찬식은 이재수난을 '1901년 제주민란'으로 명명하며 이 사건이 제주도가 근대사회로 넘어가는 과정에서 중앙과 지방의 갈등, 전통과 천주교로 상징되는 외래문화 사이의 충돌로 발생한 것으로 이해하고 있다.

8) 이재수난에 대한 역사적 기억의 복원은 김석익의 『천주교난기』,와 이재수의 누이인 이순옥의 증언을 참고로 하여 작성된 『이재수실기』가 있으나 사건의 의미에 대해 본격적으로 연구되기 시작한 것은 1956년 유홍열의 「제주도에 있어서의 천주교박해 - 1901년의 교난」을 시작으로 김태능의 『성교난』 등을 들 수 있다.

널리 알려지지 않은 다음의 사실(史實)을 발견할 때 오늘날 조선민족의 고심과 불행한 운명을 이미 신(神)은 그 사실(史實)로 축소시켜 우리에게 예언하고 또 경고하였다고 볼 수 있다.

때는 광무(光武) 5년(1901년) 우리 민족의 大□場 한라 성봉(聖峰)과 무한대한 바다를 무대로 용장(勇壯)하고 애달픈 이야기는 천주교당(天主敎堂)으로부터 울려오는 □소리와 함께 시작되는 것이니 말도 소도 죄 없이 살고 있는 이 남해고도(南海孤島)에 난데업는 거풍(擧風)이 십자가의 등 뒤에 숨어서 상륙을 한 것이다. 주민(州民)의 평화로운 꿈과 행복이 □□를 □□으로 과대망상에 날뛰는 반역도들의 발길에 여지없이 짓밟히고 빼앗길 때 이 비극을 대할 진정한 지도자를 찾는 인민의 소리는 높았고 그 시선은 젊은 청년 이재수에게로 쏠리었다. 여기에 치열한 조국애와 얄궂은 운명의 사랑으로 빚어내는 슬픈 □利□한 토막 영상은 기리 한라산과 함께 아로새겨지거니와 그것은 果□한 우리 민족의 앞길을 비출 위대한 「봉화(烽火)」로서 영원히 타오를 것이다.[9]

연재 의도를 분명히 밝히고 있는 인용문에서 제주는 "피의 투쟁"을 지닌 "항거"의 고장으로 불려진다. 제주는 "침략자"에 대항하여 "치열한 항거의 불길"을 피워왔던 고장이며 이러한 "항거"는 "복지(福地)"를 "건설"한 원동력이다. "항거"와 이를 통해 이룩한 "복지" 건설의 역사적 경험은 "오늘날 조선민족의 고민과 불행한 운명"을 "예언"하고 "경

9) 「봉화」, 『신천지』, 1946. 7. 201쪽. 표기는 현대어로 한다. 의미가 명확한 한자어는 한글로 표기하고 한자를 병기해야 할 필요가 있을 경우에만 한자를 병기한다. 앞으로의 인용은 호수와 쪽수만 명기한다. 정확한 글자를 알 수 없을 경우는 기호(□)로 대신한다.

고"한 사건이다. 이는 40여 년 전에 발생한 이재수난을 과거의 박제된 사건이 아니라 현재적 의미를 지닌 사건으로 의미화하고 있다는 데에서도 확인된다. "항거"의 경험을 현재적 시점에서 호명하려는 이러한 태도는 역사를 서사화함으로써 외세에 대한 저항의 기억으로 공유하려는 시도이다. 따라서 이재수의 저항은 "치열한 애국애"이며 "우리 민족의 앞길을 비출 위대한 봉화"로 형상화된다.

이처럼 「봉화」는 천주교의 교폐에 저항하는 이재수의 '영웅적' 저항과 천주교도인 해녀 '봉옥'과의 비극적인 사랑을 날줄과 씨줄로 하여 서사가 전개되고 있다. 주인공인 '이재수'는 일찍이 제주에 귀양을 와서 지금은 한라산 산장에서 소와 말을 방목하고 있는 '산장영감'을 아버지로 두고 있는 인물이다. 작품 속에서 '한라산 호랑이'로 지칭되는 이재수는 지역주민들의 신망을 한 몸에 받고 있는 인물로 묘사된다.

기존 이재수난의 봉기 주체에 대한 연구에 따르면 대정군 향임인 오대현을 중심으로 한 반천주교 조직인 상무사(商務社), 그리고 제주 대정 지역의 빈농층 등 중앙정부의 세금징수를 둘러싸고 대립했던 지방관·향임층과 빈농층 들이 봉기세력의 주축이 되었다. 또한 이들의 제주읍성 진입에 부녀자들도 다수 참여하여 전도민적 저항의 성격을 지녔다.[10] 이재수는 관노 출신으로 '장두'로 추대된 인물이다.

관노 출신인 이재수의 신분이 시나리오에서는 육지에서 귀양을 온, 토착화된 몰락 양반의 후손으로 그려지고 있는 것은 이재수라는 인물의 '영웅'적 처신을 부각시키기 위한 서사적 장치라고 볼 수 있을 것이

10) 박찬식, 앞의 책, 195~213쪽 참조.

다.[11] 오대현과 강우백 등 거사를 함께 도모하는 이들이 위기에 처할 때마다 이재수를 찾아가는 장면은 이 사건을 이재수라는 한 개인을 '영웅화'하려는 전략을 전면에 드러내고 있음을 보여준다. 하지만 이러한 영웅 서사화가 단순히 인물의 위대성을 부각하는 측면에서만 작동하는 것은 아니다. 봉기를 약속한 날, 모슬포에서 배를 타고 제주로 진격하기로 하는 순간, 이재수는 '봉옥'과의 사랑 때문에 1차 거사에는 참여하지 않는다. 위기와 시련을 초인적인 의지로 극복하는 인물이 아니라 사랑 때문에 고뇌하는 인물로 그려지는 것이다.

이재수는 장터에서 천주교도인 고영삼이 행패를 부리자 이를 응징하려고 한다. 하지만 자신을 가로막는 '봉옥'의 느닷없는 행동에 이재수는 주민들의 응징 요구에 주저하며 고영삼을 놓아주고 만다. 이 사건 이후 이재수는 전반부의 '한라산 호랑이'같은 인물에서 사랑 때문에 고뇌하는 나약한 인간으로 변모한다.

> 『여보게 봉년이 저 지난 장날 자네들 재수하고 모두 만났다지?』
> 하고 묻는다.
> 『네 만나서 아주 굉장했습니다. 아 왜 재수한테서 못 들으셨어요?』
> 『아-니 쌈했다는 건 들었네 만은 그 외에 다른 일은 없었나?』
> 『그 외에 다른 일이라니요?』
> 봉년은 의아한 듯 고개를 갸우뚱한다.
> 『그 녀석이 말일세. 그날 장엘 다녀온 후부터는 아주 사람이 변했다

11) 이 같은 설정에 대해 현기영은 이 작품이 역사적 사실에 부합되지 않은 단점을 지닌다고 지적한 바 있다. ≪제민일보≫, 1996, 6. 5.

네.』

하고 산장영감은 가만히 한숨을 내쉰다.

『변하다니요?』

『그렇케 펄펄 뛰던 녀석이 정신 나간 놈처럼 왼종일 무엇만 생각하구 도무지 묻는 말도 잘 대답하지 않는다네.』

봉년은 고개를 숙이고 한참 생각한다.

『선생님 걱정 마세요. 선생님하구 둘이서만 적적한 산속에서 살어갈려니까 재수도 답답해서 그런 게지요.』

하고 의미있는 듯 빙그레 웃는다.

산장영감도 봉년의 말뜻을 속으로 되씹는지 잠잠히 걸어간다.

(1946. 10. 187쪽)

장터사건 이후 산장영감과 이재수의 동지인 김봉년이 나누는 이 장면에서 이재수는 이전과는 전혀 다른 인물로 그려진다. 이재수는 '한라산 호랑이'가 아닌 개인적 사랑 때문에 고뇌하는 인물인 것이다. 역사적 사건과 비극적 사랑을 교직하기 위해 이러한 설정은 불가피한 것처럼 보이지만 이는 뒤의 선박을 이용한 '등장'이 김봉년의 비극적 죽음으로 끝이 나고 이에 자극을 받은 이재수가 다시 '장두'로서의 사명을 다한다는 극적 효과를 극대화하기 위한 장치로 볼 수 있다. 시나리오 4회의 마지막에 말을 탄 이재수가 서귀포 바닷가에 운집한 군중들에게 연설하는 장면에서 이러한 효과는 절정에 다다른다.

서귀포 바닷가—

○ 맹렬히 타오르는 화톳불

○ 화톳불을 둘러싸고 모여선 사람들의 엄숙한 얼굴－

○ 재수－말 위에 올라서서 한 손에 횃불을 높이 든다. 그 불빛에 재수의 얼굴 더 한층 굳세보인다.

재수－우렁차게 외친다.

『여러분 형제 자매여, 우리는 이제부터 싸우러 간다. 우리들의 고향을 짓밟고 우리들의 고혈을 빼앗아 가는 반역배들을 이제부터 우리들의 힘으로 토벌하는 것이다.』

○『와－』

하고 함성이 일어난다.

『우리는 천당에 가기 전에 먼저 우리 탐라 땅을 천당보다 더 좋은 곳으로 만들지 않으면 안 된다. 우리는 같은 동족으로서 남의 힘을 등지고 제 고향 산천과 부모형제를 도탄에 빠트리는 역적을 소탕하려는 것이다. 지금, 조국의 운명은 험악한 회오리바람 속에 서 있다. 그것은 지금의 제주도가 겪고 있는 운명과 마찬가지다. 우리는 우리의 손으로 제주도의 불행을 건져내고 나가서는 조국강산에 횃불을 들어 동포들의 어지러운 꿈을 일깨워주자.』

○ 또『와－』하고 함성이 폭발한다.

『용감하고 날 쌘 형제자매여, 우리는 싸우자! 우리는 우리들의 피로써 이 탐라 낙토(樂土)에 물들인 온갖 더러운 것을 깨끗이 씻어내자! 나는 형제자매의 앞장을 서서 나아가겠다.』

재수가 말을 마치고 또 한 번 횃불을 밤하늘 높이 들어 보였을 때 열광된 군중의 환성은 천지를 뒤흔드는 듯하였다.(1946, 12, 1권 11호)

난을 도모하는 세력들은 외세를 등에 진 '반역배'들을 처단하는 정의로운 집단이자 "탐라낙토"를 정화하는 순교자의 위치에 놓여진다.

스물다섯 청년, 이재수의 외침은 한반도의 변방에서 발생한 난을 공식적인 기억의 장으로 옮겨 놓으며 사건에 역사적 의미를 부여한다. 그것은 외세에 의해 "험악한 회오리 바람 속에" 있는 "조국의 운명"을 구해내는 것이며 민중의 자주적 저항의 역사를 확인하는 순간이다. 앞서 살펴보았던 시나리오의 창작의도와 관련하여 이 장면을 살펴본다면 시나리오 「봉화」는 역사적 기억의 서사화를 통해 해방 이후 미국과 소련이라는 외세의 영향력 아래에서 조국의 운명을 개척하기 위한 방법을 모색하고 그러한 노력의 주체가 누구여야 하는지를 보여주기 위한 목적의식 아래에서 창작되었다고 할 수 있다.

이재수난이 중앙에서 파견한 봉세관의 가혹한 수탈과 이를 교세의 확장에 이용한 천주교의 교폐라는 중첩적 원인으로 발생되었다는 점을 염두에 둔다면 「봉화」에서는 중앙과 지역의 갈등은 왜소화되고 천주교도의 패악(悖惡)이 전면에 부각되고 있다. 즉 이재수난이 제주도가 근대사회로 넘어가는 과정에서 중앙과 지방의 갈등, 전통과 외래문화의 충돌로 발발[12]하였지만 「봉화」에서는 중앙에서 파견된 관리들과 지역민들 간의 갈등보다는 천주교도와 지역민들 간의 갈등이 서사를 추동하는 원동력이 되고 있다.

이는 중앙에서 파견된 관리인 제주목사 김창수가 천주교 신부와 대립하는 인물로 그려지고 있는 점, 그리고 제주에 유배된 양반들이 일본과 천주교로 대표되는 외세에 대해 저항적인 인식을 가지고 있다는 점에서도 확인할 수 있다. 이들은 이 같은 혼란을 극복하기 위한 주체

12) 박찬식, 앞의 책, 44쪽.

로 "무력한 관"보다는 제주 출신인 이재수를 염두에 두고 있다. 천주교 신부와 담판을 짓고 온 제주목사와 정배(定配) 온 양반, 선비들이 동헌에 모여서 시국을 논하는 아래의 장면을 살펴보자.

『그래 일본이 눈을 부라리면 일본에 가 붙고, 아라사가 배를 퉁기면 아라사에 붙고 대체 언제나 셈을 차린다는 말이오?』

『그래서 미국서 돌아온 서재필 같은 이들이 독립협회라는 걸 조직하고 새 지식, 새 정신을 일깨우려는 운동을 벌이고 잇지요.』

『그렇지만 구미 각 열강의 세력이 물밀듯 극동으로 밀어닥치고 있는 이 마당에 아라사와 일본 사이가 언제까지든 무사할 리가 없지 않겠소?』

(…중략…)

『이대로 가다는 사태가 위급해질 뿐이겠소. 신부(神父)편이나 성교회(聖敎會) 간부 측에서는 조금도 미안한 생각은커녕 대립적인 태도로 나옵디다.』

『아니 대립적이라고 말씀하면, 관(官)에까지도 그렇다는 말씀이오?』

『그 사람들이 어디 관을 관으로 아는 줄 아오? 관은커녕 조정(朝廷)에 대해서도 예의다운 예의나 지키는 줄 아오? 국법을 무시하고 죄인을 석방할 때는 다 알어보는 게 아니오!』

『이 놈의 세상이 대체 어찌될 셈판인구.』

『이대로 가면 제주도는 장차 어떻게 된다는 거야!』

『대원군(大院君)이 천주교를 압박한 것도 무리가 아닌 줄 아오.』

『그다 일을 말이요, 부모님의 제사도 인정치 안는 종교가 동양도덕에 맞을 까닭이 있겠소.』

『그러나 대원군이 천주교를 탄압한 것과는 지금 형편은 다르지요.

또 대원군도 실상은 천주교 그것이 미워서 그런 것보다 목표는 다른 데 있었을 거요. 종교치고 옳…지 않은 교리를 갖은 종교는 없는 법이오…… 다만 그 뒤에 숨어서 교리와 간판을 악용하는 도배들이 밉다는 것이겠지요.』

『그렇소. 오늘날 제주민의 천주교에 대한 원성도 거기에 있소. 그리고 대원군의 천주교 탄압시대와 오늘 형편과는 전혀 다르고 말고요.』

『옛날에는 국세 받지 않고 주민들의 생활도 특별히 보호를 해서 아무 탈 없이 살어온 이 섬이 무슨 까닭으로 2, 3년래로 이렇게도 바싹 말려 들어가는 것이요? 더구나 상무원(商務員)까지 횡행하여 민생의 고초는 참아 눈으로는 볼 수 없소.』

『모다 사람이 없는 탓이오, 백성들의 어지러운 마음을 수습하고 여웨드는 살림을 바로 세워줄 만한 사람이 나와야 할 것이오.』

『옳은 말씀이오. 민중은 자기들이 어떻게 하면 잘 살수 있다는 걸 누구보다도 잘 알고 있을 줄 아오, 그것을 이끌고 나갈만한 힘이 필요할 것이오.』

『문제는 누가 저 민중 앞에 횃불을 드느냐 그것일 것이오. 불만 질러 놓으면 민중은 한 뭉치가 되여 맹렬히 타오를 것이오.』

『그 일을 해낼 사람이 이 섬 안에도 있기는 하오만……』

『그게 누구요? 어느 골 사람이오?』

『이재수를 어떻게들 생각 하시오?』

『그렇소…산장노인 아들 이재수요, 민중은 우리 말은 안 믿어도 그 사람 말은 믿을 것이요.』(논의의 편의를 위해 시나리오 대사 중간의 지문은 생략하였다. 『신천지』 1946, 9, 1권 8호, 193~194쪽)

지방 선비, 그리고 목사와 정배 온 양반들의 대화에서도 알 수 있듯이 이들은 일본과 러시아, 두 강대국의 사이에 놓인 조선의 운명을 염려한다. 조선의 위기는 체제가 배태하고 있는 내재적 갈등이 아니라 외부적 조건에 기인한 것이다. "관은커녕 조정(朝廷)에 대해서도 예의다운 예의"도 지키지 않는 천주교도들은 내부의 질서를 뒤흔드는 위험한 인자들이다. 체제의 위험이 체제 내 모순에 의해서가 아닌 외재적 요인에 의한 것이라는 인식은 이재수난을 반봉건적 성격이 아닌 '외세'에 위협받는 체제를 수호하기 위한 대항적 움직임으로 규정한다. '천주교'로 상징되는 근대 외래문화는 "국법"을 무시하고, 체제를 위협한다. 하지만 '천주교' 자체가 문제가 아니라 "그 뒤에 숨어서 교리와 간판을 악용하는 도배들"을 문제 삼는 것은 근대 외래문화에 대한 승인과 거부가 혼재되어 있다는 것을 보여준다. 근대를 선취한 "일본"과 "아라사"라는 강대국들의 국제 역학관계에서 "새 지식"과 "새 정신"은 조선의 운명을 개척할 대항적 힘을 가지기에는 역부족이다. 체제를 수호하기 위해 근대로의 편입은 불가피하다. 하지만 근대의 후발주자로서 강고한 국제 관계 질서를 재편성하기까지는 요원한 일이다. '운동'으로서의 "새 지식"과 "새 정신"이 아직 주류가 되지 못한 상황에서 이들이 선택할 수 있는 길은 무엇인가. 그것은 위기의 국면을 타개할 수 있는 능력을 지닌 새로운 지도자의 등장을 기다리는 것이다. "백성들의 어지러운 마음을 수습하고" "살림을 바로 세워 줄 사람" 즉 영웅이 도래하기를 기원하는 일이다. 구 지배세력(우리들)의 말은 듣지 않아도 그 사람 말은 믿을 수 있는 존재, 난국을 타개할 영웅으로서 이재수가 부각되는 이유도 바로 이 때문이다.

「봉화」는 이러한 점에서 영웅 탄생 서사를 전면에 부각시키고 있는 작품으로 해석될 수 있을 것이다. 그러나 이러한 영웅 서사가 여타의 서사들과 구별되는 것은 영웅의 존재가 이재수 개인으로서 한정되는 것이 아니라 청년 세대 전체로 확장되고 있다는 점이다. 스물다섯의 청년, 이재수가 비극적인 사랑 때문에 고뇌할 때 산장영감은 위기를 타개할 청년의 책임을 강조한다.

『청년은 의분과 단결－이것이 생명일세. 나를 고집하거나 나 한사람만을 위해서 여럿을 돌보지 않는 건 반역자야…… 이 반역자를 소탕하지 않고는 조선 백성은 마음 놓고 숨 쉬고 살 수 없을 걸세. 제주는 옛날부터 탐라왕국이지만 이 고장 사람들의 핏속에는 탐라혼이 맥박치고 있단 말야. 누구보다도 조국애에 강렬하고 의리와 단결심이 열렬한 걸세. 그 탐라혼을 계승한 자네들의 피를 태워 사대주의자 기회주의자들의 반동으로 기울어져가는 조국의 하늘에 봉화를 드는 걸세. 조선의 불행을 건질 모든 사람아 일어서라 하고 이 남해 중의 고도로부터 봉화를 든다는데 더한층 뜻이 큰 걸세.』

(1946, 10, 1권 9호, 188쪽)

청년은 "의분과 단결"을 생명으로 아는 존재이다. 청년은 일신의 안위만을 도모하는 "반역자"와 대별되며 "강렬한 조국애"를 지닌 존재로 호명된다. 영웅이 한 개인의 역사적 책무와 고뇌에 찬 결단으로 위기를 타개한다는 점에 비춰본다면 이 같은 산장 영감의 인식은 청년 세대 전체를 영웅적 운명을 지닌 존재로 여기고 있음을 알 수 있다. 청년은 "탐라혼"의 계승자이며 "사대주의자, 기회주의자들의 반동으로 기울어져가는 조국의 하늘에 봉화를 드는" 존재이다. 산장영감이라는 인물을 통해 조국의 운명을 짊어질 세대로서 청년이 호명되고 그들의 선도적 행동에 역사적 의미가 부여된다.

청년이라는 용어는 근대 초기에 문명의 통로였던 기독교의 영향 아래 전근대의 질서를 파괴하고 근대를 구축하기 위한 열정의 표상으로 호출되기 시작한 다분히 근대적 용법이었다.[13] 이러한 근대 초기의 청년담론은 식민지 전시동원체제를 거치면서 '애국청년'으로 그리고 해방 이후 '나라 만들기'라는 민족적 과제 앞에서 다시금 호출된다. 청년담론의 재생산이 "동원과 건설의 논리 하에서 청년에게 부여된 시대적 사명의 엄중성"[14]을 보여주는 것이라는 점은 「봉화」의 청년 호명이 단순히 서사적 특이성을 위해 부여된 것이 아니라 시대적 담론의 흐름을 충실히 반영한 것으로 보게 한다. 해방 이후 난립했던 수많은 청년단체들은 새로운 질서를 선도적으로 구축해야 하는 청년의 임무를 시대적 과제로 인식하고 있었다. 이러한 시대적 분위기가 「봉화」에 일정부분 영향을 미쳤고 이러한 점이 이재수 개인의 영웅화가 아니라 청년세대 전체로의 임무로까지 확대되었다고 할 수 있을 것이다.

해방 이후 '나라 만들기'의 주체로서 "미래 조선을 담당할 지식청년"의 역할은 강조되었고 이를 위해 식민지 협력의 경험을 가진 구세

13) 소영현, 『문학청년의 탄생』, 푸른역사, 2008, 11쪽~43쪽 참조. 소영현은 청년이 1900년대 전후에 근대 잡지와 신문을 통해 등장하기 시작하였으며 미래를 담지하는 상징적 주체의 이름으로 호명되었다고 규정한다.

14) 전지니, 「해방기 희곡의 청년담론 연구」, 『한국문학이론과 비평』 제50집, 256쪽.

대와의 폭력적 단절은 불가피한 것으로 인식되었다.[15] 해방기에서 청년은 "각자의 파적 정견을 초월하여서 일 청년이라도 빠짐없이 일단혼(一團魂)의 깃발 아래 모여야 하는"[16] 역사적 과제를 부여받았다. 이를테면 이재수는 '학병세대'가 목숨을 건 "건국"의 과제를 '영웅적'으로 수행해야 했던 것처럼 하나의 역사적 전범이자 청년의 모범으로 그려지고 있는 셈이다. 청년이 문제인 시대, 청년이 앞장서서 "조선의 불행"을 구원하는 "봉화"를 들어야만 했던 시대에 이재수는 청년의 역할을 역사적으로 실현한 참고 대상으로 표상된다.

다만 학병세대를 위시한 해방 후 청년 담론이 구세대를 "일제에 협력했던 민족반역자"로 규정하면서 세대 간 폭력적 단절을 통해 청년의 책무를 발견하면서 자기동원의 수사학을 구현하고 있는 것에 비해 「봉화」에서는 청년의 책무를 일깨우는 존재로서 몰락한 양반인 산장영감이 부각되고 있다는 점은 특기할 만하다. 즉 해방 이후 청년 담론이 세대적 동질성을 통해 시대의 과제를 부여받고 있는 것에 비해 「봉화」는 구세대의 계몽이 청년의 임무를 자각하게 하는 결정적 계기로 작용하고 있다.

그런데 여기에서 주목할 것은 "탐라혼"의 계승자로서 청년 이재수의 역할이다. 과거 역사에서 제주는 오랫동안 독립국가를 유지했고 이를

---

15) 김오성, 「건국과 학병의 사명」, 『학병』 제1집, 1946, 1, 26~29쪽. 김오성은 이 글에서 학병 세대의 책무를 "건국을 지연시켜 자기들의 기득된 권익을 유지해 가려는" "민족반역자"를 "분쇄"해야 하는 존재로, "학병 제군의 생명을 제공"해서라도 "미래 조선을 담당할 지식청년"으로서 "건국의 파도"와 "혼란 속에서" "正路를 찾아 자기 세대에 부과되는 책무를 수행해 나가는 새조선의 운영자"로 인식하고 있다.

16) 정영남, 「청년의 의기를 논함」, 『학병』 제1집, 1946, 1, 54쪽.

가능하게 한 것이 "탐라혼"이다. '제주=독립국가'의 구현 이데올로기로서 "탐라혼"이 거론되는 것은 '제주=독립국가'의 역사적 경험이 단순히 지역에 국한된 것이 아니라 '조선독립'의 질료로서 작용하기를 바라며 이를 통해 새로운 질서를 구현하고자 하는 시대적 욕망이다. 따라서 "탐라혼"을 강조하는 태도는 이재수를 제주도라는 지역에 한정된 인물이 아닌 전 조선적 영웅으로 자리매김하려는 의도에서 비롯되었다고 볼 수 있다. 이재수를 제주라는 지역에 한정된 인물이 아니라 조선적 인물로 호명하려고 할 때 '탐라혼'은 결국 '민족혼'의 다른 이름이 된다.

이는 작품이 발화하고자 하는 대상이 지역이 아니라 외부, 즉 조선 전체로 확대되고 있음에서도 확인할 수 있다. 최광운은 시나리오 처음에 대화에서의 제주방언은 일반이 이해하기 힘들기 때문에 표준어로 표현한다는 점을 분명히 하고 있다. 이는 서사적 재현의 발화가 제주의 내부가 아니라 조선 전체를 목표로 하고 있음을 보여준다. 「봉화」에서 이재수난은 지역적 사건으로 축소되기 보다는 "복지(福地)" 수호를 위해 청년세대가 외세에 "항거(抗拒)"한 역사를 증명하는 실증적 사료로서 작동한다. 또한 이재수라는 청년 영웅을 서사화함으로써 민족적 책무를 담당해야 할 청년 세대의 역할이 부각된다. 이러한 점에서 해방 직후 제주는 "항거"를 실천하고 민족적 과제를 수행해야 할 청년 세대들에게 역사적 실천의 가능성을 증명하는 공간으로 인식되었다고 할 수 있다.

제주가 민족적 과제를 수행하기 위한 존재 증명의 공간으로서 인식될 때 그것은 다분히 민족주의적 열망이 반영되었음을 의미한다. 즉 제주라는 특수성은 민족이라는 보편성으로 대치되며 '탐라혼'은 '민족혼'으로 추앙된다. 제주를 대하는 이러한 태도는 역설적으로 보편성이라는 이름으로 개별적이고 구체적인 제주적 특성들을 획일화하는 결과를 초래한다. 이재수가 민족의 영웅으로서 서사적으로 재현되는 것은 그를 통해 민족을 확인하고 민족적 사명을 지역성의 자리에 기입하려는 태도라고 할 수 있을 것이다.

## 2. '제주', '절멸'의 땅으로

미군정기와 대한민국의 건국에 이르기까지 해방기는 '텅 빈 중심'을 둘러싸고 수많은 서사들이 경합하고 투쟁하던 서사의 용광로였다고 할 수 있다. 이러한 시기에 한반도의 남쪽에서 발생한 4·3은 '제국'이 사라진 시대에 "전도에 휘발유를 뿌리고 전 도민을 희생해서라도" 강력한 반공 국민국가를 수립하려고 하였던 지배 이데올로기 실현의 시험장이었다. 로컬리티가 강고한 중심을 전제로 하여 지역의 정체를 모색하고자 하는 것이라고 본다면 이 시기는 단일한 정체를 강요받는 동시에 '나라 만들기'라는 시대적 과제를 수행하기 위한 다양한 선택지가 말살되었던 때라고 할 수 있다.

여기에서는 제주 4·3의 역사적 실체를 규명하기보다는 당시의 미디어들이 제주를 어떻게 '재발견'하고 '규정'하려 하였는지 그 욕망의 일단을 살펴보고자 한다. 이는 흔히 제주적인 것에 대한 관심, 즉 제주의 로컬리티 인식이 1960년대 이후부터 배태되기 시작했다는 기존의 관점을 재검토하고 국민국가라는 새로운 상징질서 속에서 제주가 어떻게 인식되기 시작하였는지를 살펴보려는 시도이다.

1946년 12월 10일 미군 주둔 군용기 36호를 타고 독립신보, 자유신문, 서울신문, 동아일보 등 5개사의 제주시찰기자단(사진기자 포함)이 제주를 찾는다. 10일부터 16일까지 일주일간 제주에 머무른 시찰기자단 일행은 제주도군정장관 스타우드 소령과 박경훈 제주도지사를 차례로 만난다. 이들이 미군 주둔 군용기 편으로 입도했다는 점을 감안한다면 이들의 취재에 미군정이 협조 혹은 편의를 주었던 것으로 짐작할 수 있다. 이들이 제주를 찾았던 1946년은 전국적으로 유행했던 콜레라가 제주 전역을 휩쓸고 지나간 뒤였다. 또한 극심한 기아로 어려움을 겪고 있었던 때였다. 게다가 1945년 10월 미군정에 의해 실시된 미곡 자유판매제 도입으로 인해 쌀값이 폭등하고 이를 방지하기 위해 미군정이 일본이 식민지 시절에 행했던 미곡공출제도와 유사한 형태의 미곡 수집령을 공포하면서 지역 주민들의 반발이 거세지고 있었던 때였다.[17)]

기자단이 입도 후 쓴 기사에서는 "미군이 제주도를 군사기지화하려 한다는 소문은 낭설이었다"라는 점이 반복적으로 나타난다. "외국정보는 미국이 군사기지화 한다는 설을 전하고 있지만 군당국자는 이를 전적으로 부인하고 있다"거나[18)] "미국이 군사기지를 만들었는지 확인해

17) 제주 4·3 진상조사위원회, 『진상조사보고서』, 78~79쪽 참조

달라는 당국의 부탁이 있었다"[19]라고 하는 것으로 미뤄서 미군정이 당시 제주도 미군 기지화설에 대한 민심 이반을 방지하기 위해 기자단을 파견한 것으로 알 수 있다.[20]

이는 식민지 말기 제주가 일본의 군사기지로 사용되었다는 점 등을 고려했기 때문으로 보인다. 기자단의 기사에서는 공통적으로 제주가 일본의 군사기지로 '유린'되었고 이로 인한 '희생'이 많았다는 점이 강조되고 있다. 기사 속에서 제주는 일제에 의해 피해를 입은 희생의 땅으로 묘사된다. 하지만 해방 후의 제주는 일부 모리배가 있기는 하나 지금은 '모든 것이 정돈된' '평화향'으로 인식된다. 미디어가 전하는 평화향의 모습과는 달리 해방 직후 제주는 일본과의 정기여객선 뱃길이 단절되면서 반입물품이 제한되고 대일교역이 통제되면서 극심한 생필품 부족 현상을 겪었다. 이로 인해 제주도내의 어선들이 일본을 오고가면서 생필품 반입을 시도하였고 경찰은 이를 불법이라고 규정하고

18) ≪독립신보≫, 1946. 12. 18.

19) ≪자유신문≫, 1946. 12. 18.

20) 미군정의 제주기자시찰단의 입도목적을 분명히 밝히고 있는 것은 자유신문의 기사다. 12월 20일자에는 다음과 같은 기사가 실려 있다. "해방 후 1년 만에 지난 8월 1일, 제주도가 돌연 도로 승격한다는 공보부의 발표가 있자 동포들이 미군이 이곳에 군사기지를 만들려는 것이 아닌가 하고 의심한 것은 해방의 은인에 대하여는 미안한 일이었으나 수십 년 간 강력한 외력(外力)에 눌려 살던 민중으로서는 또한 있을 법한 노릇이었다. 그러자 지난 10월 4일 UP 통신은 태평양함대사령장관 T.B. 타워스 중장이 알류우샨 군도에 영구기지 설치를 언명하는 동시에 미해군이 영구기지 설정에 노력하는데 니밋스 원수가 동의하였다 전하여 왔고 이어서 10월 21일 AP합동 전(電)은 AP기자 화이트 씨가 제주도는 장차 서태평양지구에 있어서 지브롤터화할 가능성이 있다고 한 보도를 전하자 조선 사람들의 제주도에 대한 주목과 의구가 더욱 강해진 것도 무리한 일이 아니다. 그 후 당국에서는 제주도를 미군기지화하지 않을 것을 언명하였으며 이번에 기자단을 파견한 것도 이 점을 밝혀 미군이 아무 야심도 없음을 일반에게 주지시켜 달라는 의도로(하략)"

단속했다. 이 과정에서 밀수품 단속을 핑계로 물품을 압수하고 이를 착복하는 등 관리들의 부패가 극심했다.21) 이러한 현상은 1947년 1월 복시환 사건과 제주감찰청장 파면으로 표면화된다.

이러한 혼란의 와중에도 신문 기사 속에서 제주는 여전히 평화의 땅으로 인식되었다. 미디어의 시각이 변화하기 시작하는 것은 1947년 3·1절 발포사건 이후이다. 경찰의 발포에 항의하며 전도에서 파업 열기가 불어 닥친 후 제주를 찾은 경향신문의 기자는 "평화의 섬 제주"에서 민족의 "비극과" "조선의 비장한 운명"을 예감한다. 파업 사태 직후 제주에 파견된 응원 경찰이 지닌 "죽음을 각오"한 비장함과 응원 경찰을 보는 제주인들의 불쾌감을 전하면서 기자는 3·1절 발포사건의 불상사가 "경찰과 민중 쌍방의 과민한 심리적 대치" 때문이라고 진단하고 있다.22) 경찰과 제주도민 모두에게 일정한 책임이 있다는 입장이었다.

이러한 양비론은 1948년 4월 3일의 봉기와 이후 벌어진 경찰의 반격과 미군정의 강력한 소탕의지 천명 등으로 이어진 혼란 속에서 다소 변화의 조짐을 보인다. 조덕송의 「현지보고, 유혈의 제주도」, 홍한표의 「동란의 제주도 이모저모」, 서재권의 「평란(平亂)의 제주도 기행」, 김종윤의 「동란(動亂)의 제주도(濟州島)」 등 4편의 기사를 우선 살펴보자.23)

---

21) 『진상조사보고서』, 48~49쪽.

22) ≪경향신문≫, 1947. 4. 2, 1947. 4. 3.

23) 「현지보고, 유혈의 제주도」, 『신천지』, 1948년 7월호. 「동란의 제주도 이모저모」, 『신천지』, 1948년 8월호. 「평란(平亂)의 제주도」, 『신천지』, 1949년 9월호. 「동란(動亂)의 제주도(濟州島)」, 『민성』, 1948년 8월호. 앞으로의 인용은 해당 잡지의 쪽수를 기재한다. 그동안 이들의 글은 여기에 나타나고 있는 당시 사건의 정황을 참조하면서 역사적 실체에 다가가고자 하는 시도에서 언급된 바 있지만 로컬리티를 매개로 하여 논의되지는 않았다. 이 중 김종윤의 글은 『제주 4·3사건진상조사보고서』 및 제주 4·3

조선통신특파원으로 제주를 찾은 조덕송은 제주가 "죽음의 거리"가 되어 버렸다면서 진압군을 조국을 방위하는 병사로, 무장대를 동족이자 적으로 묘사하고 있다.

> 필자가 이 섬에 온 그 이튿날 국방경비대는 모 중대작전을 개시하였다고 일사불란의 대오로 출동 전진하였다. 목표는 한라산인지 산간부락인지 미명에 폭우를 무릅쓰고 장정들은 전진한다. 필자도 이 출동부대를 따랐다. 지금 제주도에 파견되어 있는 경비대의 세력은 약 4,000. 그들의 전원이 출동하는 모양이다. 말없이 움직이고 있는 그들 장정! 그것은 틀림없는 전사의 모습이다.
>
> 미군 철모에 미 군복, 미 군화에 미군 총. 비가 오면 그 위에 미군 우장을 쓴다. 멀리서 보면 키가 작은 미군부대가 전진하고 있는 것 같다. 조선이라는 조국을 방위할 이 나라의 병사. 겨레의 장정들이 지금 남해의 고도에서 적들인 동족의 섬멸에 동원되고 있는 것이다.(89~90쪽)

"조국방위"의 임무를 띤 병사들은 "전사"들이다. 국방경비대가 지칭하는 '인민해방군'은 "조국방위"를 위해 섬멸해야 할 타자들이다. '섬멸'이라는 과제 앞에서 사태의 원인은 사라져버린다. 기자는 "전사"들과 동행하며 그들의 임무를 관찰한다. 기자가 "전사"들과 동행할 때 기자는 "전사"의 시선을 대리하는 자이며 미디어 서사의 주체가 된다. 미디어에 포착된 제주인들은 그런 점에서 주관적 직관에 의해 관찰되는 타자라고 할 수 있다. 비슷한 시기에 제주를 찾은 김종윤의 글에서

---

사건진상규명및희생자명회복위원회가 펴낸 『제주 4·3사건 자료집』에는 누락되어 있다.

이러한 시선을 찾아볼 수 있다.

> 기자 일행이 경비대의 행동을 보려고 사령부 장교와 함께 무장하고 곳곳을 돌아다닐 때 일 토벌대(일대대 단위?)에는 미육군장교가 호마(胡馬)를 타고 종군(從軍)하고 있었으며 상공에는 정찰기가 비상하고 수평선상에는 미군함이 흑연을 내뿜으며 유과(遊戈)하고 있었다. 나중에 들으니 순양함이 2척, 구축함 2척이 항시 제주도 근해를 경계하고 있다하며 돌연 일대전쟁의 감을 주는 것이었다. 브라운 대좌는 단시일 내에(2개월) 폭동을 진압시킬 계획이라고 했다. (…중략…)
>
> 그러나 시일이 경과함에 따라 낙토(樂土) 제주도는 나날이 폐허화해 가고 있다. 기자 일행은 경비대측의 지극한 호의로 산간부락과 제주도 해안선을 일주하며 샅샅이 살펴보았는데 절단된 전주, 전선, 파괴된 도로 방화로 회신(灰燼)된 지서 민가 마치 격렬한 전투가 끝난 전장과도 흡사하였다. 더구나 공포와 협박으로 전 주민이 다 산으로 들어갔다는 부락을 찾었을 때(이런 곳은 허다하였다) 거기에는 사람은 물론 개 한 마리 볼 수 없이 죽음의 침묵이 있었을 뿐이었다. 담 밑에 희게 핀 찔레꽃 그야말로 피를 토하는 듯한 두견의 지저귀는 소리-애끓는 심정 주제할 수 없이 눈시울이 뜨거워지는 것이었다.(29쪽)

"사령부 장교와 함께 무장"을 한 기자의 시선에 포착된 것은 "절단된 전주, 전선, 파괴된 도로"와 방화로 잿더미가 된 민가와 지서들이다. 폐허화된 "낙토 제주"에 대한 동행의 시선은 조덕송이 그러했듯 그 역시 이 같은 '사태'를 "겨레가 겨레의 피를 요구하고 아로새기는 혈흔의 저주"(92쪽)라고 규정한다. 이러한 감성적 진술은 사태의 원인이 무엇인지에 대한 판단을 유보한다. 사태의 전후는 "낙토/평화경"과 "폐허"로 양분된다. "일제시 35명의 일인(日人) 관리만으로도 능히 치정(治政)할 수 있었던 곳"이자 "걸인을 볼 수 없고 도적이 없는 평화경 제주"는 "옛 자취를 찾아볼 바 없이 폐허화"한 곳일 뿐이다.(96쪽) "저주"로 "폐허화"된 제주는 그러한 "숙명"을 안고 살아가야 하는 섬일 뿐이다. 현재의 혼란을 강조하기 위해 평화와 이상향이라는 과거의 기억을 끊임없이 되새긴다. 물론 조덕송이 사태의 원인에 대해 전혀 무감각한 것은 아니다. 그는 "관의 발표는 모든 원인을 대부분 인위적인 것으로만 제시하고 있다"며 "민족적 참극의 피비린내 나는 씨[種]가 어느 곳에 자라 있었는지 식견 있는 인사들의 견해를 종합"하고 있다. 그는 "서울에서 내도한 모 판사와 검사"와 "재야법조회의 한 변호사", 그리고 "직접 동란의 희생의 되어 있는 제주도민"의 견해를 소개하는데 특히 사태의 원인에 대한 제주도민의 견해를 비교적 자세하게 말하고 있다.

> "금번 사건의 도화선은 순전히 도민의 감정악화에 있다. 무엇 때문에 제주도에 서북계열 사설청년단체가 필요하였던가. 경찰당국은 치안의 공적도 알리기 전에 먼저 도민의 감정을 도발시키는 점이 불소(不少)하였다. 왜 고문치사 시키지 않으면 안 되었던가. 거리에 놀고 있는 어린아해를 말굽으로 밟아 죽이고도 말없는 순경에 도민의 눈초리는 매서워진 것이다. 직접원인의 한 가지로 당국은 공산계열의 선동모략을 지적하고 있다. 물론 이것은 근인(近因)의 한 가지로 긍정할 수 있다. 그러나 33만 전 도민이 총칼 앞에 제 가슴을 내밀었다는 데에서 문제는 커진 것이다. 원인 없는 결과는 없다. 진정시키고 또다시 일어

나지 않도록 함에는 당국자의 참으로 감족적 흉도와 현명한 시책이 필요하다. 무력으로 제압하지 못하는 이 동란을 통해서 제주도의 참다운 인식을 하여야 되며 민심을 유리한 시정이 얼마나 참담한 결과를 가져오는가를 느껴야 할 것이다."(95쪽)

직접 인용의 형태를 빌어 서북청년단과 경찰의 폭력적인 대응이 '사태'의 한 원인이라는 점을 밝히고 있지만 그는 외부자의 시선을 포기하지 않는다. 서북청년단원은 "서북 조선으로부터 속속 치밀어 오르는 애국청년"들이며 "다른 사투리를 쓰는 청년단체원"들은 "건국을 위한 국민운동 노선"의 수행자일 뿐이다.(88쪽) 제주 4·3의 발발원인 중 하나가 서북청년단에 의해 자행되었던 가혹한 폭력이었다는 사실은 은폐된다. 서북청년단의 "국민운동"이 사실은 국가를 창출하는 데 경찰력만으로 한계를 느낀 미군정과 우익세력이 테러, 살인 등의 불법성과 편파성의 시비가 예상되는 '더러운 일'을 경찰대신 수행하는 일이었다는 시각[24]에서 본다면 이러한 의미 규정은 제주의 참극을 반공국가 건설 과정에서 일어난 비극적 사건으로 치부한다는 비판도 가능할 것이다. 이러한 사후적 판단을 잠시 유보한다고 하더라도 제주의 참극이 "국민운동"과정에서 비롯된 것이라는 시선은 제주를 "전화(戰禍)를 면치 못할 숙명의 섬"으로 위치 짓는다. "숙명" 앞에 달리 무슨 말이 필요할 것인가. 합리적 판단과 해결은 유보된 채 "폐허"의 섬 제주는 '사태' 이전, 식민지시기의 "평화향"과 "목가"를 복원해야할 대상으로만 인식된다.

24) 임대식, 「제주 4·3항쟁과 우익 청년단」, 역사문제연구소·역사학연구소·제주 4·3연구소·한국역사연구회 편, 『제주 4·3연구』, 역사비평사, 1988, 206쪽.

"국민운동"과 반공국가 수립이라는 '국가적 과제' 앞에서 제주가 지니고 있었던 지역성은 부정의 대상일 뿐이다. 지역이 사라진 자리를 차지하는 것은 "진압"과 사태의 "평정"이다. "나는 원인에 대하여 흥미가 없다. 나의 사명은 진압시키는 것뿐이다."[25]라고 브라운 대위가 이야기할 수 있었던 것은 2차 세계대전 이후 동아시아에서의 미국의 대외정책에서 비롯된 것이기도 하지만 지역성의 상실에 기인한 것이기도 하다. "진압"과 "평정"을 위해서라면 지역(성)은 없어져도 좋은 것이다. "전 도에 휘발유를 뿌리고 전 도민을 희생해서라도" 진압해야 한다고 조병옥이 공언할 수 있었던 것도 바로 이 때문이다.

지역성의 상실이라는 위기의식은 지역적 특수성을 공인받으려는 대항적 움직임을 낳기도 한다. 홍한표의 「동란의 제주도 이모저모」는 그러한 점에서 사뭇 특이한 성격의 글이다. 홍한표는 '전시상황'과도 같은 급박한 상황 속에서 제주의 지역적 특수성을 장황하게 언급하고 있다. 글의 말미에 필자를 "제주도 태생"이라고 밝히고 있는 이 글의 시작은 '제주도란 어떤 곳인가'로 시작한다. 제주의 자연과 문화, 풍속을 개관하고 있는 이 글에서 제주인은 "민족성이 우유부단한" 육지의 전통과는 달리 "부정한 것에 대하여는 목숨을 내걸고 싸우는 용감성을 지닌 존재"로 소개된다. "제주도는 일찍이 탐라국이라는 독립국"이었으며 1901년 제주민란의 예에서 볼 수 있듯이 "조선의 근대사상에 가장 빛나는 외적을 물리친" 기록을 갖고 있다. 게다가 제주는 식민지 시기에도 "당시 최고 수준"인 "잡지 『개조(改造)』와 『중앙공론』"이 "월

25) 《조선중앙일보》, 1948. 6. 8.

100부 이상 판매"되었던 근대적 지식의 수용지이기도 하다. 역사적 용감성과 근대적 지식의 소유자로서의 제주인의 자질을 설명하고 육지와는 다른 제주의 '특수성'을 설명하고 있는 이러한 서사적 전략이 의도하는 바는 무엇인가. 이는 글의 후반부에 '사건은 어찌되려나?'라는 항목을 살펴봄으로써 설명할 수 있을 것이다. 홍한표는 '사태'의 원인에 대해 언론기관을 통하여 발표된 공식적 설명과 함께 '반란군'의 요구를 병치함으로써 '토벌대'의 "무력에 의한 평화"가 근본적 해결책이 되지 못함을 지적한다.

> 제주에는 무수한 천연적 방색이 있고 장기전에 있어서 능히 빨치산 작전을 지탱할 조건이 너무나 많다. 동족상잔의 결과는 우리들의 수많은 생명을 소실할 것이며 우리들이 우리들의 형제자매를 죽이고 또 죽이기 위한 비용을 세금이나 기타의 형식으로 거출하면서까지 생명과 돈을 소실하고 말 것이다. 이것은 곧 조선의 손실이다. 결국 누구를 위하여 손실을 하는 것이냐.(110쪽)

조덕송이 제주도민을 '그들' 혹은 '선량한 도민'으로 일관하여 지칭하고 김종윤이 "우리"와 "제주도민"을 구분하는 데 반해 홍한표는 "동족상잔"이 "우리의 손실"이자 "조선의 손실"이라고 말한다. 이는 지역적 특수성을 '그들'로부터 인정받는 동시에 '그들'과 '제주인'을 '우리'라는 공동의 테두리로 수렴하려는 (무)의식적 태도이다. 이 같은 태도는 지역에 대한 몰이해, 반공국가 수립의 과제 앞에서 지역의 특수성이 "섬멸"되어야 할 '야수'와도 같은 지경으로 내몰리고 있는 상황에서

"지역"은 "섬멸"의 대상이 아니라는 점을 분명히 하는 것이다. 즉 지역과 조선을 동일하게 상상함으로써 비극적 희생의 중단을 호소하고자 하는 전략이다.

결과론적으로 이러한 호소는 실패로 끝이 났다. 1948년 11월 초 군경토벌대는 초토화 작전을 개시하였고 제주 4·3 기간 중 발생한 전체 희생자 중 80%가 이 작전으로 희생당했다. 초토화 작전이 군경토벌대에 의해 '성공적'으로 마무리된 1949년 6월 제주를 찾은 서재권에게 제주 4·3은 '폭동'이며 그 원인은 제주인들이 "일등국민의 건전한 국민성"을 지니지 못한 때문으로 인식된다.26)

> 4·3폭동 사건이 발생된 근본 원인은 무엇이냐? 좌에 그 몇 가지를 들어본다면 첫째 일제 40여 년 간에 걸친 식민지 정책으로 인하여 민족성의 거세(去勢), 국민교육의 결함으로 말미암아서 순진 열렬한 조국애에 발원한 민족 국가를 위선위주하는 공심교육보다는 사가사리(私家私利)에 급급해서 일신일가(一身一家)의 안도영달에 국한된 인생관 내지 도민성으로 화성(化成)된 상태. 이를 다른 일등국민의 건전한 국민성에 대조할 때 실로 정신적 진공상태인데다가 8·15 해방 이후 반민족적 공산계열의 계속적 음모와 그들 파괴조직을 선착침투시킴으로 인한 대중선동과 기만모략에 풍성학려(風聲鶴唳)로 맹종한 도내 일부 지도층이 건국준비위원회가 인민공화국으로 다시 민전-남로당으로 간판을 고치매 그에 또한 진로(進路)한 탓으로 민족정기에 입각한 애국적

26) 서재권은 1949년 6월 25일부터 7월 12일까지 "공비소탕 후의 제주도"를 찾았다고 밝히고 있다. 그는 "1읍 11면에 거주하는 각층각계의 지도급 피지도급 동포들과 회담하고 시찰하고 회담하면서 동행하여 제주도에 대한 약간의 지식을 가지게 되어서 천박한 우견임을 자처하면서" "관찰기"를 쓴다고 밝히고 있다.(174쪽)

지도를 받을 겨를이 없고 또 행혹(幸惑) 있어도 이를 가로막아서 바른 정신을 갖지 못하도록 한 탓이다.(「평란(平亂)의 제주도」, 175쪽)

해방기에서 "민족성"이 "거세"되고 "국민교육"이 결여된 '이등국민'들에게 필요한 것은 "민족정기에 입각한 애국적 지도"이며 이를 통한 "바른 정신"의 함양이다. 타자를 대상화하는 이러한 서사화는 제주를 반공국가라는 지정학 안으로 편입한다. 이는 반공을 매개로 한 '중심—문명/주변—야만'이라는 제국주의적 위계화의 반복이다. 식민지를 지배했던 제국주의 담론이 '문명/야만'의 시선으로 '위생의 정치학'을 시도했던 것처럼 "공산주의 독균"에 빠진 "보균자"들은 철저한 적발로 "사상적 일대 청소"를 실시해야 할 대상일 뿐이다. "성내의" "지식층"과 "유산계급" 심지어 국가행정의 종사자인 "관공리"조차도 "청소"의 대상으로 취급된다. 그리고 이러한 "사상적 청소"는 "방공사상의 철저"와 "민주주의의 심화 운동"으로 상징화되며 전면에 등장한다. 비유하자면 공산주의라는 더러운 균에 감염된 제주는 '반공'과 '민주주의'라는 새로운 피를 수혈 받고 '갱생'해야 할 감염자인 셈이다. 이러한 새로운 '갱생'의 길에 제주의 '특수성'이라는 것은 한낱 '더러운 피'에 불과한 것이다.

'제주적인 것'이 상실된 자리, 그것을 차지하고 난 것은 '반공의 제일선'이자 '반공'의 성공적 성취로 아로새겨진 '민족'이라는 심상지리의 확장이다. 그리고 이렇게 상실된 제주의 로컬리티는 한국전쟁을 겪으면서 다시 한번 고착되었다.

이처럼 지역성이 거세된 강요된 로컬리티는 1960년대 이후 내부의 시선에 의해 새로운 모색의 시기를 맞게 된다. 제주적인 관심이 구체적인 학문적 연구의 대상으로 논의되기 시작한 것은 1960년대 이후다.[27] '제주문학'이라는 용어가 사용되기 시작한 것도 대체적으로 1960년대부터이다.[28] 1960년대 이후부터 시작된 이러한 움직임은 70년대 '제주도(濟州島)연구회'의 발족으로 이어진다. 전경수에 따르면 1975년 가을 대구의 영남대학교에서 개최되었던 한국문화인류학회 전국학술대회 참가자들 중 제주에 관심을 갖고 있던 몇몇 학자들이 제주에 관한 연구모임이 필요하다는 데 인식을 같이하고 이후 연구모임을 이어왔다. 이후 1978년 민속, 국문학, 고고학, 인류학 전공자들을 중심으로 '제주도(濟州島)연구회'를 창립하기에 이른다.[29]

이처럼 '제주적'인 것에 대한 관심이 일어나기 시작한 것은 1960년대 들어 본격화되기 시작한 '제주개발'과 무관하지 않다. 1962년 시작된 제1차 경제개발계획은 제주의 산업기반과 지방문화산업에 대한 집중적인 투자가 이루어지는 계기가 되었다.[30] 이러한 제주개발은 제주인들이 제주문화를 자각하는 계기가 되었으며 제주의 학자들에 의한

27) 문순덕, 「제주학의 연구 동향과 과제」, 『제주도연구』 제37집, 2012, 1쪽.
28) 김영화, 「현대문학과 제주」, 『탐라문화』, 1995, 255쪽.
29) 전경수, 「제주학과제와 방법」, 『제주도연구』 제14집, 1997, 19~20쪽 참조. 이때 반응은 두 가지였다고 한다. "'제주도(濟州島)연구회'가 왜 '도(道)'가 아닌 '도(島)'를 쓰나는 불만이 제주도민들에 의해 제기되었다. 이미 행정구역상으로 '도(道)'로 승격되었는데 왜 다시 섬으로 강등시키냐는 지적이었다. 또한 서울의 출향 제주인사들은 제주도 자체를 연구대상으로 삼는 것에 불쾌한 심사를 내비쳤다. 이 때문에 '제주도연구회' 설립 초창기에는 제주 인사들의 참여가 저조했다."
30) 『제주도지』 하권, 1982, 9~10쪽.

방언, 설화, 민요 등의 수집·연구도 본격적으로 시작되었다. 또한 제주의 향토적인 것을 소재로 하는 문학작품에 대한 논의도 시작되었다.[31] 60년대에 들어서 시작된 이러한 내부적 자각은 다분히 지역적 정체성의 변모라는 위기의식의 발로이자 이를 타개하기 위한 자생적 움직임이었다고 볼 수 있을 것이다. 즉 일종의 "지배적 문화에 대한 방어기제"[32]로 제주에 대한 관심이 고조되었다고 할 수 있다.[33] 또한 한국전쟁기 피난문인들이 제주에 정착하면서 당시 제주의 문학청년들과 적극적으로 교류하며 근대적 문학 교육이 이뤄졌다는 점도 당시 제주적인 문학에 대한 관심이 높아진 하나의 이유일 것이다.[34] 사라져가는 제주의 정체성에 대한 불안은 제주의 자연경관과 제주인들의 삶에 대한 관심으로 표출된다.[35] 그리고 이러한 관심은 다분히 중심의 강고한 영향력 아래 제주가 재편되고 있다는 위기의식 속에서 제주적 특수성을 견지하고자 하는 하나의 시도였다. 장소의 본질이 외부와 구별되는 내부의 경험 속에 있다는 점을 감안한다면[36] 이는 제주인 스스로의 경

---

31) 김영화, 앞의 글, 255쪽.

32) 김양선, 「탈식민의 관점에서 본 지역 문학」, 『인문학연구』 제10집, 2003, 8쪽.

33) 이러한 움직임 속에서 제주 지역 작가들도 등장하기 시작한다. 시 부문에서 1959년 김종원, 김대현, 양중해가 『사상계』를 통해 잇달아 작품을 발표하고 60년대에 들어 작품집을 발표하며 본격적인 작품활동을 한다. 소설에서는 해방 이후인 1946년 장편 『해방의 날』을 발표한 강금종이 62년과 66년에 작품집 『상흔』과 『미움의 세월』을 선보인다. 작품목록은 김영화, 『현대문학과 제주문학』과 김병택. 『제주현대문학사』에 수록된 제주문학연표를 참조했다.

34) 전후 피난 문학에 대해서는 김영화, 김병택, 김동윤 등의 선행 연구가 있다. 김영화, 「1950년대의 제주문학」, 『탐라문화』, 1994. 김병택, 『제주현대문학사』, 제주대학교출판부, 2005. 김동윤, 『제주문학론』, 제주대학교출판부, 2008.

35) 1960년대 제주문학의 특징에 대해서 김병택은 제주와 제주인의 발견이라고 명명하며 1)고향·사물·자연의 발견(김대현, 김종원, 양중해) 이라는 특징이 나타난다고 서술하고 있다. 위의 책.

험 속에서 제주의 본질이 무엇인지를 묻기 시작했다는 것으로 이해할 수 있다. 이를 반공국가에 의해 부여된 로컬리티를 부정하고 '제주적인' 것의 의미를 찾기 시작한 시점으로 간주할 수 있을 것이다. 1960년대부터 가속화된 개발의 광풍 속에서 중심의 포획과 대결하는 로컬리티가 배태되기 시작한 것이다. 하지만 이러한 시도들은 문학이라는 견고한 제도를 전제로, 달리 말하자면 제도적 양식의 습득과 이의 재현을 통해 발화함으로써 로컬리티를 승인받고자 했다는 점에서 일정한 한계를 지닐 수밖에 없었다.

식민지 제국과의 동일성과 조선의 내부로서 식민자의 우월성을 발견하는 장소로서 인식되었던 제주는 해방 이후 '항거'와 '절멸' 그리고 '반공'으로 이어지는 유동적인 표상으로 상상되었다. 이는 다분히 중심의 필요에 의해 '발견'된 것이지만 그것이 지역을 소비하는 중심의 방식이라는 점을 염두에 둔다면 심상지리로서의 제주는 시대에 따라 달라졌던 중심의 욕망이 투영된 장소라고 할 수 있을 것이다.

해방 이후 '나라 만들기'의 과제를 수행해야 하는 주체로서 청년의 역할이 강조되었던 때에 이르러서야 제주는 비로소 식민지 내부의 인식에서 탈피하여 '본국'의 이데올로기를 발견하는 중심적 위치를 차지하게 된다. 민족적 항거의 표상으로서 이재수를 전면에 내세우고 있는 「봉화」는 식민지적 무의식의 재확인이라는 식민지 로컬리티와의 단절을 꾀하는 방식으로 지역을 인식하고 있다. 또한 "탐라혼"이라는 추상적 상징은 지역성을 구체화하는 대표적 표상이 아니라 조선적 애국심

36) 에드워드 렐프, 심승희 외 역, 『장소와 장소상실』, 논형, 2005.

을 과거에서 재확인하고 이를 현재적 관점에서 참조하려는 의도에서 발견되었다. 관노 출신인 이재수는 몰락한 양반 계층의 후손으로 그 신분이 바뀌며 그에 대한 영웅적 서사를 완성한다. 조국독립을 방해하는 내부세력은 민족의 반역자로, 이를 응징하는 이재수는 역적을 처단하는 봉건적 영웅의 모습으로 부각된다. 이는 세대적 단절을 통해 공통된 세대 인식을 공유하려 하였던 해방 이후 청년 담론의 유형을 변주해 낸다.

항거의 고장으로서의 제주 인식은 제주 4·3을 거치면서 또 다른 층위로 미끄러지는 데 그것은 바로 '절멸'의 공간이라는 인식이다. 반공국가 수립이라는 지배세력의 과업을 수행하는 데에 있어서 '나라 만들기'의 또 다른 선택지를 내걸었던 '항거'는 철저히 응징되어야 할 대상일 뿐이었다. 이러한 응징이 비극적 결말로 귀결된 것은 지역을 폭력적인 방식으로 중심에 편입하려고 하였던 시도라고 볼 수 있을 것이다. 4·3 당시 제주를 찾은 미디어 종사자들이 토벌군의 입장에서 토벌군의 눈을 대신하여 제주인을 대상화하는 것은 '우리/그들'로 구분되는 타자적 인식의 발현이다. 이러한 타자적 인식은 과거의 제주를 이상향이자 낙토라는 단일한 표상으로 얽매이게 하며 무장봉기 세력을 이상향과 낙토의 파괴자로 위치 짓는다. 제주인들은 "전 도에 휘발유를 뿌리고서라도" 토벌해야 하는 대상으로 인식되며 반공국가 수립의 방해물은 '절멸'이라는 종적 거세를 감행해서라도 박멸되어야 할 "더러운 피"의 종자들일 뿐이다. '절멸'의 시각은 한국전쟁기를 거치면서 다시 한번 변화한다. 그것은 바로 '반공'의 보루로서의 제주 인식이다. 모슬포 육군 제1훈련소로 상징되는 반공국가의 최후 보루이자, 국가 수호의 인재를 재생산하는 공간으로서의 제주는 또 다시 중심의 호명에 응답하게 된다. 이러한 과정을 통해서 해방 이후와 한국전쟁기의 제주 표상은 단일한 것으로 환원되지 않는 움직이는 표상의 연속으로 인식되었다는 점을 확인할 수 있다.

제 3 장

# 발견되는 '지역'과 창조되는 전통

—개발독재시대의 제주

# 03

# 발견되는 '지역'과 창조되는 전통

## —개발독재시대의 제주

### 1. 전사(前史)—말의 복원과 강요된 침묵

1953년 7월 휴전협정이 체결되었다. 한국전쟁은 분단이라는 '예외상태'를 항구적인 것으로 만들었다. 전쟁은 끝이 났지만 제주에서의 전쟁은 끝이 나지 않았다. 반공국가는 내부의 좌익을 용인하지 않았다. 휴전협정 체결 후에도 제주는 여전히 '전쟁 수행'의 최전선이었으며 '잔비토벌'은 초미의 관심이었다. 한라산 금족령이 해제된 것은 1954년 9월 21일의 일이었다. 한라산 금족령이 해제된 후에도 '잔비토벌'은 1957년까지도 이어졌다.[1] 마지막 무장대원 오원군이 생포된 것은 1957년

1) "잔비 1명을 사살 작주(昨週) 송당 남방 사찰유격대에 전과", ≪제주신보≫, 1956. 4. 4. "잠잠하던 토비전에 개가 여비 한(韓)을 월평지경서 생포", ≪제주신보≫ 1957. 3. 23.

4월 2일이었다. 이날의 전과를 한 신문은 "이제 한라산에 평화의 봄이 찾아왔으며 보고(寶庫)의 개발에 힘찬 박차를 가하게 되었다."고 전하고 있다.[2] 9년간 계속된 '토벌작전'의 '성공적 완수'는 "평화"를 회복했다는 자신감과 "산업개발"에 대한 기대감으로 변모하기 시작한다. '내부의 적'을 '섬멸'했다는 자신감은 "공비완멸 경축대회"를 개최하기 위해 제주도민들로부터 찬조금을 징수하는 일그러진 형태로 표출되기 시작했다.[3] 경찰당국은 거액의 희사금을 찬조 받고도 1년 동안 "공비완멸 기념행사"를 개최하지 않았고 이러한 행태는 지역사회의 거센 반발을 사기도 했다.[4] 반공국가라는 단일한 선택지 앞에서 '죽음'에 대한 극단적 공포를 겪었던 제주사회가 이러한 찬조행위에 적극적이었을 리는 없다. "공비완멸기념경축행사위원회"가 발족되고 행정당국의 강력한 독촉에도 목표액 200만 환을 채우지 못했다는 사실은 당시 제주사회의 분위기를 보여주는 사례라고 할 수 있다[5]. '섬멸'에 대한 자신감이 "산업개발"에 대한 열망으로 덧씌워지고 있을 무렵 이승만 대통령은 1959년 제주를 찾아 "모두 힘을 합쳐 제주도를 꿈과 같은 새 세상이 되도록 해야 한다."고 말했다.[6] 제주의 1960년은 9년간의 극단적 공포에 할 말을 잃어버린 채 위로부터의 "개발"과 "새 세상에"에 대한 열망을 강요받으며 시작되었다.

이처럼 위로부터 강요된 열망은 1960년 4·19 혁명을 계기로 조심스

2) 《제주신보》, 1957. 4. 3.
3) 《제주신보》, 1957. 5. 17.
4) 《제주신보》, 1958. 7. 21.
5) 《제주신보》, 1958. 8. 27.
6) 《조선일보》, 1959. 8. 4.

런 반전의 계기를 맞게 된다. 여기서 조심스럽다는 표현을 하는 것은 제주지역에서의 4·19 혁명에 대한 열정이 사실상 이승만 대통령이 하야선언을 한 이후 본격적으로 등장했기 때문이다. '봉기'와 '항쟁'의 경험이 국민국가의 폭력적 주권행사로 좌절된 경험을 간직했던 제주에서, 육지의 '데모'를 어느 정도 관망하였을 수밖에 없었던 것은 어찌 보면 당연한 일이었다. 육지와는 다른 제주도의 분위기를 당시 신문은 "전국 여러 도시는 계엄령이 포고되어서 삼엄"하지만 "제주도는 평온"하다고 전하고 있다.[7] 하지만 이러한 '평온'은 무기력과 체념이 아니라 신중한 결행을 위한 모색이었다. 이미 3·15부정 선거 직전인 3월 초순부터 제주대학 법과 2학년생을 중심으로 집회와 시위를 전개하기로 되었지만 경찰의 탄압으로 좌절되었다. 한 차례 좌절을 겪은 제주대 학생들은 이승만 하야 선언을 계기로 재결집, 4월 27일 제주 관덕정에서 첫 시가지 시위를 벌인다. 이는 이후 4월 28일과 29일, 3일간에 걸친 시내 시위로 이어지는데 시위 참가자만 해도 1,500명(4. 27), 1만 명(4. 28), 3,000명(4. 29)에 달했다. 이러한 시위 열기는 이후에도 읍면단위로 확산되고 5월 1일 4·19학생학도합동위령제로 절정에 이른다.[8]

학생 시위대는 경찰 등 반공국가의 하급 집행자들과 논쟁을 벌이기도 했는데 그들이 목전에서 시위 데모를 꾸짖었던 인물은 바로 현길언의 단편 「신열」의 '김만호'와 같은 인물이었다. 소설 속에서 대일협력

7) 《조선일보》, 1960. 4. 21.

8) 박찬식, 「제주지역의 4월 혁명과 지역사회의 변화」, 『지역에서의 4월 혁명』, 선인, 2010, 421~433쪽 참조.

의 경험자였던 '김만호'는 "4·3사건이 종식되고 6·25가 터지면서부터 거주지를 제주시로 옮기고 본격적인 사회활동을 시작"한 인물로 그려진다. 그는 "자유당 시절에는 도 의회에 진출하여 의회 부의장까지 하였고, 그가 설립한 학교 육성에도 힘을 기울여 지방 명문교로 만"든 명망가였다. 소설 속에서 학생들과 '김만호'의 언쟁이 "4·19가 일어나고 학생 데모가 지방에까지 확산되었을 당시, 대통령이 하야하기 전 시국이 극히 유동적일 때"라고 묘사되고 있다. 하지만 사실 '김만호'의 "과격한 발언"은 4월 27일 밤과 28일 시위대와의 대립에서 벌어졌다.[9)]

한번 터지기 시작한 '불길'은 억눌린 말의 성찬으로 이어졌다. 첫 결실은 제주 4·3 진실규명 운동의 전개였다. 4월 혁명은 반공국가체제에 포섭되었던, 중앙지배권력과 결탁한 토착세력의 재편을 가져왔다. 이로 인해 제주 지역 정치세력 판도도 새롭게 변화하기 시작하였다. 4월 혁명 이후의 제주 지역사회의 변화는 지역 정치세력의 재편과 '한국통일문제연구회'의 조직으로 촉발된 통일운동의 추진, 그리고 제주 4·3 진상규명 운동의 전개로 이어졌다.[10)]

이 중에서도 제주 4·3 진상규명운동은 4·3을 지역사회 공론장에서 호명되기 시작했다. 4월 혁명 이후 제주를 비롯한, 거창, 산청, 함양 문경 등에서 벌어졌던 양민학살에 대한 진상규명 운동이 한국사회 전면에 등장한다. 제주에서도 대학생을 중심으로 한 4·3사건진상규명동지회가 발족되었고 이들은 4·3 당시의 양민학살, 방화 등의 참상을 폭로

9) 현길언, 「신열」, 『한국소설문학대계』 82, 동아출판사, 92~93쪽 참조
10) 박찬식, 앞의 책, 436~439쪽 참조

하기 시작한다. 이들은 지역신문에 광고 형식의 호소문을 게재하고 지역사회와 지역 정치권도 이들의 호소에 호응하기 시작했다.[11] 이들의 호소에 대해 "정치적으로 이용하자는 수작"이라는 비판도 있었지만[12] 분명한 것은 제주지역사회가 4월 혁명 이후 비로소 '말하는 입'으로서의 주체적 자각에 눈을 돌리는 계기가 되었다는 점이다. 물론 이들의 호소는 '양민학살'이라는 구도 속에서 당시의 사건을 '희생자'라는 시각에서 바라보고 있었다. 그리고 모슬포 특공대 참살 사건 시위에서 "양민학살의 주모자를 타도하라"라는 구호와 함께 "적색분자를 타도하라"와 "공산주의를 타도하고 우리의 원한을 백일하에 풀어보자"라는 구호가 함께 제창되었다는 점을 본다면 '공산주의'와 일정한 거리를 두는 다소 조심스러운 측면도 보인다.[13] 하지만 분명한 것은 이와 같은 4·3 진상규명 요구가 상실 혹은 망각을 강요받았던 기억 복원의 시도였다는 점이다.[14] 이러한 노력은 국회양민학살사건조사단의 현지조

11) 당시 광고문은 제주지역에서 4월 시위를 주도했던 제주대학생들을 중심으로 추진되었다. 당시 '4·3사건진상규명동지회'를 조직한 대학생들은 고순화·고시홍·박경구·양기섭·이문교·채만화·황대정 등 7명이 주축이었다. ≪제주신보≫, 1960. 5. 25. 박찬식, 위의 책, 440쪽. 제주 모슬포에서도 지역주민과 유족들이 4·3 당시의 특공대 참살을 고발하는 시위를 열어 이 같은 분위기를 이어갔다. ≪제주신보≫, 1960. 5. 31.

12) ≪제주신보≫, 1960. 5. 28.

13) ≪제주신보≫, 1960. 5. 31. 당시 진상규명 운동이 반공주의의 자장에서 자유롭지 못했다는 것은 4·3사건 진상규명동지회가 발표한 5개 실천요강에서도 확인할 수 있다. 양정심은 이와 관련하여 "반공이데올로기의 공세 속에서 피해의식이 내면화"된 결과라고 해석하고 있다. 양정심, 『제주 4·3항쟁－저항과 아픔의 역사』, 선인, 2008, 220쪽.

14) 이와 관련하여 최원식·임규찬이 엮은 『4월 혁명과 한국문학』은 주목할 만하다. '4·19 세대'를 문학의 관점에서 재조명하고 있는 이 저서에서 1975년에 등단한 현기영의 문학을 4·19세대의 대표성으로 환기하고 있다. "4월 세대 문인들에 대한 각론"격인 이 책 2부에는 성민엽의 현기영론인 「변경과 중심의 변증법」이라는 글이 실려 있다. 최원식이 "대상문인들을 고르는데" "신사생으로 제한"하였으며 "60년대에 한정하지

사로 이어졌지만 중앙 정치 일정과 민주당 정권의 무관심으로 흐지부지 되었다. 4월 혁명 이후 '말하는 입'을 갖게 되었던 제주인들은 5·16 쿠데타로 다시 오랜 침묵의 시간을 갖게 되었다.[15] 이러한 침묵은 이를테면 구축되어야 할 제주토착세력인 '김만호'가 "지역구 출신 국회의원의 대부 노릇을 하는" "실질적인 터줏대감 노릇을 톡톡히 하게 되"면서 화려하게 제주사회에 재등장하게 하는 결과를 초래했다.[16] 말의 복원과 쿠데타로 인해 침묵을 강요받게 된 제주사회는 "개발독재정권의 폭력성이 드러나기 시작한 것이 1960년대 말에서 1970년대 초"[17]라는 해석과 달리 쿠데타 세력의 폭력성을 우선적으로 경험할 수밖에 없었다.

않았다."고 대상문인 선정의 어려움을 토로하고 있지만 현기영을 4월 혁명의 결과물로 호명되고 있다는 점은 그의 작품이 4월 혁명 이후 전개되었던 4·3진상규명 운동의 정신을 창조적으로 계승하고 있다는 점을 은연중에 드러내고 있다는 것으로 볼 수 있다. 최원식·임규찬 편, 『4월 혁명과 한국문학』, 창작과비평사, 2002.

15) 4월 혁명 당시 제기되었던 4·3 진상규명운동은 1987년 6월 항쟁 이후까지 오랫동안 침묵을 강요받게 된다는 점을 감안한다면 4월 혁명이 제주 지역사회에 미친 영향은 지대하다고 볼 수 있다.

16) 현길언, 앞의 책, 93쪽.

17) 권보드래·천정환, 『1960년을 묻다 - 박정희 시대의 문화정치와 지성』, 51쪽. 이 글에서 권보드래는 5·16 쿠데타 직후 시민들의 호의적 반응, 반 박정희 노선을 분명히 했던 함석헌조차도 쿠데타 초기에는 다소 호의적 반응을 보였다는 점을 예로 들면서 5·16이 4·19에 대한 배반이라는 인식이 공론화된 것은 1966년 이후라고 규정하고 있다.

## 2. 개발의 파토스와 지역의 '발견'

1960년대는 제주 4·3진상규명운동에 대한 찰나의 열정이 오랜 침묵 속에 갇혀버린 채 그 서막을 열었다. 쿠데타 세력이 집권한 이후 제주 지역사회는 침묵을 강요받았다. 말이 사라진 자리를 대신한 것은 "제주개발"이라는 파토스였다.[18] 침묵은 보이지 않는 '환상'의 자리로 물러앉았지만 "제주개발"은 "실재"의 충격으로 다가왔다. 그 가시적 성과의 첫 출발은 62년 개통된 5·16 횡단도로의 개통이었다. 제주시와 서귀포를 잇는 총연장 38km의 도로는 제주와 서귀포간의 차량운행 시간을 1시간 내로 단축시켰다.[19] 당시 '5·16 도로' 기공식은 KBS 임택근 아나운서의 사회로 전국에 생중계되는 등 그 가시적 성과는 쿠데타 세력의 집권 정당성을 홍보하는 수단으로 활용되기도 했다.[20]

경제개발 5개년 계획의 일환으로 시작된 제주개발은 국제자유지역, 관광개발, 산업개발의 세 축으로 진행되었지만 그 중에서 가장 중점을 둔 것은 관광개발이었다.[21] 60년대 이후 가속화된 제주개발은 제주사회를 근대적 발전과 성장이라는 구도 속에 고착화하는 결과를 초래했

---

18) 이러한 개념 규정은 다소 조심스럽다. 그것은 박정희 집권 시기의 제주개발의 성과를 후체험한 세대들이 개발의 긍정성을 강화하는 측면에서 거론되고 있다는 점 때문이다. 이러한 우려는 제주개발의 성과를 다루고 있는 논의들 대부분이 관변 기록인 『제주도지』의 기록들을 무비판적으로 수용하고 있다는 점에서 더욱 그러하다. 이러한 우려에도 불구하고 근대에 대한 열망이 주변부 제주인들을 '유혹'했던 하나의 매혹으로 다가왔던 점도 일정 부분 감안해야 할 것이다. 여기에서는 관변기록을 인용할 경우에는 통계자료 등에 국한하여 최소화하려 한다.

19) 제주도, 『제주도지』 제1권, 1982, 488쪽.

20) 제주도, 『제주도지』 제2권, 1982, 334쪽. ≪제주신문≫, 1962, 3. 25.

21) 이상철, 「제주도의 개발과 사회문화변동」, 『탐라문화』 제17호, 1999, 197쪽.

다. 성장의 열매는 달콤했지만 그로 인한 폐해도 적지 않았다. 그것은 '전설의 섬'이 '신비의 섬'이라고 재명명되는 순간[22] 예비 되었던 것이기도 하겠지만 제주가 개발의 파토스 속에서 맨몸으로 근대적 개발과 마주서는 역설을 초래하기도 했다. 이러한 역설은 1960년대를 토착의 황폐화에 대한 비판적 시각이 축적되는 기원이 되게 했다. "토착의 뿌리"가 "무참히 뽑혀나가고 있다"며 "억새 무리와 닮은 토착의 인간들" "그 검질긴 생명력"이 "관광개발의 포클레인의 삽날에 찍혀 뿌리 뽑혀나가고 섬 땅은 야금야금 먹성 좋은 육지 부자들의 입으로 들어간다"라는 비판적 시각은 여기에서 비롯되었다.[23] "신비의 섬 제주로 오세요"라는 관광의 서사는 탐라국 개국신화와 제주 굿 본풀이에서 볼 수 있는 웅장한 신화들이 "관광개발의 포클레인"에 뿌리 뽑히는 역설로 고착화되었다.

개발의 파토스가 지배하던 60년대, 지역성이 훼손된다는 위기의식은 제주의 지역성을 탐구하려는 자생적 움직임을 낳기도 했다. 이를테면 1964년 2월 발족한 제주도민속학회의 설립은 이러한 개발에 대한 기대와 지역성의 훼손에 대한 이중의 과제에 직면한 제주 내부의 대응방식이었다. 1964년 7월 건설부가 박정희 대통령에게 제주개발계획을 보

22) 제주가 '신비의 섬'이라고 호명된 데에는 미디어의 영향도 다분하다. 1946년 시카고 트리뷴지의 기자가 「신비에 쌓인 섬」이라는 기사로 제주를 소개하였고 이를 국내 언론이 다시 기사화했다. 이는 제주의 지역성이 외국 언론의 오리엔탈리즘적 시선에 포착되었고 국내언론이 확대재생산에 기여한 것으로 볼 수 있다. 이는 식민지시기 김두봉이 제주를 「전설의 섬 제주도」라고 규정한 것과는 다른 시각이다. 전설이 민족적 설화의 근원지로 호명된다면 신비의 명명법은 민족적 색채가 탈각된 채 불리는 것이라고 볼 수 있다.

23) 현기영, 「목마른 신들」, 『마지막 테우리』, 1994. 58쪽. 이 작품의 발표 시기는 1992년이다.

고하자 지역에서는 '제주개발'에 대한 기대와 함께 제주민속에 대한 관심이 함께 고조되기 시작한다.[24] 당시 제주도개발계획이 쿠데타 집권세력의 의지가 반영된 것이라는 사실은 분명하다. 하지만 이러한 제주개발의 성과가 반드시 '위로부터의 지시와 명령'에 의해서만 이뤄진 것으로 볼 수는 없다. 당시 계획안에는 해외교포(대부분 제주 출신 재일교포)의 투자유치를 이끌어내기 위한 방안이 포함되어 있었다. 이는 제주개발이 위로부터의 '혁명적' 성과가 아니라 지역개발에 제주인들의 자발성을 일정 부분 수렴하려는 변형된 관제개발 형식이라고 볼 수 있다.[25]

낙후된 지역 개발로 상징되는 근대에 대한 강력한 열망은 집권세력의 정책 아젠다와 결부되었다. 이러한 시대상황 속에서 제주의 고유성은 위기에 처하게 된다. 흔히 60년대 이후 시작된 제주개발이 제주의

---

24) 《제주신문》, 1964. 7. 11. 건설부는 제주도가 제출한 제주도건설종합개발시안과 특별법안을 종합 검토, 이를 바탕으로 한 제주도종합개발계획을 대통령에게 보고한다. 이 계획에는 제주개발의 중점을 '산업'에 두고 ① 해외교포투자유치조성안 ② 특별개발기구의 연구 ③ 자유항 설치 등이 담겨있다.

25) 이와 관련하여서는 1960년대 재일교포와 출향 제주인사들의 향토발전에 대한 노력이 자주 눈에 띈다는 사실에서도 알 수 있다. 1964년 출향인사로 서울에서 약국을 경영하던 현봉지 씨가 자신의 고향인 보목리에 500만 원을 기탁했다는 기사가 실린다. 당시 신문은 이를 "푸르른 애향심"이라고 평가하고 있다. 《제주신문》, 1964. 6. 6. 이와 더불어 재일교포들도 제주개발에 상당한 조력을 했다. 재일 제주인의 제주지역 발전에 대한 기여에 관해서는 고광명, 「재일 제주인의 제주지역 교육발전에 대한 공헌」, 『교육과학연구』 제13권 제1호, 2011을 참조. 재일 제주인의 지역 사회에 발전에 대한 관심의 양상이 무엇인지를 잘 보여주는 것은 양석일의 단편 「제사」이다. 친척 제사에 참석한 이들을 통해 재일 조선인의 삶의 모습을 보여주고 있는 이 작품에서 고향 제주를 다녀온 인물은 고향 사람들을 '미개'의 존재로 여긴다. 그리고 그들에게 '문명의 빛'을 줘야 한다고 목소리를 높인다. 이는 재일 제주인의 제주 사회 기여가 단순히 '애향심'으로만 설명될 수 없다는 것을 보여준다. 양석일, 「제사」, 이한창 역, 『재일동포작가 단편선』, 1996, 17쪽.

고유성을 훼손했다고 생각하지만 이는 일면 '상상'된 것이기도 하다. 제주개발이라는 근대적 열망과 함께 제주의 고유성을 지키려는 열망도 제주 내부에서는 함께 존재했다. 이는 60년대부터 시작된 개발과 70년대의 새마을운동을 거치면서도 제주에 346개의 신당이 남아있다는 사실로서도 짐작할 수 있다.[26] 물론 박정희 집권 시기에 '미신타파운동'이 "생활혁명"의 일환으로 제기되었고[27] 이로 인해 무속은 전통적 신앙에서 미신의 자리로 격하되었다. 하지만 이러한 위로부터의 '개혁'을 받아들이는 민중들의 자세는 이중적이었다. '미신타파'를 근대적 개발과 성장의 표상으로 받아들이는 한편 그것을 전통적 삶의 훼손으로 보는 시각이 모두 존재했다. 제주인의 이러한 이중적 태도는 일정한 역사적 전통에서 비롯된 것이다. 일제시대 행해진 미신타파 운동을 바라보는 시선 역시 이중적이었다. 현길언의 「신열」은 이러한 민중의 양가적 태도를 드러내고 있다. 소설 속에서 '선구적인 시민상'을 받게 된 '김만호'의 과거 행적을 증언하는 재종숙과 교장어른의 시선은 이를 잘 보여준다.

> 김만호 씨는 면 농회 근무 3년 만에 서른이 안 된 나이로 면장이 됐다. 재종숙은 아마 그가 제일 악질적인 면장이었을 거라고 말하였다. 더구나 용서하지 못할 일은, 그가 가장 면민을 위하는 척하면서 제 할 일은 다 했다는 점이었다. 그는 젊은 면장으로서 이 제주 섬에서 가장

26) 이영권, 앞의 책, 236쪽.

27) 동아일보의 다음과 같은 기사가 대표적이라고 할 수 있을 것이다. 1962년 1월 28일자 사설은 "생활혁명으로서 '미신타파"를 역설하며 구자유당 정권의 고관, 국회의원이 '미신'을 추종했다며 허례폐지의 차원에서 미신타파가 필요하다고 강조하고 있다.

> 도사(島司)의 신임을 얻은 면장이 되었다. 재종숙의 말투는 점점 과격하여 갔다. 인생의 황혼기에서, 아무리 뼈에 사무친 일이라 하더라도 이 나이쯤이면 모두 이해하고 용서할 수 있을 터인데 그게 아니었다.
>
> 이 지방 행정을 책임 맡았던 도사(島司)는, 이 지역에 예로부터 성황당이 많고 그 신을 섬기는 무속신앙이 성행하여 행정을 수행하는 데 여러 가지 어려움이 많았으므로, 성황당을 부수고 무속신앙을 근절시키는 일을 부락민 자발적으로 하도록 하였다. 그러나 일은 어려움에 부딪혔다. 면이나 주재소에서 젊은 청년들을 시켜서 성황당을 부수려다가 마을 부녀자들과 충돌하여 피까지 보게 되었고, 더구나 아직도 사람들의 마음속에 자리 잡혀진 무속신앙에 대한 인식이 그것을 용기 있게 부수는 데 주저하게 만들었다. 그러나 김만호 씨가 주동이 된 남도면(南都面)만은 아주 철저하게 그 일을 수행할 수 있었다. 그러한 일로 결국 그는 도사에게 인정받게 되었고, 또한 면 안에서 그의 자리를 굳힐 수 있었다.[28]

재종숙은 "도사의 신임"을 받은 '김만호'를 "악질적인 면장"으로 기억한다. 하지만 교장 어른은 '김만호'를 "선각자"로 인식한다. 재종숙은 "면민을 위하는 척하면서도 제 할 일은 다" 한 김만호에 대해 뿌리 깊은 증오를 드러낸다. 그것은 중앙 정치세력과의 결탁을 입신의 수단으로 삼았던 지역 토착세력에 대한 불신이기도 하다. 이러한 불신에는 재종숙이 '김만호'가 제주의 고유성을 훼손하는 데 앞장섰다고 바라보고 있는 동시에 위로부터의 근대에 대한 비판적인 시선을 유지하고 있는 데서 확인할 수 있다. 이에 비해 교장 어른은 '미신타파'에 앞장선

28) 현길언, 앞의 책, 65쪽.

'김만호'의 행적을 "선각자"로 칭송하며 이를 시대를 앞서간 행동으로 평가한다. '미신타파'라는 후진성을 극복하고 지역의 근대를 이끌어낸 인물이라는 이러한 시각은 근대성을 옹호하는 태도이다.

한반도의 지리적 변방으로서 지역적 후진성을 내재하고 있었던 제주가 근대를 어떠한 방식으로 선취하려고 하였고 그 과정에서 지역성을 어떻게 지켜내고자 하였는지는 중앙권력과 지역 간의 역학 관계를 통해 살펴볼 필요가 있다. 즉 중앙이 지역을 근대라는 이름으로 호명하려고 할 때 지역 내부의 반응은 어떠하였는지가 중요하다. 이러한 점을 감안할 때 1964년 제주도민속학회의 '제주도문제 심포지엄' 좌담회는 특기할 만하다.[29] 64년은 본격적인 제주도종합개발계획이 발표되었던 시점이었고 지역에서도 개발에 대한 기대가 팽배해 있었다. 이를테면 부종휴는 제주개발계획에 대해 "개발만 한다면 제2의 하와이는 능히 만들 수 있을 것"이라며 기대감을 표시했다.[30] 근대적 발전과 성과의 모델로 '하와이'가 거론되고 있는 이 글에서는 제주개발에 대한 기대감이 여실히 드러난다.

그는 "역사적으로 군사적으로 본도는 '숙명적인 섬'이다. 관광이니 개발이나 자유화이니 요사이와 같이 각광을 받아본 때는 아직 없다. 혁명정부 당시의 전 김영관 지사의 업적은 높이 평가되어야 한다고 본

29) 좌담회 기사는 '제주도개발과 학술자원'이라는 표제의 특집기사로 실렸다. ≪제주신문≫, 1964. 7. 22.

30) 제주개발에 대한 기대감을 표시하고 있는 부종휴의 '제주도개발과 자유화 문제'는 1964년 8월 16일부터 9월 9일까지 모두 10회에 걸쳐 연재되었다. 이 글에서 부종휴는 제주 개발에 대한 기대감을 드러내며 "제주가 하와이가 되는 것은 시간문제"라고 말하고 있다. ≪제주신문≫, 1964. 9. 9.

다.”고 말한다. 이러한 인식은 지리적 변방에 불과했던 제주가 중앙의 관심의 대상이 되고 있다는 기대감의 표시이다.

이처럼 개발에 대한 열망과 기대감으로 지역사회가 들떠 있던 즈음에 열린 심포지엄은 근대적 개발이라는 자장 속에서 제주의 고유성을 어떻게 인식하는지를 보여주는 하나의 사례다.

송석범의 사회로 열린 이날 좌담회에는 임석재(한국문화인류학회장 · 서울사대 교수), 임동권(서라벌예대 학장), 정한숙(소설가 · 고려대 교수), 김태능(사학가), 이숭녕(서울문리대 교수) 등 외부 인사와 50여 명의 지역 인사가 함께 했다.[31]

그런데 여기서 주목할 것은 민속이라는 제주의 고유성이 관광자원이라는 이름으로 시종 호명되고 있다는 것이다. 이숭녕이 제주도민속학회의 과제를 “자료수집”과 “연구”라고 이야기할 때도 그것은 “제주개발을 위하여”라는 전제에서 발언된다. 이숭녕을 비롯한 좌담회에 참석한 외부 인사들은 ‘관광’이라는 프레임 속에서 민속의 위치를 ‘상상’한다. 임석재도 “관광자원으로서 민속을 이용해야 된다는 것은 재언할 필요조차 없는 것”이라며 “천혜적인 산천자원도 중요하지만 민속 등의 신비스러운 것들을 수집, 보존하는 문제가 더 긴요하다”는 입장을 피력한다. 이숭녕과 임석재의 다음과 같은 발언에 주목해보자.

31) 이날 좌담회의 개최 이유에 대해서는 “무진장한 제주도민속자원의 발굴, 연구를 표방하고 지난 2월 발족한 제주민속학회에서는 지난 18일의 <제주도문제 심포지움>을 열기 하루 앞서 이의 연사로 초청받아 내도한 중앙인사 필진 좌담회를 마련했”다고 밝히고 있다. ≪제주신문≫, 앞의 글.

▲이숭녕 박사=제주도개발을 위하여 제주도 민속학회의 할일이라면 첫째 자료수집 그다음에 연구가 필요하게 됩니다. 그러기 때문에 우선 본도에 널리 산재해있는 자료의 수집정리가 무엇보다도 당면문제가 아닌가 생각합니다. 제가 늘 존경하고 자랑해오는 것은 제주도민이 매우 "의욕적"이라는 것입니다. 이런 정신으로만 나간다면 무슨 일이든 꼭 성공하리라 믿습니다. 더구나 **육지에는 없고 또는 상실되어 버린 것을 여기에선 보유하고 있으니 여러분께서는 이를 철저히 발굴하고 기록에 남겨야 될 것**입니다.

▲임석재 씨=관광이라고 하면 그 사회의 발전에 역할을 한다는 것은 상식에 속하는 문제이고 또 민속이라면 신비스럽고 희귀하고 생소한 것이기 때문에 사람들은 그것을 보고 알고자 한다는 것도 우리가 경험하는 것입니다. 그러므로 **관광자원으로서 민속을 이용해야 된다는 것**은 재언할 필요조차 없는 것입니다. 그렇다면 본도에서는 **천혜적인 산천자원도 중요하지만 민속 등의 신비스러운 것들을 수집보존하는 문제가 더 긴요하다**고 보는 바입니다.(강조 인용자)[32]

이숭녕은 방언 연구를 위해 수차례 제주를 찾았다. 임석재는 한국문화인류학회 회장이었다. 이들의 발화를 단순히 근대적 발전으로 상실되어 가는 민속적 가치의 발굴과 보존을 요구하는 것으로만 볼 수 있을까. '민속의 발굴·보존'이라는 구호의 배면에 숨겨져 있는 것은 없는 것일까. 우선 이들의 발화 속에 호명되는 '민속'은 무엇인가를 살펴보도록 하자.

32) 《제주신문》, 앞의 글.

이들의 발화에서 '민속'은 '육지'가 상실해 버린 "신비스러운 것"으로 호명된다. 이들이 "육지에는 없고" "상실되어 버린 것"을 보유하고 있는 지역으로서 제주를 지칭할 때 '민속'은 국민국가라는 상상적 공동체에서 파생한 것인 동시에 '민속'을 통해 국민국가의 한 단위로 제주가 인식되고 있음을 보여준다. 한반도의 중심, 근대성을 선취한 '서울/육지'로부터 지리적으로 가장 먼 지역인 제주에서 육지가 상실해버린 '민속'을 발견하고자 하는 시도는 '민속'을 매개로 한반도라는 지리적 동질성 속에 제주를 포함시키려는 시도이다. 이때의 '민속'은 제주의 '특수성' 그 자체보다는 근대의 선취로 상실되어 버린 국민국가의 동질성을 확인할 수 있는 대상이다.

이들의 인식에는 '근대/전근대'의 구도에 '육지/섬'이라는 도식이 덧씌워져 있다. 즉 "신비스러운" '민속'은 문명, 즉 근대의 합리성으로 설명할 수 없는 것이다. 근대적 합리성의 외부에 존재하는 '민속'은 문명의 범주로 설명될 수 없는 "신비스러운" 대상일 뿐이다. '근대/전근대', '문명/야만'이라는 구도 속에서 '민속'을 "신비스러운" 대상으로 호명할 때 근대의 외부는 순치된 야만 즉 근대가 제어할 수 있는 대상으로 호명된다. '민속'은 제주의 특수성 그 자체로 존재하고 호명되는 것이 아니라 근대를 성취한 육지(성)의 결여를 메울 질료로 '상상'되는 것이다.

좌담회에 참석한 임동권이 "기계문명이 이 지방의 특수민속을 구축(驅逐)"하고 있다면서 "다른 지방에서는 볼 수 없는 '물구덕'"이 사라지고 있음을 안타까워하는 것은 육지(성)의 결여를 제주라는 지리적 공간에서 확인하려는 시도이다. 즉 그들이 말하는 '특수성'이라 육지(성)이 상실되어 버린 것을 재확인하는 한에서 인정되고 승인될 수 있는 것이다. 그렇다면 그들이 확인하려고 하는 육지(성)의 결여는 과연 무엇인가. 민속과 문화의 관계에 대한 정한숙의 다음과 같은 발언에 주목하여 보자.

> ▲정한숙=민속이 관광에 어떻게 이바지하느냐가 오늘의 주제가 되는 것 같습니다. 그런데 여기에는 문화활동이 선행되어야 할 것입니다. 허지만 현 실정은 민속 신화 설화 전설 등을 소재로 한 문학은 거의 없다시피 합니다. 본도 민속이 쇠퇴해 가는 것도 바로 이 때문입니다. **탐라만의 낭만과 정열이 깃든 작품이 하루속히 쏟아져 나와야 관광도 더욱 활기를 띄울 것이라 생각합니다. 그리고 민속적 수집도 중요하지만 그것에 현대적인 해석을 가해야 될 것입니다.**
>
> 예를 들어 여기에만 있는 "정낭"이라는 민속도 그 안에 어떤 낭만적 정서가 깃들어 있지 않은가 바람이 많은데 어떻게 부는 바람인가. 실은 저의 고향은 여기보다도 돌이 더 많은데도 별로 관심거리가 안 되는데 여기를 유별나게 석다(石多)의 섬으로 부르고 있는 것은 무슨 까닭인가 등 그들 속에 내재해있는 어떤 의미들을 들춰내어 거기에다 현대적 해석을 가한 작품이라야 독자들이 더욱 흥미를 갖고 제주에 더 관심과 호기심을 갖게 되는 것입니다. 그러니까 여기에서 시를 쓰시는 분들도 도시에서의 즉흥적인 시가 아닌 제주 사람이 아니면 또 여기서가 아니면 나올 수 없는 작품을 창작해야 되겠습니다. **요는 여기에 무엇이 있었다가 아니라 앞으로 무엇이 있어야 될 것인가에 해석과 안목을 두어야 관광제주의 전망은 밝아지리라 믿는 바입니다.**(강조 인용자)

'민속'을 관광자원하려는 <심포지엄>의 개최의도를 염두에 두고 있으면서도 정한숙은 "탐라민의 낭만과 정열이 깃든 작품"의 창작과 민속, 신화, 설화, 전설 등의 "현대적 해석"을 강조하고 있다. "낭만적 정열"과 "낭만적 정서"로 호명되는 제주의 특수성을 근대의 시선으로 해석하는 노력이 필요하다는 이 같은 지적은 '민속'을 바라보는 시선의 위치가 어디에 존재하고 있는 것인가를 분명히 보여준다. 정한숙이 '정낭'을 예로 들면서 이를 "낭만적 정서"라고 명명하는 것은 그 자체로 근대적 시선이다. 근대인에게 제주의 '민속'이 '낭만'으로 규정될 때 "제주 사람" 혹은 제주가 "아니면 나올 수 없는 작품"을 요구하는 것은 제주의 특수성을 인정하는 태도가 아니다. 그것은 제주를 근대성으로 사유하기를 바라는 범주 규정이며 명령이다. 또한 "무엇이 있었다"가 아니라 "앞으로 무엇이 있어야 될 것인가"가 중요하다고 강조하는 것은 '민속'에 대한 관심이 '과거의 복원'이 아니라 '전통의 창조'를 염두에 두고 있음을 보여준다. 새로운 '전통'을 창안하지 않는다면 제주의 미래가 불투명할 수밖에 없다는 노골적 압력의 표현인 것이다. 이러한 외부 전문가들의 태도는 근대와 전근대, 육지와 제주라는 위계를 전제로 발화되고 있음을 보여준다.

그렇다면 이들의 발화에 응답하는 내부인들의 태도는 어떠한가. 최정숙(제주도교육감) · 이치근(제주도공보과) · 김종업(제주대학교) · 양중해(시인) 등은 한결같이 중앙의 "협조"를 부탁하고 있다. 이는 재정적, 학문적으로 열악한 지역에서, 내부의 부족한 역량을 중앙에 기대어 타개하고자 하는 것이다. 또한 이들은 '제주'가 중앙의 관심대상으로 되고 있다는 사실 그 자체에 '감격'하며 '제주'가 한국 문화에 이바지 할 수 있을 것이라는 기대감을 나타낸다. 민속학회 총무이사인 이봉준은 정부의 제주도개발계획에 대해 "거치른 황무지에 새싹이 움트고 무럭무럭 자랄 소지가 마련되고 있다"며 "우리는 그 실현가능성의 거창한 꿈에 가슴은 벅차고 있음에 우리로서는 제주도개발에 있어서 기본태세는 갖추어야 될 것이 아닌가"라고 기대감을 피력한다. 양중해 역시 정한숙의 제주의 낭만적 정서에 대한 현대적 해석의 필요성에 대해 "순수한 제주문학이 이루어질 때 이것이 한국문학이 되는 것이고 특수한 순수한 국문학이 세계문학으로 발전하는 요소가 되는 것이라 생각"한다며 "정한숙 선생님께서도 이런 방향으로 저희들을 지도해주시기 바"란다고 말하고 있다.[33)]

이는 제주에 대한 내부적 관심이 다분히 외부적 상황에 대한 대응적 차원에서 모색되고 있음을 보여준다. 제주도종합개발계획 수립이라는 정부 정책에 대한 기대감이 팽배하고 있던 상황에서 제주가 외부에 '발견'되기 시작하고 있음에 대한 '기대'이자 제주의 가치를 외부로부터 승인받고자 하는 태도인 것이다. 이처럼 60년대 이후 불기 시작한 '제주적인 것'에 대한 관심은 제주의 특수성을 타자화함으로써 그 존재를 증명해야 한다는 역설적 상황에서 '발견'되었다.

'제주적인 것'에 대한 관심은 '관광개발' 정책의 추진과 더불어 '발견'되고 '주목'되었다. 따라서 '민속'으로 표상되는 '제주적인 것'은 '관광자원'이라는 하위 범주로 인식되었다. 식민지 시대 조선의 근대관

33) ≪제주신문≫, 앞의 글.

광이 제국주의 일본에 의해 조선이라는 타자를 발견하고 이를 통해 근대의 우월성을 확인하려는 근대적 시선이라는 점[34]을 감안한다면 '관광'에는 중심—주변이라는 위계의 구도에서 주변부를 '발견'하는 우월적 시선이 전제되어 있음을 알 수 있다. 이러한 시선은 지역적 차별에는 눈감은 채 지역의 후진성을 '민속'이라는 낭만적 이름으로 호명하려 한다. 정한숙이 '정낭'을 "낭만적 정서"로 지칭하는 것은 지역적 차별로 인해 발생한 지역의 후진성을 '낭만'이라는 이름으로 무화시키려는 (무)의식적 태도이다. 앞서도 살펴보았듯이 60년대 제주지역에서는 근대적 개발에 대한 기대감이 커져가고 있었다. 이러한 기대감이란 결국 육지가 성취한 근대적 발전을 제주라는 지리적 변방에서 실현하고자 하는 욕망이며 '섬=육지'를 등치시키고자 하는 근대에 대한 열망이었다. 따라서 지역의 후진성은 극복되어야 하는 대상일 뿐이었다. 하지만 역설적으로 이러한 열망은 제주 고유성 훼손이라는 위기의식으로 표출되었다. 근대를 성취하는 동시에 '제주적인 것'의 고수라는 이중적 과제가 60년대의 제주인들에게 부여된 것이다. 개발과 전통의 보존이라는 과제 앞에서 지역의 지식인들은 지리적 변방이 중앙에 의해 '발견'되기 시작한 것을 하나의 기회로 여겼다. 이는 국민국가의 일원으로 편입되고자 하는 동시에 '고유성'을 승인받고자 하는 이중의 욕망이다. 이러한 욕망은 제주를 육지(성)이 결여된 지역으로 '상상'하고자 하였던 외부적 시선과 길항하며 나타나게 된다. 이를테면 내부적 시선과 외부적 시선이 마주치는 순간 어느 것 하나로 수렴될 수 없는 수많은 결절

34) 조성운 외, 『시선의 탄생 - 식민지 조선의 근대관광』, 선인, 2011, 12~16쪽 참조.

들이 발아하기 시작하는 것이다. 따라서 60년대 이후 시작된 제주개발이 제주를 단일한 표상으로 인식했다고 보는 것은 다분히 사후적인 판단이거나 어느 일면만을 바라보는 단선적 사고라고 할 수 있다.

그러나 분명한 것은 60년대는 그것이 관광이라는 우월적 시선이든 제주의 고유성을 고수하고자 하는 내부의 대항적 움직이었든 제주가 국민국가의 일원으로 '발견'되기 시작한 하나의 기원이라는 점이다. 그리고 이러한 '발견'은 제주의 내부에서는 지역의 고유성에 대한 자각과 후진성의 극복, 외부에서는 '제주'를 국민국가의 지리적 영역의 일원으로 인식하는 이중의 계기로 다가왔다. 관광개발은 근대의 성취와 전통의 복원과 창조라는 이중의 과제를 제주인들에게 던져주었고 이러한 과제 앞에서 제주인들은 이전과는 다른 새로운 제주를 '상상'하기 시작하였다.

## 3. 내부의 눈으로 '제주'를 발견하다

### ㄱ) '소리'의 발견—'협죽도'/'스피커'라는 낯선 배치

면 사무소 마당 협죽도 나무 속에서 전에 없던 라우드·스피커가 요란스레 음악을 울리고 있었다. 물숨이는 그동안 마을 풍경이 많이 변했다고 생각하면서 음악의 방향을 드덤어 본다.

음악이 멎는다. 그리고 여자의 목소리가 전파를 타고 흘러나왔다.[35]

전쟁고아로 제주에서 '말테우리'의 삶을 살던 '물숨이'가 한라산 방목장에서 나와 시내로 내려왔을 때 그가 처음 목격한 것은 협죽도 나무에 걸린 '라우드 스피커'였다. 그가 시내로 돌아오는 길에 들었던 첫 번째 '소리'는 "고리채 신고기한"이 도래했음을 알리는 "목소리"였다. "목소리"는 시민들의 자발적인 고리채 신고가 "무능부패한 위정자들에 의하여 불구가 된 나라의 경제"를 회복하는 계기가 될 것이라고 말한다. '혁명정부'의 행정력은 이렇게 "라우드 스피커"에서 흘러나오는 "목소리"로 구체화된다. '혁명공약'을 고시하는 "여자의 목소리"는 여성성이 거세된 소리이며 권력의 소리이자 지배의 언어이다. 그것은 '혁명'의 불안을 지배자의 언어로 대치한다. "핵명인지 무시건지 모르키여만, 돈이 돌아야 숨을 쉴꺼 아니가!"[36]라는 주인영감의 불안은 크기만큼이나 위압적인 '스피커'의 소리 앞에서는 한낱 투정에 불과할 뿐이다. 육지 상인에게 말을 헐값에 넘겨버린 주인영감이 부두에서 갑자기 난동을 피운 말 '감청이'이 때문에 방파제 밑으로 빠져 버렸을 때 '물숨이'가 그의 생존을 알게 되는 것도 스피커의 소리 때문이다. 사건이 일어나가 전과 변함없이 '스피커'는 고리채 신고기한이 도래했음을 무표정하게 선전한다. 변함없는 그 소리 앞에서 '물숨이'는 안도한다.

> 면사무소의 스피카는 내일로 박두한 고리채 신고기한을 알리고 있었다.
>
> 스피카의 소리와 동시에 그는 다시 발걸음을 옮겼다. 무슨 때문이라

35) 최현식, 「협죽도」, ≪제주신문≫, 1964, 12. 29~12.30.
36) ≪제주신문≫, 1964. 12. 30.

> 고 꼭잡아 말할 수는 없지만 가슴 속의 어둠이 걷히고 발걸음이 가벼워지는 느낌은 것만은 분명하다.
>
> 저 소리(스피카)가 저렇듯 떠들어대는 것이 우리 집의 고리채 영감이 살았음을 알려주는……그런 일종의 풀림에서였는지도 모른다.[37]

60년대 '이전'이 시정의 소문과 웅성거림이 지배하였던 시대였다면 60년대 '이후'는 '스피커 소리'가 이러한 시정의 소문들을 대신한다. 지역의 관계성을 근본에서부터 변화시키는 '스피커 소리'는 60년대라는 시대의 변화를 상징적으로 보여주는 하나의 사례다. 라디오와 전화 등 음향 미디어의 등장이 자본주의적 징후이며 이러한 '소리'를 통해 인간의 신체성/관계성이 구조적으로 변화한다는 점을 감안한다면 '스피커 소리'는 '혁명정부'의 행정력이 지역을 지배하는 방식을 보여준다.[38]

최현식이 '물숨이'의 시선을 통해 '협죽도—스피커'의 배치를 인식할 때, 그것은 60년대 '이전'과 '이후'를 구분하는 '결정적 장면'이다. '제주도종합개발계획'이라는 60년대 제주지역 근대화의 시작은 이렇게 하나의 '소리'로 다가왔다. 그것은 지배와 근대의 언어이며 중앙이 제주를 '발견'하는 하나의 형식이었다. 60년대가 '스피커 소리'로 다가왔을 때 제주의 내부는 비로소 이전과는 생경한 풍경을 인식한다. 이러

37) ≪제주신문≫, 1964. 12. 31.

38) 요시미 순야(吉見俊哉), 『소리의 자본주의』, 이매진, 2005, 10~39쪽 참조. 요시미 순야는 '소리'를 부르주아적인 기호로 유통시키고 소비해가려는 사회적 전략을 '소리의 자본주의'라고 명명하며 음향 복제 미디어의 등장과 소리문화의 변용이 자본주의의 계기가 되었다고 분석하고 있다.

한 '다름'에 대한 인식은 지배의 언어로 균질화되어 가는 제주에 대한 자각으로 이어진다. '스피커 소리'라는 강력한 지배의 자장 속에서 제주는 이전과 다른 시대적 상황에 직면한다. 이는 근대적 발전의 욕망과 함께 지역민 스스로 지역에 대해 이야기하고자 하는 발화의 욕망을 낳게 했다.

앞서도 살펴보았듯이 1964년 확정된 제주도종합개발계획은 균질화된 지배의 언어로 지역의 근대적 발전을 실현하고자 하는 위로부터의 기획과 이에 대한 내부의 욕망이 복합적으로 작용하게 된 계기였다. 근대적 발전이라는 욕망은 '이후'에 대한 기대감과 함께 '이전'에 대한 복고와 향수를 함께 동반했다. 그것은 지역내부에서 지역을 기록하려는 움직임으로 나타난다. 이러한 내부적 자각이 문학적 사건으로 나타난 것이 바로 1964년 제주신문이 기획한 '제1회 단편 릴레이'였다.[39]

제주신문은 1964년 10월 4일 사고를 통해 '제1회 단편 릴레이'의 시작을 알린다. 이 기획은 제주도 문학계 발전, 도내 작가들과 도민들 간의 소통을 위해 마련되었다.[40]

---

39) 이런 점에서 본다면 최현식의 「협죽도」가 이 첫 번째 기획의 마지막을 장식한 것도 하나의 우연이 아닐 것이다.

40) '제1회 단편소설 릴레이'는 1964년 10월 6일 고은의 「9월병」을 시작으로 12월 31일까지, 조재부 「사회법제일보」, 현길언 「호오이」, 고영기 「붕괴」, 정영택 「고독한 응시」, 최현식 「협죽도」가 차례대로 발표된다. 이들 작품들 중에서는 작위적 인물 설정과 서술자의 목소리가 전면에 부각되는 등 작품의 완성도 측면에서 습작 수준에 머물고 있는 작품도 눈에 띈다. 여기에서는 이러한 작품은 논외로 하거나 논의의 전개과정에서 참고로만 삼을 것이다. 주로 논의될 작품은 고은의 「9월병」, 현길언의 「호오이」, 최현식의 「협죽도」가 될 것이다. '제1회 단편릴레이'에서 고은의 작품이 실린 것은 당시 고은이 제주도에 거주하고 있었다는 점이 감안되었을 것이다.

본사에는 10월 6일부터 도내 작가들에 의한 제1회 단편 리레의 막을 올려 본도 문학계 발전에 일익을 담당하는 한편 도내 문학인과 도민들의 보다 밀접한 호흡을 위해 노력할 작정입니다. 이 단편 리레는 매년 하반기마다 되풀이될 것이며 나아가서는 본도 문단의 신인등용의 기초 작업이 될 것입니다. 도내 작가들의 손으로 다듬어진 우리 고장의 모습이 독자여러분께 새로운 흥미와 기대를 낳게 할 것을 의심치 않는 바입니다. 주옥같은 단편에 현승화 강태석 김택화 제씨의 유려한 화필이 화룡점정이 될 것입니다.[41]

"도내 작가들의 손으로 다듬어진 우리 고장의 모습"을 보여주기 위해서 기획되었다는 사고에서도 알 수 있듯이 이 기획은 지역민이라는 기록의 주체와 지역이라는 기록의 대상을 분명히 하고 있다. 기존의 연구에서는 65년 이후의 제주문학을 중앙문단편입기로 보고 있다.[42] 이 같은 지적은 65년 김광협이 동아일보 신춘문예에 시 「강설기」가 당선되면서 등단한 것을 기점으로 제주지역 작가들의 중앙문단 진출이 본격화되기 시작했다는 점에서 일면 타당하다. 김영화는 60년대를 "문단에 등장한 사람들이 나오기는 했지만 두드러진 활동은 없었다"며 그 이유를 중앙으로부터의 소외와 발표지면의 부족 때문이었다고 분석한다.[43] 하지만 60년대 이후 제주지역 일간지인 제주신문에는 중앙문단

41) ≪제주신문≫, 1964. 10. 4.

42) 김영화는 제주문학의 시대구분을 ① 일제강점기(1915~1945) ② 동인 활동기(1946~1964) ③ 중앙문단편입기(1965~1994)로 나누고 있다. 김영화, 앞의 책, 18쪽.

43) 김영화, 앞의 책, 28쪽. 김영화는 "지방에서 있으면 서울에서 발간되는 문예지 편집자들과의 교류를 맺기 어려워 발표 지면을 얻기 어려웠다. 가끔 문예지에 한두 편의 작품을 발표하는 외에 지방일간지인 제주신문, 제주도에서 발간하는 『제주도』 등 기관지에 한두 편 발표하는 정도가 고작이었다."고 말하고 있다.

으로 등단하지 않은 제주지역 문인들의 작품이 다수 발표되었다.[44)]

지역문학이 단순히 중앙문단으로 등단한 지역출신 문학인들만을 대상으로 하는 것이 아니라면 이들의 작품은 60년대와 70년대의 제주문학을 살펴보는 중요한 참조점이 될 것이다. 65년 이후 제주문학이 중앙문단에 '편입'되기 시작했다는 기존 연구를 그대로 받아들인다고 하더라도 60년대는 미디어를 통한 독자적인 문학의 장이 펼쳐졌던 시기였다고 부기할 수 있을 것이다. 이는 앞서도 살펴보았듯이 60년대 이후 가속화된 지역개발이라는 시대적 상황에서 지역을 지역의 목소리로 발화하고자 하는 내부의 대응노력이었다.[45)]

---

44) 제주신문의 연재소설은 1957년 12월 전현규의 단편 「五메터」를 시작으로 60년대 이후 본격화된다. 이후 손창섭, 전병순, 정연희, 박용구 등의 장편을 비롯하여, 박상남, 조재부, 현길언, 고영기, 정영택, 오성찬 등도 단편과 장편을 연재한다. 이들 중에는 아직 중앙문단에 등단하지 않은 지역문인들도 다수 포함되어 있다. 『제주신문 50년사』에 정리된 작품 목록을 보면 60년대는 번역소설을 제외하고도 20편의 단·장편이, 70년대는 29편의 단·장편이 연재되었음을 알 수 있다. 1969년 신아일보로 등단한 오성찬은 이미 1968년 8월부터 장편 『포구』를 연재하고 1980년 『현대문학』에 「급장선거」를 발표하며 중앙문단에 등장한 현길언도 64년 11월에 단편 「호오이」를 발표하는 것을 시작으로 「신장개업하는 마을」(1969. 10. 20~11. 5), 「유자꽃」(1970. 2. 19~5. 18), 「목련 꺾어지다」(1971. 4. 23~5. 12), 「바람이 분다」(1972. 2. 7~5. 30), 「말젯 삼촌」(1978. 7. 4~7. 17) 등을 발표한다. 이외에도 이후 시인으로 등단하는 김순이·김용해 등도 소설을 연재한다. 김용해는 1976년 한국일보에 시 「산조」를, 김순이는 1980년 『문학과비평』에 시 「마혼살」을 발표했다. 김용해는 단편 「고백기」(1969. 12. 15~1970. 1. 6)을, 김순이는 「목마의 노래」(1969. 11. 6~11. 28), 「사계」(1970. 5. 19~8. 21), 「불새」(1971. 11. 1~1972. 2. 4) 등을 제주신문에 연재했다. 『제주신문50년사』, 제주신문50년사편찬위원회, 1995.

45) 60~70년대 제주신문 연재 소설에 대한 연구는 그 자체로 별도의 논의를 필요로 할 것이다. 작품의 양도 만만치 않거니와 연구범위와 대상을 어떻게 규정할 것인지도 보다 면밀히 검토되어야 하기 때문이다. 여기에서는 관광개발이라는 근대적 '외풍' 속에서 지역 스스로 지역을 이야기하기 시작했던 1964년의 '단편 릴레이'로 논의의 대상을 좁혀 '제주적인 것'이 어떻게 '창안'되는지를 살펴보기로 하겠다. 이는 앞서도 살펴보았듯이 근대의 성취와 전통의 복원과 창조라는 이중적 과제에 직면한 제주인들이 지역을 어떻게 규정하고 극복하고자 하였는지를 구체적으로 살펴볼 수 있

### ㄴ) '제주 여성'을 발견하는 두 가지 시선—'해녀'와 '질병'

현길언의 「호오이」[46]는 "경북 감포지구 출가해녀 참변기사"의 부상자 명단에서 '분이'의 이름을 발견한 '나'가 '분이'와의 유년 시절을 회상하는 것으로 시작한다. 이 소설은 제주 여성을 발견하는 문학적 양상의 한 유형을 보여준다. 또한 어린 시절 폭도로 처형당한 아버지를 둔 분이를 통해 제주 4·3의 기억을 전유하고 있다. 제주 4·3의 문학적 형상화라는 측면에서 본다면 '제주 4·3 소설'의 앞자리에 놓일 수 있을 것이다. 작품의 줄거리는 다음과 같다.

'나'는 경북 감포지구 출가 해녀 참변기사의 부상자 명단에서 분이의 이름을 발견하고 분이와의 어린 시절을 회상한다. 분이의 아버지는 스물여섯 살의 젊은 엘리트였다. 대학을 졸업하고 고향의 국민학교 교장으로 부임한 분이의 아버지는 4·3 당시 무장대에 협력했다는 이유로 '폭도'로 몰려 부인과 함께 학교 운동장에서 처형당한다. 졸지에 부모를 잃은 분이와 성현, 어린 남매를 '나'의 아버지가 맡아 키우게 되면서 '나'는 그들과 함께 지내게 된다. '나'는 어머니와 함께 땔나무를 하기 위해 성 밖으로 나갔다 돌아와서 아직 젖을 떼지 않은 성현이를 위해 어린 분이가 자신의 젖을 빨리는 광경을 목격한다. '나'는 그 광경을 아직도 기억하고 있다. 국민학교에 입학한 분이는 머리가 영특해 줄곧 일등을 놓치지 않았다. 5학년 성적표를 받아든 어느 날 분이는

---

는 텍스트이기 때문이다.

46) 1964년 11월 12일부터 22일까지 10회에 걸쳐 연재되었다.

교장 딸과 다투게 된다. 교장 딸과 아이들이 분이를 '폭도새끼'라고 불렀기 때문이었다. 이날 이후로 분이는 '나'에게 헤엄을 가르쳐 달라고 조른다. 열성으로 헤엄을 배우던 분이는 중학교에 가지 않고 해녀가 되겠다고 선언한다. 본격적으로 물질을 배워 아저씨의 공을 갚겠다는 것이다. '나'는 사범학교를 졸업하고 시내에 취직을 하게 된다. 오랜만에 고향으로 향한 '나'는 폭풍 속에서 파도와 싸우며 헤엄을 치는 해녀를 목격한다. 그것은 바로 분이였다. 병원을 찾은 '나'는 분이의 한쪽 팔이 상한 것을 보고 마음 아파한다. 분이는 자신이 '해녀귀신'에 들린 것 같다며 한 팔로라도 헤엄을 칠 수 있으면 괜찮다고 말한다. 고향으로 되돌아온 분이는 성하지 않은 몸으로 바다로 뛰어들어 헤엄을 치고 '나'는 그 광경을 지켜본다.

이 작품은 '분이'라는 인물이 자신의 상처를 극복하는 과정을 여성 수난사의 입장에서 서사화하고 있다. 이를 테면 학교에서 줄곧 1등을 도맡아 하던 '분이'가 "폭도새끼"라는 또래집단의 비난에 직면한 이후 해녀가 된다는 설정은 '해녀'라는 상징을 통해 유년 시절의 상처를 극복해가는 여성의 이야기를 전면에 등장시킨다.

> 바다는 살아 움직이는 하나의 큰 짐승이었다. 그건 씨근덕거리며 움직였다.
>
> 그리고 그렇게 움직일 때마다 발버둥치듯 포효하는 것이다.
>
> 뾰죽뾰죽한 까만 용암 위에 긴장한 눈으로 바다를 내려다보는 해녀들은 이제 막 바다로 들라는 신호만을 기다리고 있었다. 그건 꼭 전쟁터에서 돌격명령을 기다리는 용감한 병사들의 눈이었다.

(…중략…)

그건 성난 병사들의 돌격이었다.

바다는 해녀들의 몸부림으로 펄펄 끓고 있었다. 〈호오－이〉 소리가 하늘까지 뻗어 오른다.

(…중략…)

"분이도 더 깊은 바다에 갈 수 없는 걸 못내 안타까워하며 상군(일급) 해녀들이 하고난 찌꺼기라도 부지런히 모았다. 물 속엘 들어가서 한오라기 미역을 캐고는 물 위에 올라와선 숨가쁘게 호오이 하면서 미역 잡은 손을 번쩍 하늘로 치켜 들 때엔 그녀의 얼굴엔 희열이 바닷물처럼 넘쳐흘렀다.[47]

바다는 "살아 움직이는" "큰 짐승"이며 바다로 들어가는 해녀들의 모습은 "성난 병사들의 돌격"이다. 바다와 평생을 살아야 하는 해녀를 강인한 생명력의 상징으로 표현하는 이 대목은 '분이'가 왜 그토록 "해녀"가 되기를 바랐는지를 단적으로 보여준다. 유년 시절 상처를 이겨내기 위해서는 바다와 싸울 수밖에 없다. 그리고 해녀가 된다는 것은 세상과 맞서 싸울 수 있는 강인함을 획득하는 하나의 징표이다. 바다 밖에는 자신을 받아주는 것이 없고 그래서 "해녀귀신"이 들렸다고 '분이'가 말할 때 그것은 도피와 회피의 방법으로 '바다'를 선택한 것이 아니라 바다를 통해서 강인함을 배우고 그를 통해 상처를 극복하겠다는 '분이'의 운명적 선택이다. 태풍이 몰아닥칠 것 같은 궂은 날씨 속에서도 '분이'가 바다로 향하는 것은 바다와 함께 살 수밖에 없는 제주

47) ≪제주신문≫, 11. 18.

여성의 숙명을 보여주는 하나의 상징이다. 그렇기 때문에 육지로 출가해 해녀 일을 하다가 한쪽 팔을 다친 후에도 바다에서 헤엄칠 수 있다는 사실을 깨달았을 때 '분이'는 다시 한번 세상과 정면으로 마주할 수 있다는 자신감과 희열을 느끼게 된다.

> 바다는 조용했다. 만조(滿潮)가 된 바다는 무언가 충일하였다. 바닷물이 갯가까지 밀려와선 밤 바다처럼 소근거리고 있었다. 바람이 물결을 스칠 때마다 바다는 엷게 미소짓는 듯 충얼거렸다.
>
> 멀리 퇴악이 하나, 꽃잎처럼 흔들리고 있었다.
>
> 나는 무언가 절박감에 쫓기면서 갯가로 뛰었다. 퇴악이 바닷물에 더 흔들거리고 있엇다. 그게 물결에 밀리어 어디까지라도 흘러가버릴 것만 같았다.
>
> 갯가까지 막 갔을 때다.
>
> 「호오이— 호오이」
>
> 숨가쁜 오열처럼 분이의 호오—이 소리가 꽃잎 속에서 들려왔다
>
> 「오라바—앙」
>
> 분이는 상한 팔의 어깨죽지를 퇴악에 의지하곤 배를 약간 하늘로 하곤 건강한 팔을 흔들고 있었다. 그리고 분이의 얼굴에는 지금껏 볼 수 없었던 희열이 물결처럼 흐르고 있었다.
>
> 「오라방 되쿠다(되겠습니다.) 이렇게 허난(하니까) 헤엄칠 수 있우다.」
>
> 그는 더욱 갯가에서 멀리 헤엄쳐 가며 손을 흔들어 웨치는 것이었다.

"호오이"하며 숨비소리를 내쉬는 '분이'의 "희열"은 바다에서 다시

삶을 살 수 있다는 기쁨 그 자체이다. 이는 운명과 같은 바다와의 대면을 통해 수난을 극복해가는 제주인들의 강인함을 '분이'를 통해 보여주기 위한 서사적 전략이다.

이처럼 「호오이」는 주인공 '분이'가 시련을 극복하는 과정을 '해녀'라는 전통에 기대어 서사화하고 있다. 이러한 서사 전략은 수난을 극복하는 내적인 동기를 '향토적 전통'에서 찾고자 하는 것이다. "폭도새끼"라고 불리던 '분이'는 전통적 표상의 일원이 된다. '분이'는 개인이 아니라 제주 여성이라는 추상을 획득하고 이는 나아가 '제주인'이라는 집합적 추상과 동일화되는 과정으로 나아간다. 이러한 태도는 '제주적 동질성'을 '분이'를 통해 투사하려고 하는 것인 동시에 '제주적인 것'을 내부가 '발견'하는 방식의 전형성을 보여준다.

60년대 이후 본격적으로 시작된 근대적 개발은 '제주적인 것'의 훼손과 멸실에 대한 내부의 우려를 수반할 수밖에 없었다. 근대의 성취와 전통의 복원이라는 이중의 과제에 직면한 내부인들의 시선이 '발견'한 것은 '해녀'로 표상되는 여성의 강인함이다. 많이 알려졌듯이 소설은 과거의 기억을 분유(分有)함으로써 내부적 동질성을 확보하는데 기여해왔다. 서구에서 민족적 동질성을 전파하는 데 신문과 소설의 역할이 지대했다[48]는 설명을 참조할 때 「호오이」가 '해녀'라는 제주적 상징물을 서사의 주요한 테마로 삼은 이유는 그것을 '제주적 전통'이자 현재를 설명하는 주요한 참조틀로 인식하였기 때문이다. '분이'가 한쪽 팔

48) 베네딕트 앤더슨, 윤형숙, 역, 『상상의 공동체 – 민족주의의 기원과 전파에 대한 성찰』, 나남출판, 2002.

을 다쳤지만 다시 바다로 뛰어들고 헤엄칠 수 있다는 사실에 안도하는 것은 현재의 위기를 극복할 수 있는 상징적 힘을 보여준다. 이러한 서사적 전략은 한국문학사에서 익숙한 장면이다. 한국문학사에서 여성 수난사가 등장하는 것은 1910년과 1930년대, 한국전쟁 이후인 50~60년대, 그리고 1990년대이다. 여성 수난사 이야기가 전면화된 시기는 위기담론과 관련되어 있으며 이러한 여성 수난사의 등장은 국가주의 기획의 하위주체에 대한 통합정책과 밀접한 관련을 맺고 있다.[49] 여성 수난 서사는 '여성'을 '민족'으로 등치하면서 수난 받은 여성의 이미지를 민족의 동질성을 획득하는 중요한 기제로 삼는다. 「호오이」가 '분이'를 '희생자'로 그려내면서 '해녀'의 삶을 터득하는 것은 이러한 여성 수난 서사의 전형을 보여준다. 문학 속에 등장한 해녀의 이미지에 대해서는 외부인 작가의 낭만적 인식과 제주도 출신 작가들에 의한 생활인·직업인으로서의 묘사로 구분하고 있다.[50] 제주의 외부에서 '해녀'를 발견할 때 그것은 '낭만적 정서'로 환기된다. 「호오이」에 나타난 해녀의 이미지는 '미역해체' 등 구체적 해녀의 작업 등을 묘사하고 있다. 낭만적 시각과 달리 보다 구체적 삶의 현장을 그리고 있다. 하지만

49) 권명아, 「여성·수난사 이야기의 역사적 층위」, 『상허학보』, 2003. 권명아는 한국문학에서의 여성·수난사의 역사적 기원이 근대 초기, 박은식·신채호 등의 역사학자들에 의해 시작되었다면서 식민지시대 여성 수난 서사가 전면화되는 것이 '민족담론'의 재현과 밀접한 관련이 있다고 해석한다. 이러한 여성 수난 서사가 전통 서사의 형식을 차용하는 것은 그것이 종족성의 문제와 관련을 맺고 생산, 재생산되고 있기 때문이다. 이러한 수난 서사는 국가주의적 기획이 식민지 기억을 환기하기 위해 기념물, 의례, 기억장치, 상징 공간을 발견하는 것과 대별하여 역사주의적 방식과는 다른 방식으로 역사적 단절감을 보상할 수 있는 기억 공간과 기념물, 의례, 기억장치, 상징공간을 발명한다고 설명하고 있다.

50) 김동윤, 「현대소설에 나타난 제주해녀」, 『제주도연구』 22집, 2002, 167~202쪽.

'해녀'를 '발견'하는 내부의 시선은 전통적 여성 수난사라는 익숙한 서사 구조를 선택하고 있다. 이는 일종의 '지상명령'으로 받아들여지던 제주 개발이라는 위기 상황 속에서 제주를 표상화하는 방식이, 역설적으로 국가주의적 기획이 이질적 내부를 동질화하기 위해 선택한 서사화 방식을 차용하고 있음을 보여준다. 이것을 단순히 창조적 변용이라고 지칭한다면 문제는 간단할 것이다. 그러나 문제는 간단치 않다. 외부의 힘이 방사하는 방식을 차용함으로써 스스로 내부적 동질성을 강고하게 하고 이를 통해 외부와의 대항을 꾀하는 방식은 이중의 폭력을 배태할 수밖에 없다.

제주가 국민국가의 일원으로 호명될 때, 기존 지역이 가지고 있었던 주변적 상상력은 폭력적인 굴절을 겪게 된다. 앞서 <제주도문제심포지엄>에서도 살펴보았듯이 주변은 중심을 풍부하게 하는 질료로서 존재할 때만 그 특수성을 인정받는다. 중심에 복무하는 특수성이라는 이율배반적인 상황은 그 자체로 폭력적인 힘으로 주변을 왜곡한다. 「호오이」의 '분이'는 내부식민지 안의 또 다른 식민적 존재, 즉 이중의 식민 상황에 놓여 있는 여성이다. 화자인 '나'는 사범대학을 졸업한 지식인이다. 그의 시선은 피식민지 내부에서 상대적 타자(내부식민자)를 설정함으로써 식민자의 위치를 전유한다. 즉 '분이'를 '발견'한 시선은 내부의 '지식인—남성'이다. '분이'는 내부식민지 안의 또 다른 내부식민지인 셈이다. '분이'에 대해서 화자가 관찰자의 시선을 유지할 수 있는 것은 그가 내부식민지인(여성)과는 대별되는 존재이기 때문이다. 따라서 '분이'에게 바다가 "해녀귀신", "바다귀신"에 들린 운명적 존재라면

'나'에게 바다는 "구경"의 대상이다. 식민자의 시선을 전유하고 있는 '남성—지식인'에게 거센 파도와 싸우는 '분이'는 구경의 대상이다. 이러한 태도는 일면 관음증적 시선으로까지 표출된다.

'분이'가 거친 파도 속에서 기를 쓰고 헤엄을 치는 장면에서 '나'는 "가만히 그녀의 행동을 주시"한다. 처음 파도 속에서 물질을 하는 해녀를 발견했을 때 '나'는 그저 "지독한 여자"라며 혼잣말을 하고, 나중에 '분이'일지도 모른다고 깨달았을 때도 "초조"해 하지만 '분이'에게 바다에서 나오라고 외치지도 않고 구조에 나서지도 않는다. 적극적인 행동은 취하지 않은 채 그저 지켜볼 뿐이다. 이러한 거리두기는 소설의 말미에 '나'가 갯가로 달려갈 때에는 '분이'가 갯가로부터 멀리 헤엄을 치면서까지 유지된다. 바다라는 공간에서 '나'와 '분'이의 거리는 한 번도 좁혀지지 않는다.[51] 주변부 지식인—남성과 주변부—여성간의 간극은 식민자와 피식민자의 거리만큼 좁혀질 수 없는 것이다.

'나'는 심지어 '분이'가 "폭도새끼"라고 비판을 받을 때에도 판단을 유보한다. '분이'가 물질을 배우겠다고 결심을 하는 것은 '폭도새끼'라는 세간의 손가락질 때문이다. 이는 제주 4·3이라는 역사적 비극이 개인의 운명을 변화시키는 결정적 계기로 작용하는 것을 보여준다. 하지만 여기에서 '폭도새끼'라는 비난의 수사는 '교장 딸'을 비롯한 어린아이들에 의해 발화되고 있다.

51) 물론 '분이'가 시냇가에서 '나'에게서 헤엄을 배우는 장면이나 처음 바다 헤엄을 칠 때는 '나'와 '분이'는 가까운 거리를 유지한다. 하지만 분이가 본격적으로 '물질'에 익숙해지면서는 '나'와 '분이'의 거리는 계속적으로 유지된다.

「폭도 새끼가 공분 잘해서 뭐 허젠(하겠느냐)」

「머시거(뭐)? 누가 폭도 새끼냐는 거냐?」

「오 네 아버지가 폭도 아니냐? 그래서 이 학교도 폭도들에게 그냥 줘버리젠 했다서.. 흥」

분이는 목이 칵 막혔다. 도무지 입이 열려지질 않았다. 숨만 가쁘게 목구멍을 안달거리게 하였다. 주위에 둘러섰던 학급 애들이 교장 딸을 끌고 관사 쪽으로 가버렸다.

「흥 왜 대답을 못허니? 그래 남의 집 식모가 공분허영(하여서) 뭣 허젠(하겠느냐)?」

끝내 분이는 그 자리에 우뚝 선 채 입술을 잘근 잘근 깨물면서도 울질 않았다.52)

'교장 딸'이 '분이'를 "폭도새끼"라고 부를 때 그것은 성숙한 어른의 언어가 아니다. 미성숙의 발화이다. 물론 이 장면은 "폭도새끼"로 상징되는, 역사적 비극에 대한 세간의 평판이 어린 아이들의 의식까지 지배하고 있는 것으로 볼 수도 있다. 하지만 이 작품에서 '분이'에 대한 직접적인 비난은 이 한 장면에 불과하다. '나'의 아버지와 '나'의 '분이'에 대한 태도는 연민과 동정으로 일관한다. 그것은 제주 4·3을 "공산폭동"으로, 희생자들을 "폭도"로 일관되게 불렀던 시대적 상황에 비춰본다면 과거에 대한 당대적 평가를 미성숙한 어린아이들의 발화로 한정하는 것이다. "폭도"라는 사회적 낙인을 질투에 사로잡힌 아이들의 미성숙한 발화로 처리하는 것은 당대적 평가를 유보하는 태도이다.

52) ≪제주신문≫, 11. 15.

이는 제주 4·3에 대한 당대의 낙인을 유보하려는 것뿐만 아니라 '분이'라는 인물에 대한 평가마저도 유보하게 한다. 이러한 유보의 태도는 '지식인—남성'과 '희생자—여성'이라는 거리두기에서도 드러난다. 이러한 점을 감안할 때 「호오이」는 '분이'라는 인물을 통해 주변부 '지식인—남성'의 여성에 대한 판타지를 '해녀'라는 표상으로 환기하고 있다고 볼 수 있다. 이때 개별적인 여성 주체들은 '해녀'라는 단일한 표상으로 획일화된다. 여성이라는 다성적 주체들은 폭력적으로 획일화된다. 주변부 지식인—남성에 의해 단일하게 호명되는 여성성은 중심이 주변을 왜곡하는 방식을 투사함으로써 이중의 왜곡이라는 상황에 직면하게 되는 것이다.

60년대라는 시대적 상황 속에서 제주를 '발견'하고 '상상'하려는 내부의 시도는 강인한 여성을 서사화하는 전략을 선택하였다. 이를 민족주의를 내면화한 남성적 판타지의 투영이라고 본다면 고은의 「9월병」은 '병에 걸린 여성'을 전면에 내세우는 전략을 선택한다. 64년의 '단편 릴레이'에서 두 작품 모두 여성을 주인공을 하고 있지만 거기에 나타나는 여성상은 표면적으로는 '강인한 여성'과 '병든 여성'이라는 상반된 형태로 나타나고 있다. 뒤에서 자세히 언급하겠지만 이러한 상반된 여성상에도 불구하고 여성을 발견하는 시선의 위치라는 두 작품 모두 유사하다.

비파가라는 고립된 저택에서 지내는 신 부인과 그의 외손녀 부화나의 이야기를 다루고 있는 「9월병」은 외부자의 시선이 '여성성'을 주목하고 있다는 점, 그리고 그 여성이 질병을 앓고 있는 무기력한 존재로 묘사되고 있다는 점에서 60년대 이후 제주를 '발견'하는 징후적 시선을 보여준다.

어린 나이에 부모를 잃은 부화나는 비파가(枇杷家)에서 신 부인과 함께 생활한다. 비파가의 부 씨는 서귀읍에서 선조가 살았지만 오랜 세월동안 육지의 신흥도시로 이주해 해운업으로 부를 축적한 인물로 그려진다. 그러다가 가문이 하루아침에 몰락하고 직계 가족은 모두 요절해 버렸다. 서북 태생인 신 부인은 독실한 크리스천이다. 신 부인은 부화나와 함께 부 씨 집안의 오래된 저택인 제주의 비파가로 이주해 살게 된다.

외부와 격리된 비파가의 안주인인 신 부인은 "성경부인"이라고 불릴 정도로 신앙에 투철한 인물이다. 그는 비파가 밖을 모두 "외방"이라고 여기며 여학교 2학년에 다니던 부화나를 강제로 중퇴시키고 외부와 단절된 삶을 살아간다. 신 부인은 손녀인 부화나를 "천한 거리에 내보내지 않겠다는 엄청난 집념"을 지닌 인물이다. 그것은 죽음까지도 같이 하겠다는 병적인 집착으로 나타난다.

> 「…나 혼자 죽지는 못한다. 너를 놓아두고 갈 수는 없다. …꼭 너를 데리고 갈테다.」
>
> 「…화나야. 너도 준비를 해라. 떠날 준비를. …무엇보다… 천당은 멀단다.」
>
> 「…너밖에는 아무것도 없으니까」[53]

53) 《제주신문》, 1964. 10. 6.

신 부인은 숨이 끊어지기 전에 "며칠을 두고 집요한 신음" 속에서도 이런 유언을 남겼다. 그것은 "어둡고 짭잘한 염분(鹽分)의 유언"이다. 신 부인의 장례를 치르고 외조모가 남겨준 1정보의 조밭을 홀로 대면하는 부화나에게 그것은 "초연하고 표독한 환영"으로 떠오른다. 그 "환영"은 외조모에 대한 그리움이 아니다. 삶과 죽음이라는 경계가 지워지는 '환상'의 순간이다. '환상'은 부화나의 병세를 심화시키는 실재의 힘으로 삶을 지배한다. 죽음조차도 어찌할 수 없는 강력한 집착. 삶과 죽음의 간극마저도 무화시키는 '환상'은 부화나의 삶을 죽음의 세계로 옮겨놓는다. 고립된 비파가의 살림을 맡았던, '가정부'와 '구자'가 비파가를 떠나 버리면서 부화나는 죽음의 일상에 한층 긴박된다. 부화나는 외조모의 "세상을 함께 떠나자는 순수한 이기(利己)의 강요"를 "깊은 외로움"으로 이해한다. "오직 하나인 외손녀에 대한 생애를 통한 극단적인 사랑의 비장"으로 서술되는 병적 집착은 부화나의 병을 "신성한 순간으로 향하는 일상적(日常的) 과정"으로 만들어 버린다. 그 신성의 순간 부화나는 "이어도 공자"를 만나며 죽음과도 같은 깊은 잠에 빠진다.

> 막 안뜰로 들어오려는 방문객을 포도시렁 곁에서 맞이했다.
>
> 남자는 시렁에 얹힌 마른 포도넝쿨을 보다가 그네의 고운 어깨에 손을 놓았다. 그리고 적요하게 웃었다.
>
> 남자의 쪽 고른 치아(齒牙)의 평화에 직면했다.
>
> 「...이어도에서 왔습니다.」
>
> 「아아」 하고 「아아, 이어도 공자(公子)시군요. 참 먼 나라에서 오셨어요.」

그네의 머리가 공자의 훈장에 달린 품에 묻혔다. 그러나 그들에게는 새로운 정열도 소멸되었다.

「아아 이 세상에서는 할 일이 없어요 공자님.」

하고 외쳤다.

그때는 이미 문밖에서 이어도 공자가 탄 말이 달리는 소리가 들렸다.

공자의 투명한 눈과 잇발-이 영상은 그네에게 어느 두개골의 두 눈구멍과 잇발뼈로 남았다. 결국 악몽이었다.

부화나는 그 꿈의 끝으로부터 그대로 숨을 거둔 것인지 어쨌는지 모른다.

오직 그네의 잠은 죽음으로 보인다.[54]

소설을 지배하는 것은 논리가 아닌 '병'으로 상징되는 비논리, 무이성의 세계이다. 병증은 해마다 되풀이되는 일상의 힘으로 인물을 강박한다. '병든 여성'의 비논리적 세계를 설명하기 위해 성경 구절이 인용되기도 하지만 그것은 기독교적 구원의 상징이라기보다는 무이성의 세계를 설명하기 위한 서사적 장치이다. 죽음의 순간에 부화나가 '신성'의 존재가 아니라 '이어도 공자'와 만난다는 설정은 그것이 기독교적 세계가 아님을 보여준다. 설화 속 피안의 대상으로서 '이어도 공자'를 만나고 그것이 하나의 '악몽'으로 서술되는 것은 불가해(不可解)의 논리를 설명하기 위해서이다.

「9월병」에서 여성성은 '질병'으로 표상된다. '질병'은 비논리와 무이

54) ≪제주신문≫, 1964. 10. 24.

성의 영역에 여성성을 긴박하는 서사적 인과로 작용한다. 여성성을 소환하는 이러한 방식은 타자성을 불가해한 존재로 상정한다. 타자는 이해할 수 없는 존재이며 그 불가해함이 집약된 표상이 바로 여성이다. 여성을 비논리와 무이성의 영역에 놓여 있는 것으로 발견하는 화자의 시선은 남성이 논리의 세계에 있음을 보여준다. '남성'을 논리적인 존재로 여기면서 '여성'을 '비논리=무이성'의 세계로 바라보는 태도는 '남성'과 '여성'을 차별화한다. 이러한 폭력적인 위계화는 '남성=논리'의 영역에 포함될 수 없는 존재들을 배제시키는 동시에 그것을 이해할 수 없는 위치로 내몬다. 이해할 수 없는 영역에 놓여 있는 것들이 본래 통합될 수 없는 이질적인 것들이라고 하더라도 그것이 외부에 놓여지는 순간, 각각의 이질성들은 상실되어 버린다. 즉 불가해의 영역에 놓여 있는 것들은 그것들 각자가 이질적인 특성을 지녔다고 하더라도 그 차이는 발견되지 않는다. 경계의 바깥에 놓여 있는 것들은 모두 '불가해'의 대상일 뿐이다. 이런 점에서 본다면 외조모와 '부화나'는 결국 같은 인물이다. '부화나'가 "외조모가 죽은 후 자신이 몹시 외조모처럼 된 것 같은 변질을 깨달았다"(10. 15)거나 "일흔 둘과 스물 셋의 차이"가 "그들에게 없었다"라는 서술에서 알 수 있듯이 각각의 이질성은 동일한 불가해함으로 환원되어 버리고 만다. 고은의 「9월병」은 타자성을 불가해의 영역에 위치시킴으로써 개별적 주체들의 이질적 차이를 무화시키는 방식으로 여성을 단일한 주체로 호명하고 있다.[55] 현길언의 「호

55) 서북 출신인 신 부인을 부화나와 동일한 비이성적, '병적 인물'로 그리고 있는 것은 부 씨 일가와 혼인 관계를 맺은 여성을 제주인의 범주로 동일시하고 있다는 점을 보여준다. 「9월병」에서는 신 부인의 출신이 그다지 큰 의미를 지니지 못한 채 부화나

오이」가 여성을 수난의 대상자로 호명하면서, '해녀'라는 표상을 부여한다면 두 작품의 외면적 표상은 '해녀'와 '질병'이라는 대척점에 놓여 있다. 하지만 두 작품 모두 개별적 주체들을 폭력적 방식으로 단일화하고 있다는 공통점을 지니고 있다. 두 작품에서 '제주'는 여성으로 표상되며 그것이 '해녀'라는 '의지의 여성'이거나 '병든 여성'이라는 각기 다른 표상으로 나타나지만 그것을 발견하는 남성적 시선은 여성이라는 타자성을 획일화한다. 즉 「호오이」가 '투쟁성'을 부여함으로써 남성성이 용인하는 한에서 여성성을 발견한다면 「9월병」은 여성성을 불가해한 존재로 여기면서 '제주=여성'을 발견한다. 즉 지역성의 수많은 이질적 요소들을 단일한 주체로 호명한다. 이러한 시선들은 외부의 발견과 내부의 발견이 중층적이며 복합적 형식으로 길항하며 외부의 시선을 내부가 차용하고 있음을 보여준다고 하겠다.

의 외조모라는 사실로만 국한되어 서술되고 있다.

제4장

# 국민국가와 이어도 전설

# 04
# 국민국가와 이어도 전설

## 1. 이어도라는 '보편'

아무도 이어도에 간 일이 없다.
그러나 있다.
어디에 있나. 어디에 있나.
물결 청동(靑銅) 골짜기
어느 날 서북(西北) 바람이 자고
눈썹 불태우는 수평선의 섬,
제주(濟州) 어부(漁夫)들의 핏속에 있는 딸의 울음의 섬,
어디에 있나. 어디에 있나.
혹은 성산(城山) 해돋이 장님의 섬,
바다 밖에 없는 바다
바다 전부(全部)에 북을 울려라.

구름이 일어난다.

그리하여 태어나는 섬, 딸의 울음의 섬,

아니야 아니야, 어디에 있나.

명부(冥府) 제주(濟州) 어업(漁業) 몇 천년 동안 이어도에 간 일이 없다.

아무도 이어도에 간 일이 없다.

그러나 있다.

아무도 이어도에 간 일이 없다.[1]

1964년부터 3년 간 제주 생활을 했던 고은은 시 '이어도'에서 이어도를 "아무도 간 일이 없"는 "수평선의 섬"이자 "딸의 울음의 섬"이라고 명명했다. 정확히 어느 곳에 섬이 있는지는 알 수 없다. 다만 "성산(城山) 해돋이 장님의 섬", "바다 밖에 없는 바다"에 "구름이 일어"날 때 비로소 "태어나는 섬"이다. 그곳은 "아무도 이어도에 간 일이 없"지만 엄연히 존재하는 곳이다. 부재하지만 그것이 실재하다고 믿고 있는 역설의 공간이 바로 이어도이다.[2] 이어도는 부재하지만 실재하는 곳이며 실재하지만 도달할 수 없는, 그래서 현실에서는 갈 수 없으며 죽어서야 갈 수 있는 섬이다. 이청준도 이어도를 "긴긴 세월 동안" "늘 거기 있어 왔"지만 "섬을 본 사람은 아무도 없었"던 곳으로 그리고 있다.[3]

1) 고은, 『문의 마을에 가서』, 민음사, 1974, 80쪽.

2) 이어도의 명칭에 대해서는 '이어도' '이여도' 등이 혼용되고 있다. 여기에서는 이어도라는 명칭으로 통일한다.

3) 이청준, 『이어도』 이청준문학전집 8, 열림원, 1998, 53쪽.

문학적 수사를 입은 전설의 힘은 강력하다. 유동하는 말들 속에서 전해져 내려왔던 전설은 문학의 외투를 빌려 입고 단단한 실체의 모습으로 다가왔다. 그리고 2002년 소코트라 암초, 일명 파랑도에 이어도 종합해양과학기지가 설립되면서 이어도는 움직일 수 없는 사실로 우리에게 다가왔다. 이제 이어도는 확고부동한 대한민국의 지리적 경계이다. 이어도 전설은 이어도의 실효적 지배를 증거하는 자료로 제시되고 있다. 이어도는 전설과 문학, 과학이 만나 국민국가의 경계를 확정할 수 있었던 하나의 선례로 기록될 수 있을 것이다. 이어도는 '지금—여기'를 지배하는 보편적 가치가 되어 버렸다. 파랑도가 제주 섬 사람들이 오랫동안 동경해왔던 이어도가 아닐 수도 있다는 지적[4)]은 파랑도가 이어도로 명명되고 그곳에 이어도종합해양과학기지가 건설되면서 설득력을 잃어버렸다.

고은과 이청준을 시작으로 이어도가 하나의 확고한 보편으로 자리매김하고 있는 상황에서 그것의 기원을 의심하는 것은 무의미한 것처럼 보인다. 하지만 보편이란 보편적 가치를 부여받음으로써 존재하는 것이라는 사실을 상기한다면 이러한 의문은 여전히 유효하다. 예를 들어 문학 작품의 정전이라는 것도 그것이 본래부터 보편적 가치가 있었기 때문에 정전이 된 것이 아니다. 어떤 문학 작품이 정전이 된다는 것은 사회제도가 텍스트에 가치를 부여했기 때문이다.[5)] 이어도라는 표상이 하나의 보편으로 등극하게 된 이유 역시 그것에 보편적 가치를 부여했

4) 김은희, 『이여도를 찾아서』, 도서출판 이어도, 2002, 19쪽.
5) 하루오 시라네, 『창조된 고전』, 소명출판, 2002, 19~20쪽.

기 때문이다. 그렇다면 그것이 보편으로 자리매김하게 된 이유 혹은 과정은 무엇인가. 나의 관심은 여기에 있다. 물론 이어도 전설이 일종의 '허구'이거나 '학문적 오류'일지도 모른다는 지적은 몇 차례 제기된 바 있다. 제주 민요의 후렴구인 '이여도'의 '도'를 '도(島)'로 해석하는 것에 대한 비판과 이어도—전설이 '창조된 전통'이라는 지적이 그것이다.[6]

이어도가 구비전승물에 대한 근대적 발견인지 아니면 발견자의 욕망과 해석의 의지가 개입된 창조된 구성물인가의 여부와는 상관없이 현재 이어도는 제주를 대표하는 상징으로 받아들여지고 있다. 또한 소코토라 암초, 일명 파랑도가 전설 속 이어도의 실체라는 과학적 탐사 결과가 확인되면서 이어도는 국민국가의 영해 안에 존재하는 지리적 실

6) 김진하, 「제주민요의 후렴 "이여도"의 다의성과 이여도 전설에 대한 고찰」, 『탐라문화』 28호, 2006, 53쪽. 김진하는 "이여도"에서 "도"의 다의성에 주목하면서 별 뜻 없이 노동요의 후렴으로 붙은 소리가 한자음으로 해석되는 과정이 제주고유어와 고유문화에 대한 한자 문화적 해석의 의지들이 개입하면서 발생한 것으로 보고 있다. 주강현도 이어도-이상향 담론이 20세기에 들어서 형성되기 시작한 창조된 전통이라고 말하고 있다. 그는 '이어도라는 섬-이상향 담론'이 20세기에 비롯된 '상상'의 소산이며 이러한 상상을 가능케 한 데에는 고은과 이청준을 비롯한 문학적 허구가 일정한 역할을 하고 있다고 보고 있다. 그에 따르면 '이어도-이상향 담론'은 사소한 오류나 착시에서 비롯된 20세기에 만들어진 산물이라는 것이다. 그는 이러한 착시와 오류의 기원을 식민지 시기 다카하시 도루의 제주도 민요 수집에서부터 비롯되었다고 본다. 그리고 고은과 이청준 등의 문학작품과 제주도 지식인들의 지식담론 등을 거치면서 이러한 전통이 확대, 재생산되어 갔다고 지적하고 있다. 이어도 담론이 20세기에 창조된 담론이라는 주강현의 지적은 주목할 필요가 있다. 하지만 주강현은 이어도가 20세기적 산물이라는 점을 비판하지 않는다. 이어도-이상향 담론을 확대재생산 시킨 심성사에 주목하고 있다. 이 장에서는 주강현의 이러한 지적을 바탕으로 하되 문학에서 나타난 이어도 표상의 구체적 모습을 살펴보고 그것이 제주 사회에 수용되어 가는 과정, 그리고 국가의 지리적 영역의 발견과 이어도 담론의 확산을 중심으로 살펴보고자 한다. 주강현, 「이어도로 본 섬-이상향 서사의 탄생」, 『유토피아의 탄생』, 돌베개, 2012.

재로 인식되고 있다.[7] 그 지리적 실재는 "이어도종합해양과학기지"의 설치로 완성된 것처럼 보인다.

제주 민요에서부터 비롯된 이어도가 지리적 실재로 각인되게 된 과정은 그 자체로 매우 흥미롭다. 그것은 민요의 '해석 과정'과 문학적 변용, 그리고 그것을 통해 집합적 기억으로서의 전통이 창조되어가는 과정을 보여주기 때문이다. "이어도가 제주도민 사이에 전설로 내려오는 섬이고 실재하는지의 여부는 상관이 없다"면서 "확실한 것은 많은 제주도민들이 이어도 하면 자신이 알고 있다고 생각하고 그 섬에 대해 이야기한다"는 설명처럼 이어도는 그 실재의 여부와는 상관없이 제주도민이라는 집합적 정체성을 구성하는 요소가 되고 있다. "제주도민이라면 누구나 이어도를 알고 있다"는 것은 '이어도'가 '제주도민'이라는 정체성을 판별하는 중요한 요소로 작동하고 있음을 보여준다.

이처럼 '이어도'는 '도민'이라는 단일한 내부를 상정하는 하나의 요소로 작용하고 있다. '이어도'는 제주의 과거와 현재를 이어주는 매개이며 제주라는 지리적 표상의 연속성을 설명해주는 상징체계이다. '이어도'를 통해 제주인은 과거와 현재의 연속성을 깨닫고 그러한 각성을 통해 과거부터 현재까지의 단일한 집합체의 구성원으로서 환원된다. 이때의 단일한 집합체는 국민국가의 구성원으로 호명된다. 여기에서 '이어도'가 과거로부터 실재하였던 것인지 아니면 인위적으로 창조된

7) 파랑도 탐사는 모두 세 차례에 걸쳐 진행된다. 제1차 탐사는 1953년 2차는 1973년에 실시된다. 1차 2차 탐사과정에서는 이어도의 실체를 확인하지 못했다. 그러나 KBS 취재팀이 실시한 1984년 파랑도의 실체가 확인되면서 '소코트라 암초=파랑도=이어도'라는 인식이 굳어지게 된다.

것인지는 중요치 않다. 이어도는 자명한 지(知)의 실재로, 보편적 가치의 자리를 차지하고 있다. 또한 2000년대 이후 한국과 중국 간의 배타적 경제수역 경계획정을 둘러싸고 벌어진 영유권 문제가 불거지면서 이어도는 대한민국의 지리적 극점이자 실체적 장소로 인식되고 있다.[8)]

'이어도'는 곧 제주이며 국민국가의 지리적 영토의 극점이다. 국민국가의 지리적 상상력은 '이어도'를 제주도민을 단일한 집합체로 통합하는 동시에 제주도민을 국민국가의 일원으로 호명한다. '이어도=제주=대한민국'으로 이어지는 집합적 통합의 고리가 바로 '이어도'인 것이다. '이어도'를 통해 제주와 대한민국은 단일한 구성원으로서 소속감을 구축하게 된다.

이어도 담론의 탄생과 그것의 역할이 국민국가 공동체의 통합을 상징화한다는 점을 염두에 둘 때 '만들어진 전통'이라는 개념으로 설명할 수 있을 것이다. 홉스봄은 "통상 낡은 것처럼 보이고 실제로 낡은 것이라고 주장하는 '전통들(traditions)'"이 "발명된 것"이라면서 이렇게 만들어진 전통의 유형을 세 가지로 구분하고 있다. 하나는 특정한 집단, 공동체들의 사회통합이나 소속감을 구축하거나 상징화하는 것들, 그리고 제도, 지위, 권위 관계를 구축하거나 정당화하는 것, 그것의 주요 목표가 사회화, 신념, 가치체계, 행위 규범을 주입하는 데 있다는

8) 사단법인 이어도연구회가 펴낸 『이어도 바로알기』의 서문에서는 "이어도는 고대 이래 탐라국과 당나라 사이에서 형성된 이어도 항로의 중앙에 위치한 해중 암초"라고 규정하면서 제주인들이 이를 섬으로 인식하고 신화, 전설, 민담의 등의 설화를 배태한 지리적 실재로 인식하고 있다. 즉 이어도는 "한국의 영역 내에 있음이 객관적으로 확인"되는 실재의 공간인 것이다. 도서출판 선인, 2011, 4쪽. 특히 이어도를 둘러싼 영토분쟁은 최근까지도 계속되고 있다.

것이다.[9] 이러한 홉스봄의 지적을 염두에 둘 때 이어도 담론은 민요라는 민중적 관습이 특정한 의도와 해석에 따라 수정되면서 하나의 제도로 굳어졌다고 볼 수 있을 것이다.

하지만 이어도 전설이 구비전승의 산물이 아니라 창조된 전통이라는 것과 이어도가 보편적 가치를 부여받게 된 과정은 세밀하게 나누어서 살펴볼 필요가 있다. 이어도 전설이 실재하느냐 실재하지 않느냐에 대한 논의보다는 이어도 전설을 '재발견'하게 된 욕망의 기원을 살피는 것이 보다 생산적인 논의가 될 것이기 때문이다. 이를테면 전설 속의 이어도가 호명되고 그것이 '파랑도=이어도'라는 지리적 실재를 획득하게 되는 과정에 주목할 필요가 있다는 것이다.

우선 '이어도'가 왜 일종의 "토착적 담합"[10]으로 제주의 주요 연구자들에 의해 합의된 담론 체계로 자리매김하게 된 이유를 살펴보도록 하자. 그 배경에는 어떠한 시대적 상황이 자리매김하고 있는 것일까. 그리고 하필 60년대와 70년대를 거치면서 이어도가 문학적 소재로 부각되고 이러한 문학적 서사를 통해 이어도가 환상과 신비의 섬이라는 지위를 가지게 된 이유는 무엇일까. 또한 이어도는 어떻게 발견되었고 어떻게 '보편적 지(知)'로 인식되었는가. 이제 이 의문을 해명할 차례다.

9) 에릭 홉스봄 외, 박지향·장문석 역, 『만들어진 전통』, 휴머니스트, 2004, 19~41쪽.
10) 주강현, 앞의 글.

## 2. 유동하는 말에서 기록의 서사로

이어도에 대한 기존 연구는 크게 두 가지 측면에서 살펴볼 수 있다. 하나는 문화사적 연구이다. 그것은 이청준의 소설 「이어도」를 시작으로 한 이어도를 소재로 한 문학 작품에 투영된 제주 표상에 대한 연구가 주를 이룬다. 또 하나는 주로 자연과학적인 입장에서 이어도 인근 해역의 지리적, 자원적 중요성에 대한 연구이다. 자연과학적 입장의 연구는 1984년 KBS 취재팀의 파랑도 탐사와 2000년대 한국과 중국 간의 배타적 경제수역의 경계 확정을 둘러싼 지리적 분쟁과 관련되어 있다.11)

이들 연구들은 모두 이어도 전설의 최초 기록자이자 유포자로 일본인 학자 다카하시 도루를 꼽고 있다. 다카하시 도루가 채록해 수록한 내용은 다음과 같다.

> 옛날 고려 충렬왕 3년 섬이 원의 지배 하에서 목관이 와서 통치를 하기 시작하면서부터 제주는 매년 우마(牛馬), 우육(牛肉) 등의 공물을 중국에 보내야만 했다. 이 공물선은 이 산동 강남으로 향하기 위해 섬 서북쪽 대정 모슬포에서 출항하였다. 언제부터인지는 알 수 없지만 대정에 강씨(姜氏, 또는 康氏라고도 전해진다)라는 해상운송업자의 장자

11) 문화사적인 연구로는 김영화의 「문학과 <이여도>」를 시작으로 송성대의 「제주해민들의 이어도토피아」, 김은석, 「이여도: 이상과 절망의 세계」 등이, 자연과학적인 입장으로는 심재실·민인기의 「전설의 섬 "이어도"에 최첨단 종합해양과학기지 구축」, 강효백의 「한중해양 경계획정 문제: 이어도를 중심으로」, 진행남의 「이어도 문제의 현황과 해결방안 모색」 등을 들 수 있다. 이들의 연구는 모두 이어도가 제주인들이 오랫동안 상상해오던 전설 속의 섬이라는 사실을 받아들이고 논의를 시작하고 있다.

(長者)가 있었는데 수척의 커다란 배에 공물을 가득 싣고 황해를 가로질러 출발하였다. 그런데 그 배들 다수가 돌아오지 않았다. 그리고 이때부터 항로 사이에 이어도라고 하는 섬이 있다는 꿈과 같은 이야기가 섬 사람들에게 전해졌다. 어느 해 강 씨 자신도 공물선을 타고 출항했지만 결국 그도 돌아오지 않았다. 강 씨에게는 늙은 부인도 있었는데 그 처자가 슬픔을 이기지 못해 이허도(離虛島)라는 노래를 지어 부르기 시작했다.12)

다카하시 도루는 자신이 채록한 민요의 후렴구인 '이허도'를 '離虛島'라고 지칭하며 이를 섬으로 해석했다. 다카하시 도루의 민요채록은 이후 이어도 전설을 설명할 때 전범으로 인용된다. 이에 대해서는 "제주민요에 보편적으로 붙는 후렴인 이여도가 단 하나의 전설로 수렴된다는 주장은 납득하기 어렵다"13)는 비판과 제주민요의 후렴구인 '이어도 사나'를 '이허도(離虛島)' 표기한 것이 논리의 비약이며 그러한 잘못이 아무런 비판 없이 후대에 인용되면서 고정관념이 된 것이라는 지적도 있다.14) 물론 다카하시 도루보다 이른 시점에 강봉옥이 이어도를 제주사람의 동경하는 이상향이라고 한 기록이 있다는 점을 들어 이어도 전설이 오래전부터 폭넓게 전승되어 왔다는 주장도 제기된다.15) 『개

12) 다카하시 도루, 『濟州島の民謠』, 보련각, 1974, 54~55쪽. 다카하시 도루는 1929년부터 1935년까지 한국의 민요를 조사했다. 그는 이어도를 '이여도', '이허도(離虛島)'로 표현했으며 이 책에서는 일본어로 'イヨト'라고 표기하고 있다. 주강현은 다카하시 도루가 민요의 후렴구인 '이여도'를 '이여島'로 설정한 것을 후대의 학자들이 무비판적으로 논문에 인용하고 이것이 고정관념으로 귀착되었다고 설명하고 있다. 주강현, 앞의 글, 223쪽.

13) 김진하, 앞의 글, 38쪽.

14) 주강현, 앞의 글, 223쪽.

벽』에 실린 강봉옥의 이어도 이야기는 다음과 같다.

> 離虛島러라 이허도러라.
> 이허, 이허 離虛島러라.
> 이허도 가면 나 눈물난다.
> 이허말은 마라서 가라.
> 울며가면 남 이나웃나
> 大路한길 노래로 가라. (노래 부르며 가거라는 말)
> 갈때보니 榮華로 가도
> 돌아올땐 花旛이러라. (花旛은 喪輿를 말함)
>
> 離虛島는 濟州島 사람의 전설에 잇는 섬(島)입니다. 濟州島를 西南으로 風船으로 4, 5일 가면 갈 수 잇다 합니다. 그러나 누구나 갓다온 사람은 업습니다. 그 섬은 바다 가온대 수평선과 가튼 平土섬이라 하며, 언제던지 雲霧로 둘러끼고 四時長春 봄이라 하며 멀리 세상을 떠난 仙境이라구 濟州島 사람들이 동경하는 이상향이올시다.16)

이어도를 제주도 사람의 전설 속의 섬이며 제주도 사람들이 동경하는 이상향으로 묘사하고 있는 강봉옥의 기록은 다카하시 도루의 채록과는 조금 다르다. 다카하시 도루가 민요의 후렴구에 나타난 '이여도'를 제주 서남쪽의 섬으로 기록하고 있는 것에 비해 강봉옥은 그것을 "선경"이자 "이상향"으로 기록하고 있다.17) 다카하시 도루가 이어도를

---

15) 조성윤, 앞의 글.
16) 강봉옥, 「濟州島의 民謠 五十首, 맷돌 가는 여자들의 주고 밧는 노래」, 『개벽』 제32호, 1923, 2, 26쪽.
17) 1920년대에 다카하시 도루와 강봉옥에 이어 김정한의 「월광한」(1940)과 1944년 제주

배를 타고 나간 지아비가 돌아오지 않는 섬으로, 그리고 지아비를 그리며 부르는 곡명(曲名)으로 기록하고 있다면 강봉옥은 이어도를 전설 속의 이상향으로 그리고 있다.

1937년 제주를 조사한 이즈미 세이치는 이와는 조금 다른 이어도 이야기를 기록하고 있다. 이즈미 세이치가 조천면 수기동(水基洞)에서 채록한 이야기는 다음과 같다.

> 옛날 제주도 사람들이 섬 밖으로 출항할 때에는 반드시 들르지 않으면 안 되는 섬이 있었는데 이것을 이여도라고 했다. 거기에는 해적이 있어서 배가 도착하면 승객의 소지품을 전부 빼앗고 남김없이 죽여 버리고 말았다. 그러니까 바다에 나간 사람은 돌아오지 않는다. 그런데 어떤 섬사람이 이 섬에서 죽게 되었을 때 조상의 제사를 모시고 싶으니 목숨만은 살려달고 간청하였다. 도적은 좋다고 대답하고서 그의 혀와 두 손을 자르고 작은 배에 태워서 바다로 내보냈다. 바람과 조류를 따라 그 배는 운 좋게 제주로 실려 왔다. 그의 아내는 그의 모습을 보고 몹시 슬퍼하여 관청에 신고하였으나 말을 할 수도 글을 쓸 수도 없어서 매우 곤란했으나 겨우 입으로 글을 써서 이여도의 소재와 해적에 대한 것을 보고하게 되었다. 그런데 그의 아내는 남편의 처참한 모습을 바라보며 바다 저쪽을 원망하면서 이여도의 노래를 지었다. 그 슬픈 곡조는 갑자기 전도로 퍼졌다고 한다. 그 섬의 위치는 중국과 제주도의 중간에 있다고도 하고, 또는 서북쪽 얼음나라(氷國)와 제주의 중간에 있다고도 전해진다.[18]

---

출신 작가 이시형이 『국민문학』에 발표한 「이여도」와 김이옥의 시 「이어도」가 이어도를 언급하고 있다

18) 이즈미 세이치, 『제주도민속지』, 홍성목 역, 우당도서관편, 『제주도』, 1999, 160쪽.

이즈미 세이치는 이어도를 '죽음'과 '원망'의 섬으로 불렀다고 기록하고 있다. 이는 『국민문학』에 발표된 이시형의 소설과 미발표되었지만 식민지 시기에 쓰였던 것으로 추정되는 김이옥의 시들이 이어도를 전설 속의 이상향으로 인식하고 있었던 것과는 사뭇 다른 모습이다. 이러한 상반된 모습에도 불구하고 이어도가 이상향으로 굳어지게 된 것은 식민지 이후이다. 이에 대해 주강현은 이어도 전설이 제주인들 사이에 폭넓게 구비전승 되어 오던 전설이라고 한다면 이들 기록과 문학 작품 이외에도 이를 증거할 기록들이 발견되어야 한다면서 이어도 전통의 '창조' 가능성에 무게를 두고 있다. 그는 기록이 없다면 제주의 각 지역에서 폭넓게 구비전승 되어 왔음이 확인되어야 하는데도 이어도 전설의 구술자료는 그다지 많지 않다는 점을 지적하고 있다.[19] 이어도 전설의 채록도 진성기가 조천에서 채록한 것과 현용준·김영돈이 동김녕리에서 채록한 것에 국한된다고 부연설명하고 있다.[20] 제주인의 심성사에 각인된 이어도 전설을 '이어도 고고학'으로 명명하며 그것의 흔적을 찾고자 하였던 주강현도 출처가 불분명하거나 단절적인 이야기들만으로 된 서사성이 결핍된 구술자료들만을 확인할 수 있었다며 이어도=이상향 담론의 '사후 창조'에 방점을 찍는다.[21]

이는 식민지 시기 이어도가 전설 속의 이상향으로 기록되어 전해지고 있지만 그에 대한 인식이 폭넓게 확산되지 않았다는 점에서도 확인

19) 주강현, 앞의 글, 214쪽.
20) 진성기, 『신화와 전설』, 제주민속연구소, 1959. 현용준·김영돈, 『한국구비문학 대계 - 북제주군편』, 한국정신문화연구원, 1980.
21) 주강현, 앞의 글, 216쪽.

할 수 있다. '이여도' 혹은 '이어도'를 다루고 있는 자료들은 김이옥과 이시형의 시와 소설에서 확인되지만 그것만으로 이어도 인식이 제주를 상징하는 단일한 표상으로 등극했다고는 단정할 수는 없다. 1953년 제1차 파랑도 탐사가 행해졌을 때에는 파랑도가 전설 속의 이어도라는 인식은 없었으며 단지 지리적 영토의 경계 획정에 관심이 있었다. 이어도가 전설과 상상의 섬으로 기록되고 그것이 하나의 보편적 가치로 등극한 것은 1970년대 이후라고 볼 수 있다. 그리고 그 시작에는 고은과 이청준의 이어도를 소재로 한 문학적 변용과 이후 매체를 통한 제도적 확산 과정이 함께 하고 있다.[22)]

"이어도—이상향 담론"을 표상하고 있는 이러한 작품을 '이어도 문학'이라고 명명할 수 있다면 고은과 이청준을 '이어도 문학'의 첫 자리에 놓을 수 있을 것이다. 70년대는 제주의 내외부에서 '제주'에 대한 '발견'이 본격화되어가던 시기였다.[23)] 이러한 시대적 분위기 속에서

22) 이러한 시각은 이어도를 다루고 있는 여타의 논의에서도 공통적으로 지적하고 있다. 김은희는 이어도의 명칭이 '이여도'인지 아니면 '이어도'인지를 살펴보는 자리에서 "결정적으로 '이어도'가 널리 알려지게 된 것은 매스컴의 영향과 정부에서 소코트라 암초의 이름을 '이어도'라고 명명했기 때문"이라고 말하고 있다. '이어도'의 이칭(異稱)을 고찰하고 있는 부분이지만 이러한 지적은 '이어도' 담론의 확산이 문학, 매스미디어라는 제도를 통한 확산이 중요한 역할을 하고 있음을 보여준다. 김은희, 앞의 책, 19쪽.

23) 1978년 제남신문에는 '관광에 대한 나의 발언 - 제주적인 것의 재발견'이라는 독자기고가 실린다. 고원일이 쓴 이 기고에서는 "참 제주적인 것을 발견, 원색의 모습을 발굴개발하고 제주여건에 맞는 제문제를 풀기 위한 전문적이고 지속적인 관광개발연구업체 조직"의 필요성을 언급하고 있다. 관광개발이라는 의제를 수행하기 위한 논의가 주를 이루고 있지만 여기에서 '제주적인 것'의 '발견'이 필요하다는 점이 강조되고 있다는 점을 본다면 당시 제주의 내부에서 '관광개발'이라는 변화에 조응하기 위해 제주적인 것을 발견하려는 움직임들이 폭넓게 유포되어 있음을 알 수 있다. ≪제남신문≫, 1978, 10. 2.

고은과 이청준은 '제주=이어도'로 동일시하며 환상의 공간으로 제주를 발견해 내기 시작한다. 이를 "시인의 상상력이 빚은 소설 같은 산문"[24]이라고 하더라도 이어도가 현재 제주를 대표하는 하나의 상징이 된 데에는 이들의 문학이 크게 영향을 미치고 있음은 틀림이 없다. '이어도 담론'의 확산을 살펴보기에 앞서서 문학자의 눈에 비친 이어도는 어떠한 모습이었는지를 먼저 살펴볼 필요가 있다.

3년 동안 제주 생활을 하던 고은에게 이어도가 얼마나 강력한 자장으로 다가왔는지는 그가 1976년도에 펴낸 『제주도－그 전체상의 발견』에서도 확인할 수 있다.[25] 모두 7장으로 구성되어 있는 이 책의 제2장은 '또 하나의 이어도'이다. 여기에서 고은은 이어도에 대해 이렇게 이야기한다.

> 이어도는 제주도 남서부 동지나해에 있는 전설적인 섬이다. 조류(潮流), 조풍(潮風)에 의해서 제주도에서 중국으로 가는 고대항로에 있는데, 제주도의 진공선(進貢船)이 중국으로 가다가 이 섬의 격랑으로 난파되는 일이 많았다고 한다. 그럴 경우 이어도는 죽음의 섬, 저 세상의 섬인 것이다.
>
> 최근 이 유역의 실재 여부와 관련해서 「파랑섬」 탐색이 행해졌으나 그것은 실재(實在)하지 않는다는 귀결로 끝났다. 이어도와 파랑섬이 일치하는 것인지 아닌지에 대한 추구 없이도 이어도 역시 제주 사람들의 상상의 섬이며, 그 상상을 통해서 삶의 정착지인 제주도에 대한 죽음의 상상 세계로서 믿어져 온 것은 틀림없다. (…중략…) 그것은 죽

24) 주강현, 앞의 책, 240쪽.
25) 고은, 『제주도－그 전체상의 발견』, 일지사, 1976.

음의 섬이다. 그리고 저 세상의 섬이다. 그러면서도 이어도는 제주도에 대한 또 하나의 현실로서 제주 사람들의 삶에 깊이 관련된다. 그리하여 이런 절대 공포의 죽음의 섬 「이어도」야말로 제주도 최선의 환상을 낳은 것이다.[26]

이어도는 "죽음의 섬"이자 "저 세상의 섬"이며 이러한 "환상"을 낳게 한 것은 제주도의 지리적 환경에 기인한 것이다. "절대공포"와 "죽음의 섬"인 이어도는 지리적 격절이라는 섬의 지리상이 발견해낸 허구의 이상향이다. 고은은 "섬의 고독, 고난"이 이어도를 만들어냈다고 말한다.[27] "절대공포"와 "죽음의 섬"을 상정하는 섬사람들의 상상의 소산으로서 이어도를 이야기하고 있는 고은의 이 같은 진술은 화려한 문학적 수사라는 외피를 갖춰 입음으로써 지속적인 '이어도 문학'의 원형적 이미지로 자리매김했다고 볼 수 있다.[28]

26) 고은, 위의 책, 29~30쪽.

27) 고은, 위의 책, 69쪽.

28) 고은은 60년대 중반 제주 체험이 그 자신에게 각별한 영향을 미쳤다고 말하고 있다. 고은은 4·19 직후 제주를 찾은 바 있다. 당시 승려 신분이었던 고은은 제주행의 목적을 지방 사찰 실정을 알기 위한 방문이었다고 밝히고 있다. 1964년부터 3년 동안의 제주 체험은 그가 환속한 직후의 일이다. 그는 이때의 제주행을 제주행이 목적이 아니라 제주해협이 목적이었으며 극도의 허무감에 사로잡혀 있었다고 고백하고 있다. 당시의 심경을 고은은 "승려로서의 방랑과 전후 세대로서의 막연한 배회를 지양하지 않은 채 현실의 벼랑 밑에 내던져졌"다고 고백한다. 제주에 도착한 이후 "영주할 결심으로 내가 이 세상에 있을 필요가 없다는 생각을 걷어차게" 되었다는 점을 염두에 둔다면 제주 체험이 그의 삶에 특별한 의미를 지니고 있는 일종의 개인사적 사건이라는 점은 분명하다. 고은, 위의 책, 7~8쪽. 이청준의 「이어도」가 1974년에 발표되었다는 점을 염두에 둔다면 고은의 '이어도=제주' 인식은 이청준의 이어도의 문학적 형상화에 일정 부분 영향을 미쳤다고 짐작할 수 있다. 고은의 제주 체험과 이어도 인식은 이후 1993년 경향신문에 연재된 자전소설 「나의 산하, 나의 삶」에서도 반복적으로 나타난다.

그렇다면 고은의 이어도 인식은 어떠한가. 우선 고은은 이어도의 위치를 '제주도 남서부 동지나해'의 어디쯤으로 상정한다. 그런데 여기에서 주목할 것은 이어도의 지리적 위치를 상정함에 있어 '파랑도 탐색'이라는 시대적 상황을 염두에 두고 있다는 점이다. "최근 이 유역의 실재 여부와 관련해서 「파랑섬」 탐색이 행해졌으나 그것은 실재(實在)하지 않는다는 귀결로 끝났다."라는 진술을 염두에 둘 때 파랑도라는 지리적 실체가 곧 이어도라는 전설의 현실적 재현에 관여하고 있음을 확인할 수 있다. 1951년에 이어 1973년에 행해졌던 파랑도 탐사는 이어도 전설이 현실의 자장으로 포획되기 시작한 계기였다. 파랑도가 이어도라는 전설의 지리적 실체 여부와는 상관없이 1973년의 파랑도 탐사는 그 자체로 이어도가 하나의 신화로서 등극하게 되는 계기였다. 그렇다면 도대체 무슨 일이 벌어졌던 것일까. 그 사건의 전말을 살펴보도록 하자.

1973년 6월 제주도민 한광섭은 남제주군청에 해도 상에 표시되어 있는 소코트라 암초, 즉 파랑도에 대한 점용 허가 신청서를 제출한다. 신청서를 접수한 남제주군청은 난감해졌다. 그것은 점용 허가 신청 대상이 암초인데다 영토권의 범위를 벗어난 지역이라는 판단 때문이었다. "봉이 김선달식"이라는 황당한 요청은 신문을 통해 세상에 알려지게 되고 이로 인해 파랑도가 지리적으로 실재하는 지역인지에 대한 관심이 높아진다. 마침내 그달 29일에는 인천을 출발한 제3수로호가 인근 해역에 대해 본격적인 탐사에 나선다.[29] 한 도민의 점용허가 신청

29) ≪동아일보≫, 1973. 6. 19, 1973. 7. 2.

제출로 인해 한동안 잊혀졌던 파랑도 찾기가 다시 시작되고 그 달 29일에는 인천을 출발한 제3수로호가 인근 해역에 대한 본격적인 탐사에 나서지만 암초를 발견하지 못하고 귀환한다.[30] 당시 파랑도 탐사는 세간의 지대한 관심을 끌었던 것으로 보인다. 동아일보는 이를 계기로 '파랑섬'에 대한 기사를 싣는다.

> ○…"과학에는 기적이 없다. 우리는 북위 32도 10분 동경 125도의 해상에 있다. 시계(視界) 20마일 안에는 파랑섬이라는 섬을 발견할 수 없다." 1951년 8월 제주도 서남쪽 180km 떨어진 바다에 있다는 파랑섬을 찾기 위한 조사단장 홍종인씨(당시 한국산악회장 조선일보 주필)는 이런 전문을 손원일 해군 참모총장에게 보냈다.
>
> 샌프란시스코 강화 조약 초안이 미국과 일본 사이에 만들어졌을 때 파랑섬을 발견하기 위한 조사단은 해군의 협조를 얻어 제주도 서남쪽 180km 수역을 헤맸으나 결국 못 찾고 말았었다.
>
> ○…이 확인되지 않은 섬이 제주도에 사는 한광섭 씨에 의해 다시 제기되었다. 그는 그 섬을 확인했다고 주장하면서 제주도 당국에 점용허가 신청을 낸 것이다.(≪동아일보≫, 6. 18. 7면 기사 참조) 제주도 당국은 "해도 상에 암초로 나와 있고 영토 밖이라는 이유"로 일단 한씨에게 되돌려 보냈지만 문제는 그곳에 실제로 수면 위에 나와 있는 섬이 있느냐는 것과 섬이 아니고 대륙붕인 경우 국제법상 어떻게 되느냐는 것이 관심거리다.
>
> 홍종인 씨에 의하면 "해도 상에는 그 지점이 「커렌트 브레이크스(Current breaks)」로 표시되어 있을 뿐 수면 위에 나와 있는 섬은 아닌

30) ≪동아일보≫, 1973. 6. 19.

> 것이 분명하다"고 말했다. 「제네바」 협약에 의한 영해 조약은 "섬이란 만조 때에 수면에 솟아있고 물에 의해 포위된 자연적인 지역"이라고 규정하고 있으며 "저조(低潮) 시 융기지역은 자연적으로 간조 시 수면에 솟아 있고 만조 시 수면에 잠기는 지역을 말하며 이러한 융기 지역은 영해 밖에 있을 때는 그 자체의 영해를 가질 수 없도록" 규정하고 있다. (…중략…)
>
> ○…외무부 당국자도 19일 "만조 시에 수면에 잠겼다 간조 때에 수면에 나타나는 저조시 융기 지역은 국제법상 섬으로 인정되지 않고 있다"고 말하면서 "이러한 곳은 점유물의 대상도 될 수 없다"고 밝혔다. 파랑섬 문제는 아직도 확인되지 않고 있으며 확인이 되더라도 섬이 아니고 암초인 경우 여전히 공해일 뿐 영토상의 문제는 일어나지 않을 것으로 전문가들은 해석하고 있다.[31]

신문의 관심은 이어도가 아니었다. 대한민국 영토의 남쪽 극점으로서 '파랑섬'의 실체를 확인하는 것이었다. 1953년의 1차 파랑도 탐사가 샌프란시스코 강화조약을 계기로 신생 대한민국의 지리적 영토를 확인하려는 시도였듯이 2차 탐사 역시 그러했다. 국민국가 영토를 어디까지로 할 것인가 하는 문제에 직면한 파랑도 탐사에서 이어도 찾기는 관심의 대상이 아니었다.

그럼에도 불구하고 파랑도 탐사는 전설 속의 이어도를 연상하게 하는 동력으로, 문학자의 시선에 포착되었다. 이어도 전설이 언급되기 시작한 것이 일본인 학자 다카하시 도루의 제주도 민요 수집과정에서부터 비롯되었다는 점을 염두에 둔다면 이러한 지리적 실체의 획득과정

31) ≪동아일보≫, 1973. 7. 19.

은 다소 생경하다. 다카하시 도루가 민요를 수집하는 과정에서 전하고 있는 전설에서도 지리적 실체를 구체적으로 언급하고 있지는 않다. 제주의 남쪽 대정 모슬포에서 출발을 하여 황해를 가로질러 산동 강남으로 가는 항로 중간에서 풍랑을 만나 돌아오지 못하는 배가 많았고 돌아오지 못하는 지아비를 기다리며 여인이 부른 노래가 '이어도'라고 부기하고 있을 뿐이다. 이어도는 지리적 실체감이 결여된 '상상'된 공간이었다. 고은이 이어도 전설을 소개하고 있는 부분을 살펴보더라도 이어도의 지리적 실체는 분명하지 않다.

> 산지포(山地浦)의 한 늙은 어부는 그의 동료와 함께 근해어로(近海漁撈)에 나섰다가 극심한 격랑을 만나서 표류되고 배는 없어져 버렸다. 겨우 배의 널조각 하나를 붙들고 상어 새끼들이 지나가고 있을 무렵 그 상어새끼에 쫓기면서 그의 삶을 붙들고 안간힘을 썼다. 그리고 그는 죽어가기 시작했다. 더 이상 아무런 힘이 없었던 것이다. 이제 곧 그의 의식이 사라지고 그의 몸은 시체가 되어서 상어새끼들의 아기자기한 밥이 될 것이다. 마치 17세기의 끌레가 「하는 대로 버려두라. 가는 대로 버려두라(Lais－sez fair Laissez passer」라고 외치고 스스로 바다에 뛰어들어서 살아 있는 한 힘을 다하여 헤엄쳐 갔을 때 더 이상 헤엄칠 수 없는 완전무력(完全無力)의 상태에서 죽어가는 것 같은 고독과 절망이 그 어부의 마지막에도 찾아온 것이다.
>
> 그런데 그 때 그 어부의 극의(極意)의 시야에 하얀 절벽으로 이루어진 「이어도」가 바로 저쪽 바다 위에 떠 있지 않은가.
>
> 「이어도다! 이어도다! 이어……」라고 말한 뒤 그의 의식은 그의 몸속에서 회복되지 못했다. 그러나 늙은 어부는 의식을 잃어버린 채 뜻

밖의 어떤 주조류(主潮流)를 만나서 그 조류에 떠내려가기 시작했다. 기적이라고 밖에 설명할 수 없게 그는 제주 산남(山南) 동단(東端)의 표선의 바다 기슭에 표착했다. 그 마을 사람들이 어떤 시체가 또 떠내려 왔는가 하고 살펴보았을 때 아직도 숨이 남아 있어서 신방에 빌고 몸을 녹혀서 재생시켰다.

그는 얼마 동안 가료하다가 그의 집 애월로 돌아갔다. 그런데 집에 돌아가서 그는 입을 열지 않았다. 늙은 아내와 아들은 아마도 바다의 충격 때문에 벙어리가 되었거나 바다 귀신이 씌어져서 영원한 침묵에 사로잡혔다고 생각했다. 아들이 방고래를 허물면서 「말 좀 합서! 말 좀 합서!」라고 외쳐도 늙은 고기잡이 폐인은 허황하게 입을 다물고 있었던 것이다.

그러던 어느 날 이윽고 어부에게 임종이 다가왔다. 아들의 귀를 잡아다녀서 그 자신의 유일한 씨앗인 아들의 귀에 대고 「이어도! 이어도를 보았다!」라고 말하고 숨을 끊었다.[32)]

파랑도를 이어도로 규정하는 논리적 근거는 어디에서도 찾아볼 수 없다. 그럼에도 불구하고 고은은 파랑도 탐사를 언급한다. 이는 파랑도 탐사가 이어도라는 부재의 대상을 현실적 공간에서 상상하게 한 원동력이 되고 있음을 보여준다. 국민국가의 영토를 확정하는 시기마다 파랑도 탐사가 이루어졌고 이때마다 이어도가 하나의 실체로 상상되었다는 사실은 이를 뒷받침한다. 그런데 여기에서 주목할 것은 매번의 탐사 때마다 이어도가 아닌 파랑도 찾기가 주목적이었다는 것이다. 1951년 샌프란시스코 강화조약 체결 당시 한일 간 영토 경계를 확정하기

32) 고은, 앞의 책, 67~69쪽.

위해 행해졌던 1차 탐사도 파랑도 탐사였으며 1973년 역시 마찬가지였다. 그리고 1984년 KBS 취재팀에 의해 실시된 탐사 역시 전설의 섬 이어도 찾기를 전면에 내세웠다기보다는 파랑도 탐사가 주목적이었다.

그렇다면 파랑도의 등장은 어디서부터 비롯된 것일까. 주강현은 「이어도로 본 섬-이상향 서사의 탄생」에서 관련 내용을 자세히 밝히고 있다. 잠시 그의 논의를 따라가 보자. 파랑도가 주목되기 시작한 것은 19세기 말이 일이다. 영국 선박 코스타리카 호가 북위 32도 10분 동경 125도 3분 근처에서 암초가 있다고 영국 해군성 수로국에 보고했다. 이에 영국 해군성 수로국은 측량선 실비아 호를 파견하여 이를 조사하였으나 암초의 실재 여부를 확인하지 못했다. 이후 1900년 영국 상선 소코트라 호가 인근 해역에서 암초와 접촉사고를 일으켰다. 이 보고를 받은 영국 해군성은 1900년 제560호 고시를 발표한다. 이후 1901년 영국 측량선 워터워치 호가 소코트라 호가 보고한 위치에 암초가 있다는 사실을 확인하고 측량한다. 이후 이 암초는 최초로 발견한 소코트라 호의 이름을 따서 소코트라 암초로 해도에 기록된다.[33] 이후 일본은 소코트라 암초를 '파랑도'로 개명하고 나가사키—고토—제주도—소코트라 암초—화조산도—상하이를 연결하는 해저케이블 가설 계획을 세운다. 하지만 이러한 계획은 2차 세계대전으로 미완에 끝이 났다.[34]

이후 파랑도는 한동안 해도 상에 기록된 암초에 불과했다. 수중암초가 파랑도가 다시 전면에 등장한 것은 1951년이었다. 미국과 일본 간

33) 정공흔, 「Socotra礁의 由來에 대하여-이여도와의 관련을 덧붙여」, 『탐라문화』 4, 1985, 78~79쪽.

34) 한상복, 『해양학에서 본 한국학』, 해조사, 1988, 272~273쪽.

의 샌프란시스코 강화조약 논의가 진행되고 있을 당시에 한국은 대일 강화조약 참가를 미국에 요구한다. 한국 정부의 요구 조건은 대한민국을 일본에 대한 참전국으로 인정할 것, 일본 정부・개인의 대한민국에 대한 재산요구를 포기할 것, 대한민국과 일본 간의 어업선이 확립되어야 할 것, 일본은 파랑도와 독도에 대한 요구를 철회할 것 등이었다.35)

주강현이 밝히고 있듯이 파랑도가 새삼 문제시된 것은 국민국가의 영토획정과 관련이 있다. 일본 정부가 독도와 파랑도를 자국의 영토로 편입하려고 하는 움직임에 대해서 한국 정부는 미국 측에 파랑도가 대한민국의 영토라는 사실을 분명히 했다. 파랑도는 한국과 미국, 일본 간의 영토를 둘러싼 국제적 분쟁이라는 상황 속에서 다시금 주목받게 되었다. 이를 계기로 한국 정부는 파랑도 탐사를 실시했다. 당시 탐사 과정에 참가했던 유진오는 이렇게 회상한다.

> 부산 피난 당시 장면 총리를 찾아갔더니 대통령의 말씀이라면서 우리 영토가 어디까지인지 찾아보라는 지시를 받았다고 하면서 한일회담에 대비해서 우선 역사학자들을 만나 보라고 그래요. 그래서 최남선 씨를 찾아갔더니 동쪽으로 독도, 서남쪽으로 파랑섬이 우리의 영토로 고서(古書)에 기록되어 있으니 현지를 답사하는 것이 좋겠다고 그래요. 홍종인 씨를 단장으로 하여 해군 조사단을 현지에 보냈지만 결국 그 섬은 못 찾고 말았지요.36)

35) ≪동아일보≫, 1951. 7. 21.
36) ≪동아일보≫, 1973. 7. 19.

파랑도의 존재는 국민국가의 영토를 어디까지로 할 것인가라는 국가적 관심의 대상으로서 등장했다. 파랑도가 전설 속의 이어도라는 관심은 없었다. 전쟁의 와중에서 벌어진 이러한 움직임은 상대적으로 제주의 내부에서 주목을 받지 못했다. 1959년에야 비로소 김태능에 의해 「전설의 섬 '파랑도'에 대한 이견」[37)]이라는 기사가 제주신문에 실리게 되는 것을 보더라도 파랑도 탐사에 대한 당대적 관심은 미약했다. 10월 20일부터 모두 3회에 걸쳐 연재된 이 글에서 김태능은 조선왕조실록에 나타난 해랑도(海浪島)가 파랑도라고 주장했다. 해랑도의 '해(海)'의 이두식 표기가 '바랑도'이며 파랑도는 '바랑도'에서 와전되었다는 것이다. 이 같은 지적은 이어도가 전설의 섬이 아니라 지리적 실재로 각인되는 데에 대한 제주도 내부의 우려 섞인 목소리의 표출이라고 볼 수 있을 것이다.

전설 속의 이어도가 제주를 대표하는 상징으로 각인되기 시작한 것은 1960년대 이후, 보다 정확히 말하자면 1973년 제2차 파랑도 탐사를 계기였다. 그런데 이러한 파랑도 탐사는 제주 내부가 아니라 제주의 외부에서 더 큰 관심거리였다. 그리고 이어도를 환상의 섬으로 인식하게 만든 데에는 문학자들의 역할이 컸다. 정한숙과 고은, 이청준 등에 의해 만들어진 이어도의 이미지는 이후 이어도의 상징체계 형성에 커다란 영향을 미쳤다.

1995년 김영화는 제주대학교 국어국문학과 학생들을 대상으로 이어

37) 이 글은 1982년에 세기문화사가 간행한 김태능의 『제주도사논고(濟州島史論攷)』에 재수록되어 있다. 487~495쪽 참고.

도에 대해 떠오르는 이미지들을 써보라고 했다. 대다수의 학생들이 이어도를 이상향, 유토피아, 상상의 섬, 환상의 섬이라고 대답했다.[38] 이어도를 이상향, 상상과 전설의 섬이라고 대답한 학생들이 많았다는 것을 살펴보더라도 이어도는 전설속의 이상향이며 전설의 섬이라는 이미지가 제주인들에게 각인되어 왔다. 이러한 사실은 '이어도—이상향 담론'이 하나의 지식체계로서 자리하고 있음을 보여준다.

하지만 70년대 중반 제주도 개발이라는 외부적 상황에 대응하기 위해 '제주적인 것'을 찾기 위한 모색들에서는 이어도 전설에 대한 논의가 보이지 않는다. 이어도—이상향 담론이 폭넓게 펴져있었다고 가정한다면 60~70년대 이어도 담론의 내부적 빈곤은 어떻게 설명할 수 있는가. 제주도내 작가들이 이어도를 소재로 한 문학작품은 1944년 이시형의 「이어도」 이후 1976년 시조시인 이용상의 「이어도 처녀」라는 작품에 이르러 비로소 나타난다.[39] 오히려 이어도에 관한 소재적 관심은 이청준의 「이어도」를 시작으로 한 영화와 텔레비전 등의 대중문화로 인해 확산되었다. 1976년에는 극단 신협이 이청준의 「이어도」를 원작으로 연극 「이어도 이어도 이어도」를 공연한다.[40] 이후 1977년 김기영 감독이 영화 「이어도」를 제작한다. 연극의 성공에 이어 영화로 제작되면서 이어도에 관심은 높아져 갔다. 이후 이어도를 소재로 한 TV

---

38) 김영화, 「문학과 <이여도>」, 『탐라문화』 제12집, 1996, 45~47쪽.

39) 조성윤, 앞의 글, 360쪽. 조성윤은 1960년대부터 2000년대까지 제주신문에 나타난 이어도 용어의 사용 사례를 조사했다. 이 조사에 따르면 제주신문 독자 서학범이 1974년에 시 '밤, 용두암'을 발표하였는데 이 시의 후렴구가 '이여도 하라/이여도 하라'였다.

40) ≪동아일보≫, 1976. 5. 19.

드라마까지 만들어졌고 1984년에는 정태춘·박은옥이 "이어도를 환상과 한의 음악적 이미지로 부각시킨 「떠나가는 배」"를 발표한다.[41] 이어도라는 단일한 소재는 문학으로, 영화로, TV 드라마로, 노래로 창작되면서 이어도는 '전설의 섬, 이상향'이라는 이미지를 얻게 되었다.

이 같은 이어도 담론의 확산에서 주목할 것은 그것이 제주 내부로부터의 자생적 움직임이 아니라 외부로부터의 발견이라는 점에 있다. 그리고 그 외부적 발견의 첫 자리는 국민국가 영토의 확장과 이에 대한 문학적 변용이었다.

그동안 이어도가 관심의 대상으로 등장할 때마다 이어도의 실존여부, 혹은 파랑도가 곧 이어도인지 아닌지에 대한 논의가 진행되어 왔다. 그리고 이어도의 문학적 변용에 대해서는 작품 속에 나타난 이어도 표상이 어떻게 나타났는지에 대한 관심이 주를 이루었다. 이와는 별도로 이어도가 외부적 발견이라는 것, 그리고 그러한 외부적 발견에 제주의 내부가 어떻게 반응하였는지는 중요한 관심이 아니었다. 이어도 전설이 실재하고, 제주 민중들 사이에 폭넓게 전승해져 왔다는 전제에서 '이어도 문학'에 대한 고찰이 이루어졌다고 할 수 있다.

중요한 것은 문학 작품에 나타난 이어도의 표상이 아니라 그것이 '발견'되는 양상, 그리고 그러한 발견을 가능케 한 동력이 무엇인지가 되어야 한다. '표상'이라는 것이 구체적 형상을 의미하는 심적 현상, 그리고 심적인 것과 물질적인 행위 모두에 걸쳐 관계되는 심적, 물리적인 재현과 전화라는 점[42]을 염두에 둔다면 이어도가 전설 속의 섬으

41) ≪동아일보≫, 1984. 4. 13.

로, 그리고 '이어도=제주'라는 등식이 성립되기 시작한 유통·치환의 과정이 보다 중요하다. 이러한 과정을 통해서 비로소 이어도 담론이 70년대라는 특정한 시기에 폭넓게 확산된 이유가 무엇인지 확인할 수 있을 것이다. 그것은 이어도가 실재하거나 부재하거나의 여부와 상관없이 하나의 '신화'로서 존재하고 각인되어 온 과정을 문제 삼음으로써 지역적 표상이 발견되는 양상을 확인하는 계기가 될 수 있다고 믿기 때문이다.

그렇다면 논의를 다시 고은과 이청준으로 되돌아가 보자. 고은의 『제주도－그 전체상의 발견』은 제주에 대한 외부 시선이 어떻게 발현되는지를 구체적으로 살펴볼 수 있는 텍스트라고 할 수 있다. 이청준의 「이어도」가 연극과 영화로 변용되어 창작되면서 대중적 관심의 확산에 기여했다면 『제주도－그 전체상의 발견』은 '이어도'라는 원초적 심상이 외부에 의해 발견되는 출발점이다. 그것은 고은 자신이 3년 동안의 제주 체류 경험을 바탕으로 제주에 대한 관심이 지대하였고 나름 제주의 내부적 관점을 수용하려는 '선의의 외부자'로서 제주를 바라보고 있기 때문이다. 또한 그들의 작품은 이어도라는 전설의 생산자로서, 그리고 그것이 후세대에 의해 지속적으로 변용된다는 점에서 재생산의 동력을 내재하고 있는 텍스트라고 할 수 있다.

그렇다면 문학 속에 나타나는 이어도는 어떠한 모습인가. 그리고 이어도가 하나의 신화적 표상으로서 현재까지도 강력한 위치를 차지하고 있는 이유는 무엇인가. 이러한 의문을 해결하기 위해 이어도가 등장하

42) 이효덕, 박성관 역, 『표상공간의 근대』, 소명출판, 2002, 19쪽.

는 시대적 상황을 염두에 둘 필요가 있다. 앞서 살펴보았듯이 이어도가 매체를 통해 등장한 것은 세 차례의 파랑도 탐사 과정을 통해서이다. 지리적 경계를 확정짓는 시기마다 파랑도가 이어도로 읽혀졌다는 것은 의미심장하다. 신생 대한민국의 경계를 확정짓는 것, 그럼으로써 이질적 특성을 지닌 지역들을 국민국가의 지리적 범주로 포함시키려기 위한 과정에서 이어도가 등장한다는 것은 무슨 의미일까. 게다가 이러한 지리적 확장은 소설 속에서도 이어도를 설명하는 중요한 요인으로 작용한다.

> 언제부턴가 이곳 제주도 어부들에게선 이어도가 아니라 그 이어도와 비슷한 또 하나의 섬 이야기가 전해지고 있었다. 파랑도에 대한 소문이었다. 파랑도의 소문은 이어도하고는 달리 좀 더 구체적이고 널리 퍼져나갔다. 망망대해 어느 물길 한 굽이에 잿빛 파도를 깨고 솟아오른 파랑도의 모습을 보았다는 어부들이 곳곳에서 나타났다. 섬을 보았다는 사람들은 한결같이 하늘과 바다를 걸어 자기의 말이 거짓이 아님을 단언했다. 이윽고 파랑도 소문의 주변에는 서서히 현실적인 이해관계가 얽히기 시작했고, 보다 더 구체적인 관심 속에서 소문의 근원이 따져지기 시작했다. 사람들은 그것이 혹시 썰물 때만 잠깐 모습을 드러냈다 밀물 때가 되면 다시 수면 아래로 가라앉는 거대한 산호초 더미가 아닌가 의심했다. **그게 정말로 섬의 모양을 갖춘 것이라면 남해지도가 다시 고쳐 만들어져야 할 판이었다. 사람들은 마침내 이어도의 전설을 생각해냈다. 옛날부터 이 바다의 어디엔가는 이어도라는 섬이 숨어 있다는 구전이 전해 내려오는 터이었다.** 이어도에 관해서는 언젠가 그것을 보았노라는 사람의 전설도 남아 있고 아직도 제주도 일대에

는 그 이어도에 관한 분명한 민요까지 남아 있지 않느냐. 이어도의 전설은 아마 파랑도의 실재에서 비롯된 제주도 사람들의 구전에 의한 또 다른 전설의 하나일 것이다.(66쪽—강조 인용자)[43)]

위의 인용에서도 살펴볼 수 있듯이 파랑도는 이어도와는 다른 "또 하나의 섬"이다. 현실 속에 존재하는 파랑도는 전설 속의 이어도와는 별개의 존재이다. 하지만 "현실적인 이해관계"는 파랑도를 통해 이어도 전설을 불러낸다. 이어도 전설이 오래 전부터 자명하고 폭넓게 구비전승 되어오던 '제주적인 것', 즉 하나의 전통이었다면 이어도 전설의 실체적 재현으로서 파랑도가 언급되어야 한다. 하지만 이 관계는 역전되어 있다. 상상이 실체를 찾는 원동력이 아니라 지리적 실재가 상상을 필요로 한다. '지도 고치기'라는 현실적 이해관계가 전설을 불러냄으로써 '이어도 전설'은 비로소 '발견'된다. 이어도를 '발견'하는 동력은 바로 "남해 지도"를 고쳐야만 하는 현실적인 문제였다.

근대적 의미에서 지도는 세계를 단일한 연속 평면으로 제시했다. 각각의 이질적 지점들은 동일한 기학적 격자 속에 종속되었고 이로 인해 공간은 균등하고 균질적인 공간으로 재구성되었다.[44)] '지도 고치기'는 단순히 지도상에 좌표를 새겨 넣는 것에 지나지 않는다. 그것은 지리적 실재를 좌표에 종속시키는 행위이며 이질성을 균일하고 균질한 공간으로 재배치하는 것이다. 또한 지도라는 평면 위의 선과 점을 통해

43) 이청준, 앞의 책. 앞으로의 인용은 열림원 이청준 문학전집을 텍스트로 하며 쪽수만 밝혀 적는다.

44) 이효덕, 앞의 책, 268쪽.

세계를 개조하는 것이라고 할 수 있다. 『이어도』에서 '지도 고치기'라는 행위의 주체자로 해군이 동원되는 것은 바로 이 때문이다. 국민국가라는 지리적 공간을 재배치하는 것은 국가의 권능이며 의무이다. 파랑도가 국민국가의 영토로 재배치되기 위해서는 그것을 지리적으로 균일한 공간으로 확정하기 위한 절차가 필요하다. 그 절차에 동원되는 것이 '이어도 전설'이다. 현재로부터 가장 먼 과거를 소환하는 것은 일국의 지리적 영토의 근거를 과거로부터 확인하려는 태도이다. 기원은 가능한 멀어야 한다. 참조점을 보다 먼 과거로부터 가져올 때 그 배치의 논리적 근거가 완성되기 때문이다. '파랑도'는 이어도를 매개로 하여 국민국가의 영토에 지리적 실재로 기입되었다. 이처럼 이어도 전설은 국민국가라는 세계의 질서를 재구성하기 위한 질료로 '선택'되고 '발견'된 것이다. 국민국가 영토의 확장이라는 지리적 '발견'을 위해서는 전설이 필요로 했다. 그것이 고대로부터 '실재'로 전승되어 왔던 것인지, 아니면 20세기 초반 한 일본인 학자의 논리적 비약에 의해 관행처럼 굳어진 것인지는 중요치 않다. 다만 그것은 하나의 사실로서 전제될 뿐이다.45) 이어도가 유동하는 말의 영역에서 기록의 서사로 자리매김하는 데에는 '파랑도'라는 지리적 실재의 등장이 중요한 계기가

45) 이어도에 관한 기록들과 구전들을 종합적으로 정리하고 해석하고 있는 기존의 연구는 이여도 혹은 이어도가 제주 민요에서 단순한 후렴구로만 쓰이고 있다며 이여도가 전설 속의 이상향이라는 내용을 찾을 수 없다는 점을 고백하면서도 "이여도를 찾는 시기가 조금 일찍 이루어졌더라면"이라고 하는 아쉬움을 토로한다. 특히 이어도 전설이 제주도 전역에서 발견되지 않고 한정된 지역에서만 발견되고 있는 것에도 놀라움을 표시한다. 그러면서도 그것의 이유를 "제주 사람의 희망과 꿈의 유토피아"인 이여도 관련 자료의 빈약성 탓으로 돌리고 있다. 김은희, 『이여도를 찾아서』, 도서출판 이어도, 2002.

되었다.

이어도가 '보편적 지식체계'로 등극하게 된 데에는 문학을 포함한 대중매체의 역할이 지대했다. 그 보편의 발견은 제주도 내부가 아니라 외부적 시선에 의해 주도되었다. 고은이 '또 하나의 이어도'로서 제주를 이야기하면서 빼어난 문학적 수사로 이어도를 언급했다면 이청준의 『이어도』는 이후에 연극, 영화와 드라마로 변용되면서 '이어도 문학'의 사실상 정전으로 자리매김했다.

> "싫든 좋든, 그리고 알고 있든 모르고 있든 이 섬사람들은 언제 어디서나 그 이어도와 함께 살아가고 있습니다. 처음에는 물론 이어도를 그지없이 두려워들 하는 게 사실이지요. 하지만 사람들은 이내 그 이어도를 사랑하고 이어도를 노래하기 시작합니다. 이어도가 없이는 이 섬에선 삶을 계속할 수가 없다는 걸 배우게 되기 때문입니다. 그리고 그러다 마침내 어느 날은 그 이어도를 만나 이어도로 떠나갑니다. 그것이 이 섬사람들의 숙명이자 구원인 것입니다."(177쪽)

양주호 국장은 천남석 기자가 죽을 수밖에 없었던 이유를 선우 중위에게 해명하면서 섬사람들에게 이어도가 어떤 의미인지에 대해 설명한다. 섬사람들은 "이어도가 없이는" "삶을 계속할 수 없"으며 "마침내" "이어도를 만나 이어도로 떠나"가는 것이 "섬사람들의 숙명이자 구원"이다. 이어도는 제주 섬사람들의 운명이며 구원의 섬이라는 이러한 인식은 이어도라고 하는 장소성에 대한 일종의 스테레오 타입으로 굳어져 버렸다. 이어도는 그야말로 "긴긴 세월 동안 섬은 늘 거기 있어 왔"

으나 "섬을 본 사람은 아무도 없"는 전설과 환상의 존재로서 각인되었다.

그런데 이러한 이어도에 대한 보편적 의식을 일종의 '편의주의적 태도'라고 가정한다면 어떻게 될까. 특정한 장소가 지니고 있는 장소성이라는 것이 다분히 비보편적이며 특수한 것이라고 한다면 이어도가 하나의 추상적 보편성을 지니는 것은 오히려 장소성을 무화시키는 하나의 계기가 되는 것은 아닐까.

장소에 대한 진정하지 못한 태도는 본질적인 장소감이 아니며 장소성에 대한 무이해라고 강하게 비판했던 에드워드 렐프는 장소에 대한 비본질적 태도는 유용성의 측면, 추상적인 선험적 모델, 인습적 사고와 행위를 통해 보인다고 지적한 바 있다. 특히 그는 이러한 스테레오 타입의 장소성이 매체를 통해 전파되고 있다며 그 매체의 범위를 매스컴, 대중문화, 대기업, 강력한 중앙권력, 그리고 이 모든 것을 포괄하는 경제 체제로 들고 있다.[46]

1973년 제2차 파랑도 탐사를 전후로 하여 고은과 이청준이 이어도 전설을 문학적 수사로 포장하였을 때 그것은 매체의 확산력을 통해 광범위하게 유통되었다. 이어도가 고은과 이청준에 의해 '창안'되고 '변용'되기 이전에는 이어도 담론의 유통 범위는 거의 없거나 있다고 하더라도 제한적이었다. 이어도 전설의 채록은 다카하시 도루를 제외하고는 이어도 전설이 유통된 이후에 그것도 매우 소수에 의해서만 채록되었다. 다카하시 도루의 채록 역시 그 구연자의 정확한 정보와 시기

46) 에드워드 렐프, 『장소와 장소상실』, 논형, 2005, 182~188쪽.

가 기재되어 있지 않다. 그리고 이어도 담론의 등장과 파랑도 탐사가 함께 등장하고 있다.

## 3. 생산/재생산의 동력들

이어도 전설은 문학적 수사에 힘입어 기록의 서사로 굳어지게 되었다. 하지만 이어도가 상상 속에 존재하는 섬이 아니라 실재의 섬으로, 확고부동한 실체로 단번에 인식된 것은 아니다. 1984년 KBS 탐사팀의 파랑도 탐사가 실시되었을 때 제주도 내부에서는 그것이 전설 속의 이어도의 발견이라고 인식하지 않았다. 오히려 전설의 발견이라는 '호들갑'을 경계하는 부정적 시선이 많았다. 1984년 제주일보에 실린 「파랑도 탐사 유감(有感)」이라는 사설은 파랑도 탐사에 대한 제주인의 당대적 시각을 잘 보여준다.

> 전설 속의 이어도가 현실의 섬으로 확인되었다고 떠들썩하다. 지난 3월 중순 KBS 탐사단이 이 환상의 섬에 깃발을 달았고 지난 9일의 탐사에는 본사 취재팀도 따라나서서 수중촬영을 하는 등 이 섬의 「실재」를 확인했다. 그러나 파랑도라고 불리우는 이 섬이 과연 전설 속의 이어도인가 하는 의구심은 이러한 탐사의 물증들을 갖고서도 사라지지 않는다. 섬이라고 하면 만조 때도 땅이 수면위로 드러나 있어야 하므로 이 「물 속의 섬」은 엄밀히 말해서 섬일 수 없다는 개념상의 문제점 말고도 도대체 전설 속의 상상의 섬을 이런 초라한 암초로 대체하려는

의도를 못마땅해 하는 사람들이 많다.(…중략…)

이번의 일련의 탐사로 확인된 섬은 바로 그 스코트라 암초이다. 영국이 이미 19세기에 해도에다 그려놓은 것을 우리는 겨우 이제야 찾아내 떠든다고 빈정거릴 사람도 있을지 모르나, 어쨌든 뒤늦게나마 그 위치를 찾아냈다는 것은 앞으로 항해의 안전과 수산자원의 개발, 나아가서는 영토의 구획에까지도 중요한 단서가 될 수 있다. 그런 가치가 아니더라도, 「거 산이 있으니까 산을 오른다」는 말처럼 그 실재는 순수한 확인적 가치만 갖고서도 결코 과소평가될 수 없다. 그러나 **이를 전설 속의 이어도로 선전하는 일은 삼가는 편이 좋음 직하다. 그런 센세이셔널리즘은 이 탐사의 중요성을 높이는 데 아무런 도움도 되지 못한다.**

우리가 여 스코트라 암초와 이어도를 분명히 구분해야 한다고 주장하는 것은 단순히 이 섬을 상상 속의 실재로 간직하고 싶은 마음 때문만은 아니다. 이어도의 실재설을 부인하고 싶어하는 이들은 그런 섬이 발견됨으로써 마음 속의 섬을 잃어버릴까 불안해한다.[47](강조 인용자)

탐사팀에 의해 확인된 전설 속 이상향은 "초라한 암초"에 불과했다. 상상의 실재가 초라한 현실로 다가왔을 때 제주인들은 그것을 현실로서 받아들일 수 없었다. 과학적 탐사의 물증들만으로 상상 속의 섬이 실재한다고 믿을 수 없었다. 탐사의 결과로 발견된 것은 '소코트라 암초'일 뿐이다. 이를 사설은 "전설 속의 이어도로 선전하는 일은 삼가" 해야 한다며 그러한 태도를 "센세이셔널리즘"이라고 규정한다. 이어도 전설을 신비의 영역에 놓고 싶어 하는 이러한 욕망은 전설의 실체가

47) ≪제주일보≫, 1984. 5. 14.

보잘 것 없는 '암초'에 불과했다는 현실적 이유뿐만 아니라 "마음 속의 섬을 잃어버릴"수 있다는 "불안" 때문이기도 하다.

이어도 전설을 채록하기도 하였던 민요연구자 김영돈 역시 파랑도가 이어도가 아니라는 입장을 고수한다. 김영돈은 "'파랑도'라 일컬어지는 그것을 동시에 '이여도'로 보는 그 인식 자체가 문제"라며 "파랑도는 암초로든 섬으로든 실존하는" 것이며 "'이여도'는 실존하지 않는 환상의 섬, 피안의 섬"[48]이라고 주장했다. 이어도는 상상의 섬이며 그것의 실재가 파랑도가 아니라는 이러한 인식은 상당히 오랫동안 이어져 내려왔다. '이어도'의 정확한 명칭이 '이여도'라는 입장을 고수하고 있는 김은희 역시 "2002년 말 완공을 목적으로 준비하고 있는 이 기지(이어도종합해양과학기지, 인용자)가 완공되면 우리는 이어도 기지와 이여도를 동일시하는 오류를 범하게 될 것"[49]이라고 말하고 있다.

이어도—담론은 2차 파랑도 탐사와 이를 계기로 한 문학적 변용으로 인해 확산되기 시작했다. 하지만 그것은 이어도가 실재한다는 사실의 확인이 아니라 상상의 영역, 즉 신화의 영역에서 논의되었다. 이어도는 여전히 신화의 세계로 존재하였다. 하지만 이러한 인식은 2002년 '이어도종합해양과학기지' 건설 이후 전혀 다른 방식으로 진화한다. 전설 속 이어도의 발견이 문학의 영역에서 기록의 서사로 굳어지게 되면서 '이어도 전설'은 상상과 피안이라는 관행화된 수사로 불려졌다. 하지만 2000년 이후 한중간의 배타적 경제 수역 획정을 둘러싼 갈등이

48) 김영돈, 「이여도와 제주민요」, 『어문논총』, 1985.
49) 김은희, 앞의 책, 19쪽.

증폭되었을 때 등장했던 이어도 인식은 이러한 용법에 변화를 가져왔다. 2000년 이후 배타적 경제수역에 대한 한중간의 갈등을 중심으로 논의를 전개하고 있는 논문의 주장을 거칠게 요약하면 '이어도는 명백한 대한민국의 영토이며 한국 정부가 배타적 점유권을 가지고 있다. 그러므로 이어도해양과학기지 건설은 한국 정부의 권리이다.' 정도로 정리할 수 있다.

이러한 주장 역시 모두 이어도 전설이 오래전부터 제주도에서 내려져오고 있음을 전제하고 있다. 하지만 70년대를 거쳐 80년대까지 '이어도 전설'이 상상 속의 공간으로 여겨왔다면 2000년대 이후는 그것을 국민국가의 경계를 획정하기 위한 증거로 제시하고 있다는 점이 다르다. 전설의 명백한 실체가 '파랑도=이어도'인 것이다. 이것을 '이어도'를 통해 이루어진 지(知)의 균질화 과정이라고 할 수 있다면 이러한 균질화는 상상과 피안의 섬이라는 전설과 이를 변용한 문학적 인식을 실체의 증거로 확정하는 과정에서 형성되었다고 할 수 있다.

주변은 중심을 지향한다. 그리고 그 지향성은 늘 보편이라는 이름으로 확인된다. 지역이 보편의 자리를 얻을 때 비로소 중앙과 지역 사이의 차별은 '상상적'으로 사라진다. 하지만 이때의 사라짐은 허구이다. 지역이 보편을 획득한다고 해도 그것은 중앙의 승인과 인정을 염두에 둘 수밖에 없다. 이런 점에서 본다면 '이어도'만큼 제주가 '보편성'을 획득한 게 있을까. 그야말로 이어도는 제주를 상징하는 하나의 정전이 되고 있다. "순 제주적" 혹은 "원 제주적"이라는 표현이 가능하다면 이어도는 제주적인 것을 복원하고 그것의 기원을 찾는, 하나의 매력적인 표상으로 여겨지고 있다.

이어도종합해양과학기지가 건설되기 직전까지만 하더라도 지리적 실재인 '파랑도=이어도'와 전설 속의 '이여도'를 구분할 필요가 있다는 지적이 제기되었다. 하지만 이어도종합해양과학기지라는 물질적 현현(顯現)은 이러한 일각의 지적을 일순간에 사라지게 만들었다. 태평양 한 가운데 자리 잡은 거대한 구조물은 그 자체로 국민국가의 영토를 수호하는 상징으로 여겨졌다. 송상일이 2008년 한라일보에 연재한 「이어도를 찾아서」는 이러한 이어도 인식의 변화를 잘 보여준다. 송상일은 "이어도를 상상하기 위해서는 상상력이 근거할 어떤 공간체가 현실세계 속에서 존재해야" 한다며 상상의 실체를 지리적 실재인 이어도로 규정한다.

> 이어도가 전설의 문을 열고 현실의 광장으로 걸어 나온 것은 1984년이었다. 그 해 KBS와 제주대 팀은 동경 125도 10분, 북위 325도 7분에서 암초 하나를 찾아낸다. '소코트라 록'으로 해도(海圖)에 나와 있으나 실체 확인이 안 돼온 바위였다. 그 뒤 2001년 국립지리원은 이 암초를 '이어도'로 명명한다. 현재 이어도해양과학기지가 있는 바로 그 '이어도'다. 여기까지는 누구나가 다 아는 이야기다.
>
> 중국이 '이어도'(중국명 '쑤옌자오')를 자국 영토에 편입해 놓았다. 중국의 그런 시도에 대해 8월 9일자 중앙일보는 사설을 통해 '이어도'는 우리 것이라고 여러 가지로 주장을 하고 나서 덧붙였다. "특히 '이어도'는 우리의 민요와 설화에 등장하는 암초다.
>
> 과연 그런가. **이 암초가 제주사람들 사이에서 전해오는 전설의 섬 '이어도'가 맞는가. 과문(寡聞)의 탓이겠으나 그 점을 그럴듯하게 밝힌**

논문이나 도서를 필자는 본 적이 없다.(…중략…)

이런 상황에서 이어도해양과학기지와 전설의 섬 '이어도'를 직접 갖다 붙이는 것은 영리한 전략이 못 된다. 그곳은 현재 우리의 관할지이고 그 실효성은 국제법 등 현실적 근거에 있다. 이 '이어도'와 저 '이어도'를 동일시하는 경우, 그 동일성의 근거를 제시 못하면, 기왕의 현실적 근거마저 공연히 손상(損傷)을 입을 수가 있다.[50] (강조 인용자)

"이 '이어도'"와 "저 '이어도'"를 동일시하는 근거를 제시하기 위한 이 글에서 관심을 끄는 대목은 이어도가 국민국가의 영토 분쟁의 한가운데에 놓여 있다는 인식이다. 해양자원 이용을 둘러싸고 한국과 중국 간에 갈등이 진행되어 왔고 중국이 이어도를 자국의 영토에 편입하려 한다는 현실적 상황이 기존의 이어도 표상을 현실의 자리로 옮겨놓는 강한 동력이 되고 있는 것이다. 송상일은 이 글에서 기존의 이어도에 대한 논의들을 종합적으로 검토하면서 다음과 같이 이야기하고 있다.

동서양의 '잃어버린 낙원' 이야기들에 비해 '이어도'는 서사(敍事) 내용이 극도로 빈약하다. 풍부한 설화문학을 낳은 제주사람들이 '이어도'에 대해서는 이상할 정도로 상상력을 아낀다. 이런 현상은 우리를 다음과 같은 의문으로 이끈다. '이어도'의 실체는 어떤 모양으로 있는가.

없는 이야기를 꾸며대지는 말자. 정직하게 '이어도'를 대면할 때 받게 되는 인상은 다음 두 가지다. 1) '이어도'에 대해 전해진 것이 거의 없다. 2) 그런데도 '이어도'는 제주사람 뇌리에 강력한 인상으로 각인돼 있다.

---

50) ≪한라일보≫, 2008. 8. 13.

이런 역설적인 현상을 어떻게 설명해야 할까. 필자는 바로 이 역설의 구조에 '이어도'를 찾아가는 지도(地圖)가 있다고 보는 것이다.[51] (강조 인용자)

송상일은 이어도 담론의 빈약성과 그것이 강렬한 표상으로 제주 사람들의 심성사에 각인되어 있는 역설적 상황에 주목한다. 그리고 그러한 역설이 오히려 이어도를 찾는 하나의 실마리가 될 수 있다고 말한다. 이 같은 인식은 이어도 서사에서 결여된 구체성을 지리적 실재에서 확인하려는 태도이다. 송상일은 이어도에 대한 기존의 논의를 이어도의 인상과 맞지 않는다는 이유로 반박한다. 김태능이 '파랑도'를 '해랑도'라고 규정하였던 것과 김상헌의 『남사록』과 이형상의 『남환박물』에 기재된 '제여도'와 '유여도'의 존재는 이어도의 분위기와 다르다며 부정한다. 그가 주목하는 것은 제주도 서남쪽 항로의 어디쯤에 존재하고 있는 것으로 여겨지고 있는 "강남 가건 해남을 보라/이여도가 반이라 한다"라는 제주 민요이다. 그는 "이어도해양과학기지가 세워진 그 '여'가 곧 '이어도'라고 손가락으로 가리켜 단정 짓기는 어렵"다면서도 "그러나 모든 조건을 제대로 갖춘 가장 유력한 후보지임에는 틀림이 없다"고 글을 마치고 있다. 이어도의 지리적 실재를 확인하는 논의를 다카하시 도루에 의해 채록되었던 '이여도 민요'로 소급하여 확정한다. 이러한 오류의 '재인용'은 영토 분쟁이라는 시대적 상황과 결부되어 있다. 이 글에서 이어도는 상상의 존재가 아니라 지리적 실재로 인식

51) ≪한라일보≫, 2008. 8. 25.

된다. 이어도 표상이 국가이데올로기에 의해 호명되고 있는 것이다. 이어도의 지리적 실재를 인정하는 이 글은 이후 다른 책에서도 인용된다. 사단법인 이어도연구회가 펴낸 『이어도 바로 알기』[52]에는 한 장을 할애해 송상일의 글을 인용한다. 인용의 맥락을 밝히고 있는 부분을 잠시 살펴보도록 하자.

> 중국은 한국의 이어도 인식이 중국보다 100년이 늦다고 주장하고 있다. 그 주장의 근거는 1880~90년대에 청말(淸末) 북양수사(北洋水師)의 해도에 소위 쑤옌짜오(蘇暗礁)가 명확히 표기돼 있다는 것이다. 그러나 중국은 이 해도를 제시하지 못하고 있다. 뿐만 아니라 중국이 역사적 · 문헌적 근원이라고 주장하고 있는 그 어떤 자료도 내놓지 못하고 있는데, 유일하게 『산해경』을 언급하고 있다. 그러나 산해경을 쑤옌짜오와 연결하려는 중국의 주장은 연목구어(緣木求魚)란 말을 떠올리게 한다. 그러므로 이 장(場)에서는 중국 측이 주장하는 산해경의 내용을 분석하고 반론을 제기하고자 한다. 아울러서 이어도 전설 속의 이어도와 이어도 해양과학기지의 이어도가 동일한 이어도라는 사실을 명쾌한 논리로 증명한 송상일의 연구논문 〈이어도를 찾아서〉를 소개하고자 한다.[53]

이어도 인근 해역을 자국의 해양 주권 안에 편입시키려는 중국 측의 주장을 반박하기 위해 송상일의 글이 인용되고 있다. 신문에 연재되었던 '칼럼'[54]은 '연구논문'으로, "유력한 후보지"라는 송상일의 결론은

52) 사단법인 이어도연구회, 『이어도바로알기』, 2011, 92~104쪽.
53) 사단법인 이어도연구회, 앞의 책, 80쪽.

전설 속의 이어도와 지리적 실재로서의 이어도를 동일시하는 증거로 제시된다. 이처럼 이어도를 지리적 실재로 인식하려는 움직임은 국민국가의 영토 확장과 밀접한 관련을 맺고 있다. 사단법인 이어도연구회의 발족이 배타적 경제수역을 둘러싼 한중간의 영토 분쟁을 계기로 이어도를 바로 알리기 위해서라는 점은 이어도 표상이 어떻게 변모하였는지를 보여주는 하나의 사례다. 이어도연구회가 펴낸 『이어도 바로 알기』는 "중국의 주장에 대한 반론 그리고 국민계도를 위해 그동안 축적되어 온 이어도학의 연구물들을 정리하여 알리기" 위함이었다.[55]

고은과 이청준에 의해 서사화되면서 이어도 전설이 '자명한 전통'으로 '상상'되었다면 영토 분쟁은 이를 '명백한 실체'로 '상상'하게 하였다. 이어도 서사의 빈약성은 전설의 실체를 의심하고 학문적 오류의 여부를 확인하는 계기가 아니라 "설득력 있는 서사"[56]를 창조해야 하는 당위로 인식되었다. 그리고 이러한 당위는 이데올로기적 국가 장치에 의해 지역의 로컬리티가 포섭되면서 가능했다. 식민지 시기 다카하시 도루에 의해 '만들어진' 이어도 담론이 기록의 서사로 '창조'되었을 때만 하더라도 이어도는 상상 속의 존재였다. 하지만 이러한 상상은 국민국가의 지리적 확장이라는 욕망 속에서 급속하게 하나의 자명한 실재로 '상상'되어 갔다.

이어도가 70년대의 제주를 이야기할 때 중요한 것은 바로 이러한 이

54) 송상일의 「이어도를 찾아서」는 한라일보에 연재되었던 <송상일의 세상 읽기>라는 기명 칼럼을 통해 연재되었다.
55) 사단법인 이어도연구회, 앞의 책, 5쪽.
56) 사단법인 이어도연구회, 앞의 책, 81쪽.

유 때문이다. 지역의 로컬리티가 촉발되고 그것이 국가 이데올로기의 자장에 무차별적으로 편입되어 가는 과정, 그리고 그러한 과정을 통해 지역이 국가라는 강력한 중심에 포획되어가는 실증적 사례가 바로 이어도 표상이라고 할 수 있을 것이다. 지역을 국민국가의 타자성으로 존재하는 외부적 존재가 아니라 국민국가라는 중심에 편입되어야 하는 존재로 인식하는 내부의 욕망은 '창조된 전통'으로서의 이어도를 의심 없는 실체로 '상상'했다. 그리고 그러한 인식의 출발은 문학 서사였다. 그러나 '창조된 전통'에 기반한 '상상'은 허무하기 짝이 없었다. 문학적 상상은 국가 이데올로기에 편입되고 뒤틀리며 명백한 실재로 둔갑했다. 하지만 빈약한 실재를 규명하기 위해 서사는 새롭게 '창조'될 수밖에 없었다. 그리고 이러한 서사적 창조는 이제 움직일 수 없는 자명한 사실로 인식되고 있다.[57] 이어도가 상상과 피안의 섬이라는 인식이 문학적 수사와 일종의 '토착적 담합'에 의해 전승되었다고 한다면 2000년대 이후는 이어도 표상, 즉 이어도 로컬리티가 국가장치에 적극적으로 포섭되기 시작했다고 볼 수 있다. 이런 점에서 본다면 이어도

57) 제주의 인터넷 신문인 ≪제주의 소리≫는 이어도해양종합과학기지의 건설 10년을 맞아 <'전설속의 이상향' 이어도, 과학기지로 결실>이라는 기사를 싣고 있다. 기사의 편집자 주는 다음과 같다. "이젠 TV에서도, 날씨예보에서도 이어도를 쉽게 만나볼 수 있다. 하지만 이어도와 그 위에 세워진 과학기지가 어떤 곳인지, 그 동안 어떤 과정을 거쳤는지, 우리에겐 어떤 의미인지 자세히 아는 이들은 드물다. ≪제주의 소리≫는 이어도 과학기지 설치 10주년을 맞아 이어도연구회와 함께 이어도의 발견과정과 기지 설립, 상징성과 향후 활용방안 등 다양한 측면을 다룰 예정이다. 이를 통해 동북아 갈등의 중심지로 부각되는 이어도의 발전적인 활용방안과 평화적인 문제해결 방안을 모색하려 한다." 2013. 10. 19. http://www.jejusori.net/news/articleView.html?idxno=135817

는 지역이 국가주의적 자장에 포섭되는 과정을 보여주는 하나의 사례라고 할 수 있을 것이다.

# 제5장

# 무엇을 기억할 것인가

# 05

# 무엇을 기억할 것인가

## 1. '4 · 3'을 말하다

제주 4·3은 그 자체로 강력한 상징이다. 제주 4·3은 지금까지도 제주인들의 삶에 커다란 영향을 미치고 있다. 한국전쟁과 군사 독재 정권을 지나오면서 4·3은 말해서는 안 되는 금기였다. 적게는 1만 명 많게는 3만 명[1]이 제주라는 단일한 지역에서 죽거나 다쳤지만 국민국가는 진실을 은폐하고 사실을 왜곡했다. 그렇게 제주는 오랫동안 '빨갱이'의 섬이 되어 버렸다. 4·3은 국민국가의 정체(政體)를 부정하려는 불순한 세력들의 일으킨 '반란'이였으며 '반란'의 주동자와 그에 동조하

1) 제주 4·3 당시 희생자의 규모에 대해서는 이견이 엇갈린다. 제주 4·3 진상조사보고서에 따르면 신고 된 피해자만 1만4,028명(2001년 기준), 신고 되지 않은 피해자까지 합한다면 대략 3만 명의 제주도민들이 피해를 입은 것으로 추정하고 있다.

는 제주도민들은 모두 '반역'의 대죄를 진 죄인들이었다. 말할 수 있는 권리를 박탈당한 죄인들. 그것이 바로 제주라는 정체(正體)를 규정하는 '낙인'이었다. 그리고 이러한 '낙인'은 연좌제라는 실질적 제도로 제주인들의 구체적 삶을 통제했다.[2)]

1987년 6월 항쟁 이후 일어나기 시작한 제주 4·3 진상규명 운동은 이러한 '낙인'을 거부하는 저항이었으며 은폐된 진실을 말하고자 하는 '말의 복원'이라고 규정할 수 있다.[3)] 1960년 4·19 혁명 이후 시도되었던 진상규명 운동이 군부에 의해 한 차례 좌절되었던 경험은 오히려 발화의 욕망을 더욱 증폭시켰다. 제주 4·3의 진실을 규명하는 데 중요한 역할을 한 제주 지역 일간지 제민일보의 기획물 표제는 <4·3은 말한다>였다.[4)] 기획물의 표제에서 볼 수 있듯이 제주 4·3에 대한 발화의 욕망은 강력했다. 그것은 국가의 공식 기억이 규정하였던 '공산 폭동'의 이면에 숨겨진 역사적 실체를 규명하기 위한 움직임이었다. 또한

2) 연좌제로 인한 피해에 대해서는 많은 사람들이 관련 사실을 증언하고 있다. 『4·3은 말한다』와 『진상조사보고서』에서도 이와 관련된 증언을 확인할 수 있다.

3) 1987년 6월 항쟁은 제주 4·3 진상규명 운동에서 중요한 기점이 되었다. 같은 시기 펼쳐졌던 광주민주화운동의 진상규명 움직임을 지켜보면서 제주에서 본격적인 진상규명 운동이 펼쳐지기 시작한다. 제주 4·3과 관련된 증언집들이 나오기 시작한 것도 이 시기 무렵이다. 4·3 진상규명운동에 중추적인 역할을 했던 제주 4·3연구소가 설립된 것도 이때다. 이 시기의 대표적인 진상규명 운동의 성과로는 『제주민중항쟁 자료집』, 『한라의 통곡소리』 등을 들 수 있다.

4) <4·3은 말한다>는 1987년 6월 항쟁 이듬해인 1988년 제주대학교 학생 등 제주도 내에서 제주 4·3 진상 규명을 요구하는 움직임이 일기 시작하자 당시 제주도내 유일한 일간지였던 제주신문이 4·3특별취재반을 구성해 연재하기 시작한 <4·3 증언>이 시초였다. 이후 1989년 제주신문 사주의 전횡에 맞서 투쟁하다 해직된 노조원들을 중심으로 도민주 형식의 제민일보를 창간한 후 <4·3은 말한다>라는 이름으로 1990년부터 2002년까지 연재되었다. 양조훈, 「양조훈 4·3 육필증언」, ≪제민일보≫, 2010. 10. 31~2011. 1. 24. 참조.

이것은 단순히 역사적 진실 찾기의 차원에만 머무르지도 않았다.

4·3에 대해 말함으로써 국민국가가 규정한 공적 역사는 균열되기 시작한다. 4·3에 대한 발화는 그 자체로 국민국가 '내부'의 균열을 드러내는 것이다. 이때 제주라는 주변성은 국민국가의 강고한 중심을 무너뜨리는 하나의 동력으로 작용한다. 이는 '중심과 주변'이라는 위계질서에 대한 도전이었다. 진상 규명 운동을 권력의 힘으로 탄압하려 했던 역사적 사실에 비춰본다면 '4·3을 말한다'는 것은 그 자체가 반공국가 체제를 '위협'하는 행위였다. 지역성(로컬리티)에 대한 모색이 '중심과 주변'이라는 위계질서를 전복하기 위한 탈—중심의 기획이라는 점을 염두에 둔다면 제주 4·3은 국민국가의 공식 담론을 전복하기 위한, 국민국가 역사라는 공식 기억에서 벗어나 4·3을 지역의 관점에서 바라보기 시작한 하나의 시도였다. 따라서 제주 4·3은 제주를 규명하는 데 중요한 상징이다.

그렇다면 제주 4·3은 서사적으로 어떻게 구현되어 왔는가. 그동안 제주 4·3을 이야기할 때 역사적 진실 규명과 기억은 중요한 문제였다. 역사적 실체를 복원하려는 서사적 기억은 4·3 문학을 설명하는 중요한 키워드로 간주되었다. 1978년 현기영의 「순이삼촌」이 4·3 문학에서 중요한 자리를 차지하는 이유도 그것이 억압되어왔던 기억을 드러내는 문학사적 사건으로 인식되었기 때문이다.

제주 4·3을 말하지 않고 제주를 이야기한다는 것은 불가능하다. 4·3은 박제된 과거가 아니며 우리가 매순간 대면하는 생생한 현실의 실감이다. 1999년 창간된 『제주작가』가 4·3문학에 대한 특집을 4차례나

싣는 것[5]이나 "4·3에 대한 탐구를 회피한 제주의 맹목적 발전"은 "국가발전주의 전략의 문제점을 재생산하는 것"[6]이라는 지적들은 4·3이 여전히 현재적 맥락에서 재해석되고 있음을 보여준다.

기존의 4·3 문학에 대한 논의들은 역사적 진실을 어떻게 서사적으로 재현해낼 것인가에 대한 관심이었다고 할 수 있다. 이는 4·3의 기억을 문제 삼으면서 "토벌세력의 기억"과 "제주민중의 기억"이라는 반공국가의 공식 담론과 그에 맞서는 대항 담론으로서 제주 4·3의 소설적 재현에 주목하는 사실에서도 알 수 있다.[7] 역사적 진실을 복원하려는 기억을 문제 삼을 때 국가가 승인하고 용인하는 공식 기억과 억압된 기억이라는 기억투쟁의 구도가 성립된다. 국민국가의 기억의 외부에 존재해왔던 기억들을 복원하려는 시도들은 제주 4·3의 진실 규명이라는 운동사적 측면에서 중요하게 다뤄졌다. 이를 공식 기억에 맞서는 대항 기억이라고 명명하는 태도는[8] 제주 4·3을 바라보는 인식의 일단을 보여준다.

이러한 측면에서 제주 4·3 문학에 대한 탐구는 일국적 차원의 문학

---

5) 『제주작가』는 창간호에 김병택의 「제주문학의 특수성과 보편성」, 김동윤의 「1990년대 제주소설의 성찰」 평론을 실은 데 이어 2호에 「특집 : 되돌아본 제주 4·3 반세기」를 싣는다. 이 특집에는 박찬식, 「4·3 연구의 추이와 전망」, 김종민, 「4·3에 관한 기억들」, 문무병, 「4·3과 해원굿」, 양영길, 「4·3문학의 흐름과 과제」가 실린다. 또한 2000년 『제주작가』 4호에는 「4·3문학의 재조명」, 2004년 14호에는 「한라산과 한라산 사람들, 그 후 50년」 특집으로 김동윤의 「한라산무장대의 문학적 형상화 양상」을, 2009년 24호에는 「4·3문학의 새 지평을 모색한다」는 특집을 싣는다. 이 같은 사실은 제주 4·3을 여전히 현재진행형인 과제로 여기고 있음을 보여준다.

6) 고명철, 「4·3 소설의 현재적 좌표」, 『반교어문연구』 제14집, 2002, 105쪽.

7) 김동윤, 「4·3의 기억과 소설적 재현」, 『민주주의와 인권』 제5권 1호, 2005, 182쪽.

8) 김영범, 「기억에 대항기억으로 혹은 역사적 진실의 회복 - 기억투쟁으로서의 제주 4·3 문화 서설」, 『민주주의와 인권』 제3권 2호, 2005.

사를 지역의 동력으로 재편하려는 시도이다. 이를 탈—중심을 욕망하는 '지역의 저항'이라고 부를 수 있을 것이다. 하지만 이러한 저항에의 욕망은 한편으로는 민족문학사의 일원으로서 제주 4·3문학을 편성하고자 하는 욕망을 동반한다. 지역문학의 특수성과 보편성을 이야기할 때 제주 4·3문학은 지역의 특수성이라는 상수와 국민국가의 폭력과 그것으로 인해 억압된 기억을, 보편의 자리에 기입하려는 욕망이 변수로 작용하는 기억의 방정식을 생산한다.

문학, 특히 지역문학에서의 보편 지향이라는 것이 '지역'이라는 특수성과 정체성을 바탕으로 삼아 지역문학을 민족문학, 나아가 세계문학이라는 보편으로 편입시키고자 하는 하나의 실증으로서 작용할 때 그것은 어떠한 의미를 지니고 있는가.[9] 이때의 특수성과 정체성이라고 하는 것은 일국의 문학사의 외연을 넓히는 질료로서 인식된다. 이것은 민족문학사의 경계를 확장하려는 시도이다. 그렇게 함으로써 지역문학은 민족문학이 되며 보편의 자리를 확보하게 된다. 그렇다면 보편이라는 무엇인가. 고착된 것인가, 아니면 유동적인 것인가.

잠시 지젝의 논의를 살펴보기로 하자. 지젝은 헤겔의 구체적 보편의 의미를 해석하며 보편을 특수한 구성물의 중립적인 저장고가 아니라고

9) 김병택은 지역문학을 지역의 특수성과 정체성을 드러내는 문학으로 설정하면서 지역문학이 민족문학이라는 명제의 정합성을 획득하기 위해서는 지역문학의 개념과 민족문학의 개념이 지향하는 바가 동일해야 한다고 지적하고 있다. 그는 지역의 정체성과 특수성을 드러내는 것 현실적, 역사적 경험을 지역문학이 다루어야 한다며 여기에 민족의 외연이 결합될 때에 지역문학이 진정한 민족문학이 될 수 있을 것이라고 한다. 그가 민족문학으로서 지역문학의 전형으로 들고 있는 작품은 현기영의 「순이삼촌」과 조정래의 『태백산맥』이다. 「지역문학사의 서술 대상론」, 『영주어문』, 2005, 117~120쪽.

밝힌 바 있다. 그에 따르면 보편은 "중립적"이지도 않고 가치를 측정하는 "측정도구"도 아니다. 보편은 하나의 특수한 구성물에서 다른 것으로 나아가는 특수들의 투쟁 그 자체이다.10) 지젝의 견해에 따르면 우리가 보편이라고 상정하는 것 자체는 중립적인 것이 아니라 무수한 특수들의 투쟁의 결과이다.

따라서 민족문학이라는 보편을 상정하고 지역의 특수성과 정체성을 바탕으로 보편을 획득, 내지는 편입되어야 하는 것으로서 지역문학을 정의할 때 민족문학이라는 보편은 움직일 수 없는 타자가 된다. 그것은 절대적 법의 소유자로서의 타자 즉 대타자이다. 따라서 고착된 보편으로서 민족문학을 상정하는 것은 지역문학의 특수성과 정체성을 민족문학이라는 보편으로부터 '승인'받거나 '확인'하고자 하는 태도라고 할 수 있다. 하지만 지역문학을 민족문학의 경계를 확장하는 계기로 규정하는 것은 이미 민족문학의 영역이 유동적일 수 있음을 전제로 한다.

자명한 사실은 없다. 모든 것은 흐르는 사실의 관계 속에서만 존재한다. 제주 4·3을 공식기억에 저항하는 대항기억으로서 규정하고 그것을 통한 역사적 진실의 복원을 지향할 때 - 그러한 시도가 갖는 현재적 의의에도 불구하고 - 그것은 스스로 한계를 규정짓는 역설에 마주치게 된다. 그것은 역사적 진실의 복원을 '완전한 진실 규명'이라는 절대 기준으로 상정하게 만든다.11) 이러한 절대 기준 앞에서 흩어지고 난망하

10) 슬라보예 지젝, 김서영 역, 『시차적 관점』, 마티, 2009.
11) 제주 4·3사건 진상규명조사위원회가 『진상조사보고서』를 채택한 이후에도 제주 4·3에 대한 완전한 진실 규명이 필요하고 특히 제주 4·3에 대한 정명(正名)이 필요하다

게 얽혀있는 과거의 기억들을 온전하게 드러낼 수 있을 것인가라는 근원적 질문은 무의미해진다. 진실을 복원하고자 하는 욕망은 완벽한 진실이라는 '완전성'을 도달해야 할 하나의 준거로 제시한다. 준거는 상상을 제약하며 해석을 강요한다. '대항'이 국민국가가 공식적 기억으로 포획하려는 것들로부터 '탈주'하려고 하는 것이냐 아니면 새로운 공식 기억으로서 '승인'받고자 하는 것이냐는 이러한 점에서 중요한 차이가 있다.

물론 역사적 진실을 규명하는 작업은 그 자체로 중요하다. 국민국가의 외부에 존재하는 기억들을 날 것 그대로 드러내는 것, 그럼으로써 국가가 외면하고 회피하고자 하였던 진실과 마주하는 것은 중요한 의미를 지닌다. 하지만 이와 별도로 '기억되지 않았던 것'들을 '기억해야 하는 것'들로 전환할 때, 우리는 기억 주체의 문제를 따져 묻지 않을 수 없다. 역사적 진실을 복원하는 작업이 국민국가가 외면한 대항기억을 국민국가의 내부에 기입하는 방식인가 아니면 국민국가 내부에 지속적인 균열을 일으키는 동력인가 하는 것은 바로 이러한 기억주체의 문제와 맞물려 중요해질 수밖에 없다. 억압된 기억의 복원이 국민국가가 외면한 타자성을 국가로부터 승인받으려고 하는 태도로 이어질 때 주체의 자리는 국가에 양보된다. 국가라는 주인기표는 저항을 용납하지 않고 이는 결국 타자성을 훼손하는 결과를 초래한다. 반대로 억압된 기억의 복원이 국민국가의 공식기억이라는 중핵으로부터 탈주하려

는 지적이 제기된 것은 바로 진실 복원이 성취할 수 없는 완성태를 전제로 하고 있는 영원한 미완으로 끝이 날 수 있음을 보여준다.

는 끊임없는 시도일 때 그것은 끝내 국가로부터 호명 받지 않는, 즉 국가로부터 고개를 돌림으로써 국가라는 대타자에 대한 저항성을 획득할 수 있을 것이다.

이러한 점에서 제주 4·3을 다시 '읽는 것'은 4·3으로 대표되는 제주의 로컬리티가 어떠한 힘의 방향성을 가지고 전개되었는지를 살펴볼 수 있는 방식이 될 것이다. 이것은 지역을 논의할 때 그것이 또 다른 중심에의 지향이라는 자기모순에 빠지지 않기 위해서라도 필요한 독법이다.

이러한 관점을 바탕으로 여기에서는 현기영과 현길언, 오성찬을 중심에 두고 이야기하고자 한다. 이들은 제주 4·3 문학을 이야기할 때 함께 거론될 수밖에 없다. 그것은 그들이 소년 시절에 제주 4·3을 겪은 체험 세대라는 것, 그리고 그러한 체험을 바탕으로 꾸준하게 4·3을 소재로 한 작품을 생산해 왔다는 점에서 그러하다. 또한 이들은 4·3문학의 1세대 작가로 이후 4·3 소설에 일정한 영향을 끼쳤다. 현기영은 「순이삼촌」이라는 작품으로 이미 제주 4·3문학의 지평을 새롭게 연 작가로 평가받고 있다.[12] 그러한 점에서 제주 4·3문학을 살펴볼 때 현

12) 현기영을 제주 4·3문학을 대표하는 작가로 평가하는 데에는 별다른 이견이 없다. 홍용희는 「순이삼촌」을 "우리 문학사에서도 공백으로 남아 있었던 제주도의 역사적인 비극의 언어를 전면으로 끌어올린 소중한 가치를 지닌" 작품이라고 평가했다.(「재앙과 원한의 불 또는 제주도의 땅울림－「아버지」에서 『지상에 숟가락 하나』까지」, 『작가세계』, 1998, 2.) 이명원은 「순이삼촌」이 제주 4·3문학의 대표작으로 거론되는 이유를 ① 「순이삼촌」의 기념비적 성격, 즉 역사 속에서 망각되어 있던 4·3을 냉전적인 시각에서 벗어나 비교적 객관적인 시각에서 그려내고자 하였던 최초의 시도 ② 4·3에 대한 작가 현기영의 지속적인 창작에 기인한 바 있다고 말하고 있다.(「4·3과 제주방언의 의미작용－현기영의 「순이삼촌」을 중심으로」, 『제주도연구』 제19집, 2001.)

기영은 빼놓을 수 없다. 현길언 역시 장편 『한라산』으로 제주 4·3을 총체적으로 바라보려는 시도를 게을리 하지 않았다. 제주 4·3을 소재로 꾸준히 작품활동을 해왔다는 점과 그로 인해 제주 4·3에 대한 인식이 확산되는 데는 기여를 한 것도 사실이다. 이들에 비해 오성찬은 그 작품의 양에 비해 본격적인 연구성과는 그리 많지 않다.[13] 제주 지역의 몇몇 연구자들의 연구를 제외하면 오성찬은 그야말로 '숨겨진 작가'라고 할 수 있을 것이다.[14] 하지만 1940년생인 오성찬은 1941년생인 현기영과 거의 동년배의 작가이다. 그는 1969년 신아일보 신춘문예에 「별을 따려는 사람들」이 당선되면서 작품 활동을 시작했다. 현기영이 1975년에 동아일보 신춘문예에 「아버지」가 당선되었으니 현기영과는 6년 정도의 시간을 두고 작품 활동을 시작했다. 현기영과 현길언이 대

13) 오성찬은 다작의 작가이다. 이미 푸른사상에서 오성찬 선집이 11권으로 출판되어 있고. 이외에도 많은 작품들이 있다. 여기에서는 주로 푸른사상에 펴낸 오성찬 선집을 중심으로 논의를 전개할 것이다. 『오성찬 문학선집』 1~11, 푸른사상, 2006.

14) 푸른사상에서 펴낸 선집에는 정현기, 「서정의 아름다움과 진실의 고통스런 날 세우기」, 「삶을 긍정하는 눈빛의 질서」, 오오무라 마스오의 「상처의 깊이와 화해에의 길」, 최영호, 「깃드는 바다, 숨쉬는 바다」, 김영화의 「가압(加壓)과 반항」, 「4·3의 파편들」, 윤병로, 「'제주 4·3의 아픈 상흔 추적」, 신동한 「소설과 현실 대결」, 이동하, 「우화적 수법과 권력의 문제」, 송상일 「『단추와 허리띠 』의 한 읽기」, 김승립, 「역사적 진실과 인간긍정」, 김병택, 「고향의 상실과 4·3수난」, 김현, 『행복한 책읽기』의 한 대목, 장일홍, 「현재의 관점에서 본 제주도의 과거와 미래」 등 16편의 비평이 실려 있다. 그러나 이들 가운데 대부분이 작품집의 해설이거나, 단평이다. 작품의 양이 반드시 비평의 양적인 비례를 동반하는 것은 아니지만 제주 4·3 문학의 1세대 작가로 현기영, 현길언, 오성찬 등을 꼽는 것에 비한다면 오성찬에 대한 그간의 연구는 조금 미흡했다고도 할 수 있을 것이다. 오성찬에 대한 선행연구로는 김영화와 김병택, 그리고 김동윤 등의 언급이 있다. 제주 지역 이외에 오성찬을 본격적으로 다룬 연구는 드물다. 박찬효의 「1960~1970년대 소설의 '고향' 이미지 연구」 정도가 오성찬의 문학을 언급하고 있지만 「흐르는 고향」이라는 한 작품만을 다른 작품들과 함께 언급하고 있는 정도이다. 이화여자대학교 박사학위 논문, 2010.

학을 졸업하고, 중앙문단에서 활발하게 활동했다면 오성찬은 초등학교 졸업이 공식 학력의 전부로 일생을 지역에 정주하면서 지역신문 기자와 민속자연사박물관의 연구원으로, 향토사 연구자로 활동했다. 이러한 차이와 함께 현기영과 현길언이 출향자로서 고향을 인식하고 있다면 오성찬은 정주자의 입장을 유지하고 있다는 점에서 비교 대상으로 삼을 수 있을 것이다. 여기에서는 제주 4·3을 소재로 한 작품 특히 초기 작품들을 위주로 살펴볼 것이다.

## 2. 심방이 된 작가 – 현기영

> 나는 밖으로 나와 마당귀에 있는 조짚가리에 등을 기대고 담배를 피워 물었다. 마당에 얇게 깔린 싸락눈이 바람에 이리저리 쏠리고 있었다. 음력 열여드레 달은 구름 속에 가려 있었지만 주위는 희끄무레 밝았다. 고샅길로 지나가는 사람들의 기척이 들려왔다. 아마 두어 집째 제사를 끝내고 마지막 집으로 옮아가는 사람들이라.[15]

「순이 삼촌」의 마지막 장면은 이렇게 끝이 난다. 순이 삼촌의 황망한 자살 소식과 그것을 계기로 드러난 30년 전의 진실 앞에서 화자는 "고샅길을 지나가는 사람들의 기척"을 듣는다. 달빛이 비추는 밤길, 사람들은 한날한시에 세상을 떠난 죽은 자들을 "진혼"하기 위해 발걸음

15) 현기영, 「순이삼촌」, 『창작과 비평』, 1978년 가을호. 여기에서는 2013년 개정판 『순이삼촌』을 판본으로 삼는다. 인용 부분의 쪽수는 개정판을 따르기로 한다. 87쪽.

을 옮긴다. 그들은 1년에 단 한번 "30년 동안 각자의 어두운 가슴속에서만 갇힌 채 한 번도 떳떳하게 햇빛을 못 본 원혼"들을 만난다. 8년이라는 세월 동안 고향 제주를 찾지 않았던 화자가 제주행을 결심하게 된 결정적인 이유는 "음력 섣달 열여드레인 할아버지 제삿날"에 참여하기 위해서다. 귀향과 제사가 서사의 중요한 고리로 작용하는 것은 제사가 제주에서 갖는 독특한 성격 때문이다. 제주에서의 제사는 제주 특유의 '궨당 문화'[16]와 결부되어 직계 가족 사이에서의 봉제사를 넘어서 친족 및 마을 공동체가 함께 모이는 집단제의의 형식을 지닌다. 때문에 제삿날에 가까운 친척들은 물론 촌수를 굳이 따지기 힘든 '궨당' 삼촌들과 마을의 가까운 이웃들도 참여한다. 따라서 제삿날에 순이삼촌이 보이지 않는다는 화자의 지적에 비로소 순이삼촌의 죽음을 알리는 것은 서사 전개에서 필연적이다.

오랫동안 입에 담는 것조차 금기시되었던 제주 4·3에 대한 기억이 제사라는 제의를 빌어 끊임없이 거론되었던 것도 바로 이러한 제주에서의 제사가 갖는 특징 때문이라고 할 수 있을 것이다. 「순이삼촌」에서 제사의 의미 작용에 주목하여 이 작품을 "'식게집 문학'의 위력이 현현(顯現)"[17]했다고 부르는 것도 바로 이러한 이유에서라고 할 수 있

16) 궨당은 친인척을 일컫는 제주어이다.

17) 김동윤, 「진실 복원의 문학적 접근 방식」, 『탐라문화』 23호, 2003, 4쪽. 김동윤은 이 글에서 "'식게집 문학'을 제주사회에서 검질기게 구비전승되던 4·3문학"으로 명명하며 「순이삼촌」을 '식게집 문학'을 제도권 문학의 형식으로 현현한 증언문학이자 4·3 담론을 구전문학에서 기록문학으로 전환한 소설이라고 해석하고 있다. 이러한 지적은 제주의 지역적 특성을 바탕으로 작품의 제사 모티프에 주목하여 「순이삼촌」이라는 문학적 성과가 일개인의 성취가 아니라 제주민중들 사이에 끊임없이 남아있던 집합적 기억을 구현한 작품이라고 보고 있다는 점에서 그 의미가 적지 않다.

다.

'제사'는 원혼을 위무하는 제의인 동시에 죽음을 증언하고 기억하는 공론장이다. 제주의 전통적인 제사 문화는 '식겟집 문화'라고 할 수 있을 정도로 독특하다. 제사라는 제의를 통해 "30년 동안 여태 단 한 번도 고발되어 본 적이 없"는 현존하는 권력의 억압체제는 균열하기 시작한다.

> 아, 한날한시에 이집 저집에서 터져 나오던 곡소리, 음력 섣달 여드렛날, 낮에는 이곳저곳에서 추렴돼지가 먹구슬나무에 목매달려 죽는 소리에 온 마을이 시끌짝했고 5백위(位)도 넘는 귀신들이 밥 먹으로 강신하는 한밤중이면 슬픈 곡성이 터졌다. 그러나 철부지 우리 어린 것들은 이 골목 저 골목 흔해진 죽은 돼지 오줌통을 가져다가 오줌 지린내를 참으며 보릿짚대로 바람을 탱탱하게 불어넣어 축구공삼아 신나게 차고 놀곤 했다. 우리는 한밤중의 그 지긋지긋한 곡소리가 딱 질색이었다. 자정 넘어 제사시간을 기다리며 듣던 소각 당시의 그 비참한 이야기도 싫었다. 하도 들어서 귀에 못이 박인 이야기. 왜 어른들은 아직 아이인 우리에게 그런 끔찍한 이야기를 되풀이해서 들려주었을까?(55쪽)

억압된 기억은 제삿날을 계기로 은밀히 후대에게 전수된다. "하도 들어서 귀에 못이 박인 이야기"라는 것은 반공국가 이데올로기라는 공식 담론의 바깥을 유동하던 말들이다. "오히려 잊힐까봐 제삿날마다 모여 이렇게 이야기를 하며 그때 일을 명심해두는" 것은 망각을 거부하는 처연한 몸부림이다. 일곱 살 어린 나이에 겪었던 끔찍한 충격이 망각이라는 회피의 방어기제로 작용하지 않는 것도 '식겟집 문화'라는 제의의 형태로 기억이 전수되었기 때문이다. 이러한 과정 속에서 '북촌리 학살 사건'이라는, 오랜 세월 묻혔던 제주 4·3의 비극은 서사화된다. 이러한 말의 기억이 하필이면 제사라는 제의를 통해 전수되는 것은 그것이 산 자와 죽은 자가 만나는 통로이며 산 자의 입을 빌어 죽은 자들의 사연이 말해지는 증언의 현장이기 때문이다.

> "아니우다. 이대로 그냥 놔두민 이 사건은 영영 매장되고 말 거우다. 앞으로 일이십년만 더 있어봅서. 그땐 심판받을 당사자도 죽고 없고, 아버님이나 당숙님같이 증언할 분도 돌아가시고 나민 다 허사가 아니우꽈? 마을 전설로는 남을지 몰라도."(71쪽)

화자보다 한 살 위인 사촌 형 길수는 마을 사람들을 죽음으로 몰고 간 사건의 진실을 밝혀야 된다고 목소리를 높인다. 그가 소리 높여 진실 규명을 요구하는 것은 제의를 통한 증언 전수의 중요성을 인식하고 있기 때문이다. 역사의 진실을 복원하기 위해서는 학살을 목격한 체험 세대의 증언이 필연적이다. 피해의 당사자로서 기억을 되살리고 그것을 토대로 진실을 밝히는 것이 공식 담론의 허위를 밝히는 결정적 계기가 될 것이다. 이러한 인식은 4·3에 대한 작가의 태도가 길수라는 인물을 통해 발화되는 것이라고 할 수 있다. 작품의 배경이 되었던 북촌마을을 취재하던 현기영은 그날의 기억을 애써 외면하려는 마을 사람들에게 이렇게 소리쳤다고 말하고 있다.

죽은 사람들을 증언하지 않는 당신들의 죄가 얼마나 큰지 아십니까? 자기가 먼저 다치겠다는 사람이 왔는데, 증언하지 않는 것이 얼마나 죄가 큰지 아십니까? 아니, 저승에 가 그 조상들 만나면 왔수꽈 할 텐데, 그때 무슨 말씀 하실 작정입니까?[18)]

1978년만 하더라도 제주 4·3에 대해 이야기한다는 것은 커다란 용기를 필요로 하는 일이었다. 1960년 4월 혁명 이후 제주도에서 불었던 제주 4·3 진상규명 운동이 군사독재정권에 의해 무참히 좌절되었던 경험은 4·3을 금기의 언어로 고착시켰다. 하지만 이러한 말의 억압이 '식겟집 담론'마저 얼어붙게 할 수는 없었다. 1년에 단 한 차례, 죽은 자의 혼을 기리는 제사는 얼음장처럼 차가운 침묵을 깨는 공론장이었다. 1970년대 말부터 "제주 4·3 사태를 소재로" "은밀하게 소설작품들이 쓰여졌"으며 "사태에 대한 문학적 욕구"가 "제삿집 담소 문학으로 분출되었다"[19)]는 점을 염두에 둔다면 길수의 발화는 증언을 통해 국민국가의 공식담론을 균열시키는 민중적 담화의 중요성을 보여주는 것이라고 하겠다.

여기에서 「순이삼촌」의 제사 장면에서 발화되는 제주어는 그것이 제주라는 배경의 현실감을 드러내기 위한 장치로서 뿐만 아니라 '국민국가=표준어'/'내부식민지=제주어'라는 모순을 돌파하기 위한 장치로 읽을 필요가 있다. 작중 화자가 할아버지 제사에 참여하기 위해 제주

18) 김연수, 「언어도단의 역사 앞에서 무당으로서 글쓰기」, 『작가세계』 1998, 2.
19) 현길언, 「역사와 문학-제주 4·3사태와 문학적 형상화 문제」, 『제주문화론』, 탐라목석원, 2001, 252쪽.

를 찾았을 때 고향 사투리의 생생한 실감을 느끼는 것은 역설적으로 그의 서울살이가 표준어에 굴복한 삶이었다는 사실을 보여준다.[20] 그는 '국민국가=표준어'라는 기억의 억압을 내면화함으로써 고향의 기억을 회피하여왔다. 그가 제주를 찾았을 때 생생한 사투리의 실감을 느끼는 것은 이러한 억압된 기억의 재현을 예비하는 것이라고 할 수 있다.[21]

증언의 중요성을 역설하는 길수의 대화에 이어 소설의 다음 장면에서 고모부는 느닷없는 평안도 사투리로 말하며 신경질적인 반응을 보인다. 이는 억압된 기억의 증언을 대하는 '국가=대리인'의 즉각적 반응이라고 할 수 있을 것이다.

> "기쎄, 조캐, 지나간 걸 개지구 자꾸 들춰내선 멀하긴? 전쟁이란 다 기런 거이 아니가서?"(72쪽)

---

20) 서울생활에서 의도적으로 표준어를 구사함으로써 고향에 대한 기억을 애써 외면하고 있는 '나'의 경우에서도 볼 수 있듯이 '표준어'/'사투리=제주어'라는 분절적 구도는 표준어가 지니는 상징폭력을 개인이 내면화함으로써 국가가 금기시하는 기억을 억압하려는 태도라고 볼 수 있다. 현기영의 작품에서 보여지는 '표준어'/'사투리'의 사용과 기억의 억압과 관련하여서는 정선태, 「표준어의 점령, 지역어의 내부식민지화 - 현기영의 「순이삼촌」을 시점으로」, 『어문학논총』 제27집, 2008을 참조했다.

21) 다음의 대목은 이러한 기억의 예비 과정을 잘 보여주는 예라고 할 수 있다. "잿빛 바다 안으로 날카롭게 먹혀들어간 시커먼 현무암의 갑(岬), 저걸 사투리로 '코지'라고 했지. 바닥가 넓은 '돌빌레'[巖盤]에 높직이 쌓여 있는 저 고동색 해초더미는 '듬북눌'이겠고, 겨울바다에 포말처럼 둥둥 떠 있는 저것들은 해녀들의 '태왁'이다. 시커먼 현무암 바위 틈바구니에 붉게 타는 조짚불, 뭍에 오른 해녀들이 불을 쬐는 저곳을 '불턱'이라고 했지. 나는 잊어먹고 있던 낱말들이 심층의식 깊은데서 하나하나 튀어나올 때마다 남모르는 쾌재를 불렀다. 이렇게 추억의 심부(深部)로 들어가면 들어갈수록 내 머릿속은 고향의 풍물과 사투리로 그들먹해지는 것이었다."(41쪽)

서북청년단으로 토벌 작전에 직접 참여했고 이후 제주 여인과 결혼하여 제주에 정착한 고모부에게 은폐된 기억이 유통되는 제의의 현장은 불편할 수밖에 없다. 억압된 기억을 분출하는 제주어의 담화 속에서 느닷없는 평안도 사투리의 발화는 이러한 불편함을 직설적으로 표현한 것이다. 하지만 이를 단순히 가해자의 논리로 과거를 재단하려는 태도라고 치부할 수만은 없을 것이다. 그것은 고모부 역시 공식 담론이 균열을 일으키는 제사에 참여하는 당사자로서 기억의 균열이 그의 존재를 근원적으로 흔들 수 있다는, 모종의 불안을 느끼고 있는 인물이라고 봐야 할 것이다.

자신의 이북 사투리가 좌중을 불편하게 하였음을 깨닫고 이내 제주어로 발화하는 고모부의 태도는 토벌의 기억과 '이북=평안도 사투리=모어'의 억압을 통해서 제주 공동체의 일원으로 살아가야 하는 상황에 직면하게 한다. 가해자와 피해자가 공동체를 이루며 살 수 밖에 없었던 제주 현대사 속에서 기억의 전수는 단죄를 위한 것이 아니라 "진혼"을 위해 예비되는 신원(伸寃)으로서 작용한다. 산 자와 죽은 자가 만나고 그들의 이야기를 공동체의 공론의 대상으로 삼는 것은 억울한 죽음의 기억을 공유하기 위함이다.

죽음을 이야기하는 데에 있어서 제사만한 것은 없다. 그런데 이러한 죽음의 기억을 공유하는 데에는 가해자와 피해자가 구분되지 않는다. 작품에서 친족 공동체의 일원이 되어 버린 고모부에 대해 직접적 토벌의 책임을 묻는 데에 까지 나아가지 않는 것은 국가권력의 말단 대리인에게 학살의 책임을 묻지 않겠다는 태도이다. 학살의 책임은 "윗대

가리"들이 져야 하는 것이다. 학살의 이유에 대해 "작전 명령을 잘못 해석"했을 수도 있다고 고모부가 이야기할 때 길수는 그러한 핑계의 진원지로 "웃대가리"들을 꼽는다.

> "아니, 고모부님도 참, 그 말을 곧이들엄수꽈? 그건 웃대가리들이 책임을 모면해보젠 둘러대는 핑계라 마씸. 우리 부락처럼 떼죽음당한 곳이 한둘이 아니고 이 섬을 뺑 돌아가멍 수없이 많은데 그게 다 작전 명령을 잘못 해석해서 일어난 사건이란 말이우꽈? 말도 안되는 소리우다. 이 작전명령 자체가 작전지역의 민간인을 전부 총살하라는 게 틀림없어 마씸."(67쪽)

명령의 주체를 "웃대가리"들로 한정함으로써 구체적 작전의 실행자들의 책임은 물을 수 없게 된다. 그것은 "이북 것한티 시집간다고 결사반대"했지만 군인 가족이라는 이유로 학살의 참극을 모면하게 된 가족사 때문이기도 할 것이다. 이것은 작품이 국가의 책임을 정면으로 묻기 보다는 사태의 비극을 강조하는 데에 초점을 맞추고 있기 때문이라고도 할 수 있다. 억울한 죽음의 신원(伸冤)을 강조하고 그것의 계기가 제사라는 제의를 통해 구현되고 있다는 점에 보다 주목한다면 제사는 산 자와 죽은 자를 중개함으로써 죽은 자의 원혼을 달래고자 하는 제의로서 작용한다. 이는 산 자와 죽은 자가 교통하는 비이성(非理性), 즉 무속의 힘으로 제주 4·3의 비극성을 치유하고자 하는 시도라고 볼 수 있을 것이다.

아, 떼죽음당한 마을이 어디 우리 마을 뿐이던가. 이 섬 출신이거든 아무라도 붙잡고 물어보라. 필시 그의 가족 중에 누구 한 사람이, 아니면 적어도 사촌까지 중에 누구 한 사람이 그 북새통에 죽었다고 말하리라. 군경 전사자 몇백과 무장공비 몇백을 빼고도 5만명에 이르는 그 막대한 주검은 도대체 무엇인가? (…중략…) 아, 멀리 육지에서 바다 건너와 그 자신 적잖은 희생을 치러가면서 폭동을 진압해준 장본인들에게 오히려 원한을 품어야 하다니, 이 무슨 해괴한 인연인가.

그러나 누가 뭐래도 그건 명백한 죄악이었다. 그런데도 그 죄악은 30년 동안 여태 단 한 번도 고발되어본 적이 없었다. 도대체가 그건 엄두도 안 나는 일이었다. 왜냐하면 당시의 군지휘관이나 경찰간부가 아직도 권력 주변에 머문 채 아직 떨어져나가지 않았으리라고 섬사람들은 믿고 있기 때문이었다. 섣불리 들고나왔다간 빨갱이로 몰릴 것이 두려웠다. 고발할 용기는커녕 합동위령제 한번 떳떳이 지낼 뱃심조차 없었다. 하도 무섭게 당했던 그들인지라 지레 겁을 먹고 있는 것이었다. 그렇다. 그들이 원하는 것은 결코 고발이나 보복이 아니었다. 다만 합동위령제를 한번 떳떳하게 올리고 위령비를 세워 억울한 죽음들을 진혼하자는 것이었다.(78쪽)

비극을 드러내기 위해서는 증언이 필요하고, 그 증언의 기억들을 전수하는 장으로서 제사가 중요해지는 것은 바로 그것이 "억울한 죽음들을 진혼"하기 위한 굿판의 예비이기 때문이다. 이러한 점에서 작중 화자가 순이삼촌의 죽음과 역사적 비극을 대면하는 "할아버지 제삿날"은 큰 굿이 진설되기 이전의 작은 굿판이다. 이때 제사는 단순히 유교적 제의에 머무르는 것이 아니다. 제사는 '궨당문화'로 지칭되는 제주의 공동체를 형성하고 그러한 과정을 통해 국가의 공식기억에 균열을 불러일으키는 기억의 공론장이다. 제사에 참여하는 모든 이들은 죽은 자의 기억을 나누며 죽음과 마주한다.

1984년 인류학 조사차 제주를 찾은 김성례는 "제주의 4·3 사건에 대한 언설이 침묵당하는 억압적 상황에서 무고한 죽음을 영혼의 울음으로 재현하는 제주의 굿이 4·3의 참상을 공공연하게 말할 수 있고 들을 수 있는 공간"[22]이었다고 말한 바 있다. 제사와 굿은 금기의 영역인 제주 4·3을 공공의 기억으로 공유하는 기억의 저장소였다. 이러한 점에서 본다면 「순이삼촌」에서 볼 수 있는 제사는 유교적 제의의 형식을 빌린 굿이라고 할 수 있을 것이다. 죽음을 마주하는 자, 죽음을 기억하고 죽음을 신원(伸寃)하는 자란 과연 누구인가. 그는 바로 심방이다. 현실에서의 억압된 기억이 죽은 자를 빌어 세상에 남겨진다는 것은 잠시나마 무당의 가면을 나눠 가지는 것이다. 그것은 국가폭력에 희생당한 희생을 '날 것 그대로' 드러낼 수 있는 수단이다. 여기에서 제주 무속이 제주 4·3을 재현해 내는 양상에 주목한 김성례의 지적을 잠시 상기해 볼 필요가 있다.

> 심방이 전하는 영혼의 울음과 상처받은 몸의 고통을 가시화하는 굿은 4·3의 참혹에 대한 증언이며 4·3을 애도하는 진정한 의미의 추모적 재현이다. 이와 같이 4·3의 폭력을 '칼로 베어진' 희생자의 몸에 각인된 고통과 울음으로 재현하는 무속적 재현은 '용서와 화합'의 언어로 치장한 국가폭력의 공식적 재현에 대항함으로써 이데올로기적인 효과

22) 김성례, 「제주 무속: 폭력의 역사적 담론」, 『종교신학연구』 4집, 1991.

를 얻는다. 그 효과는 4·3에 대해 국가권력이 만들어낸 '공산폭동'이라는 거대담론의 허구성을 '있는 그대로 드러내는 고통 받고 있는 몸의 역사적 사실성과 진실성'에서 나온다.[23)]

"흰 뼈와 총알이 출토되는" "옴팡밭에 발이 묶여 도무지 벗어날 수 없었"던 순이삼촌은 30년 전의 옴팡밭에서 시체로 발견된다. 희생자의 고통과 울음을 정면으로 증언하는 이러한 서사적 재현의 형식은 '공산폭동'으로 규정되었던 국민국가의 기억에 '고통'과 '울음'으로 저항하는 무속적 드러냄이라고 할 수 있을 것이다. 이를 무당의 말하기, 즉 '영개울림'의 서사적 재현이라고 할 수 있을 것이다. 현기영은 자신의 문학 인생을 회고하면서 스스로를 무당이라고 생각한다고 말한 바 있다.

저는 항쟁에 초점을 두기보다는 수난에 초점을 두었습니다. 4·3항쟁이라는 것이 굉장히 복합적인 덩어리거든요. 좌만 나쁘지도, 우만 나쁘지도 않아요. 우익 중에서도 좋은 사람이 있고 좌익 중에서도 모험주의가 있으며 거기에 양민, 이승만, 미국이 또 끼어들죠. 그런 와중에 언어도단(言語道斷), 언어절(言語絶)의 현상이 일어난단 말입니다. 말로 표현할 수 없고 글로 표현할 수도 없는, 그런 일이죠. 마치 하늘에서 날벼락이 쳐서 죽을 때처럼 내가 왜 죽어야만 하는지도 모르면서 죽는 거예요. 이건 절대로 인위적인 상황이 아닙니다. 이런 상황을 두고 항쟁하는 얘기를 대하소설로 써달라는 말씀들을 많이 하는데요, 이

---

23) 김성례, 「근대성과 폭력: 제주 4·3의 담론 정치」, 역사문제연구소, 『제주 4·3연구』, 1999, 266~267쪽.

> 건 절대로 항쟁이 아닙니다. 항쟁으로 생각한다면, 싸우다가 처참하게 쓰러졌다는 식으로 끝이 날 텐데, 나는 그런 것에 초점을 두고 있지 않아요. 나는 스스로를 일종의 무당으로 생각하는 것입니다. 무당이 되어 한 맺힌 그 죽음들을 신원(伸寃)하는 일이죠.[24]

한 맺힌 죽음을 신원(伸寃)하는 자로서의 '작가=무당'의 운명을 언급하고 있는 이 대목에서 현기영의 「순이삼촌」이 가진 서사적 형식의 의미를 다시 확인할 수 있다. 제주 4·3문학의 물꼬를 튼 「순이삼촌」의 의미가 적지 않다는 점을 감안한다면 이러한 발언은 현기영의 작품을 이해하는 데 많은 시사점을 준다. 물론 작가적 태도를 견지하는 것과 그것의 서사적 재현이 항상 일치하는 것이 아니라는 반론도 제기될 수 있다. 하지만 억압과 금기를 이야기하는 방식으로서, 제사가 중요한 역할을 하고 있는 것, 그리고 그러한 제의의 장에서 표준어로 포획되지 못한, 억압된 기억을 제주어로 공유하는 것은 제사와 무속이라는 형식의 유사성을 보여주는 것이라고 하겠다.

「목마른 신들」에서 현기영은 이러한 무당의 말하기 방식을 보다 본격적으로 시도한다. 이 작품에서 늙은 심방은 자신이 4·3 원혼굿을 하게 된 내력담을 들려준다. 여기에서는 현기영의 「도령마루의 까마귀」, 「해룡이야기」 등 작가의 4·3을 소재로 한 다른 작품들이 4·3이라는 역사적 국면에서 개인이라는 미시적 측면의 비극적 아픔을 그려내고 있는 것과는 다른 이야기가 전개된다. 심방인 화자는 제주 4·3의 전사(前史)라고 할 수 있는 해방 직후부터 3·1절 발포 사건을 함께 다루면서

---

24) 김연수, 앞의 글.

4·3 원혼굿을 하게 된다. 여기에서는 민중의 아픔이 단순히 개인의 차원이 아니라 제주도 민중 전체의 아픔으로 확대되고 있다.

> 개명된 시대라 모든 신, 모든 잡귀는 떠나도, 그러나 4·3 원혼들만은 앞으로도 오랫동안 우리 곁을 떠나지 않을 것이다. 억울한 죽음이기에 아직도 저승에 안착하지 못하고 아직도 저승에 안착하지 못하고 허공중에 떠도는 영혼 영신님들…… 그들은 제 유족들한테만 혼을 의탁하고 있는 게 아니다. 애통함을 호소하기 위해, 원한을 설분하기 위해 우울한 낯빛으로 다른 사람들을 찾아가기도 한다.[25]

4·3 원혼은 다른 사람에게 의탁하여 그들의 애통함을 호소한다. 원통함을 호소하는 대상은 4·3 피해자 가족뿐만 아니다. 원혼은 피해내력이 없는 집안에 자신의 영혼을 의탁한다. 4·3 당시 서청단원이었던 집안의 열일곱 살 손자가 병명을 알 수 없는 병에 시달리자 집안사람들은 심방에게 굿을 청한다. 굿이 진행되면서 당시 억울한 죽음을 당했던 원혼은 자신의 원통함을 산 자의 입을 빌어 이야기한다.

> "난 무자년 시월 우리 마을 불탈 때 토벌대의 총에 맞아 죽은 불쌍한 영혼이우다. 열일곱 어린 나이 외아들로 죽어 홀로 남은 어머님한테 제삿밥 얻어먹은 불효잡니다. 이제 무정 세월 흘러 작년에 어머님마저 세상을 하직하시니 불쌍한 우리 두 모자 어디 가서 제삿밥 얻어먹으리오?"(73쪽)

---

25) 「목마른 신들」, 『마지막 테우리』, 창작과비평사, 1994, 70쪽. 이하 쪽수만을 명기한다.

잔혹한 토벌에 앞장섰던 서청 단원을 할아버지로 둔 손자에게 4·3의 원혼이 들렸다. 고등학생인 손자가 4·3 피해자들과 만난 것은 단 한 차례. 그것도 사십여 년 전 사태로 열일곱 생때 같은 아들을 잃고 동문시장에서 행상을 하던 늙은 노파와 우연히 마주친 것이 전부였다. 그런데도 원혼은 손자의 몸을 빌려 자신의 억울함을 하소연한다. 아이는 몽유병 환자처럼 밤마다 학살의 현장을 찾는다. 손자의 몸에 원혼이 들렸다는 사실을 안 가족들은 결국 원혼굿을 청한다.

억울한 죽음이 단지 피해자에만 그치는 것이 아니라 가해자 후손의 몸에도 의탁한다는 설정은 제주 4·3이 개인사적 비극이 아니라 제주 전체의 참극이라는 사실을 잘 보여준다. 또한 가해자가 굿이라는 제의를 통해 피해자의 원혼 앞에 무릎을 꿇게 되는 것은 무속의 형식을 빌려 가해의 책임을 분명히 하고 피해자의 억울함을 공론화하는 효과를 가져온다. 그렇기에 "사흘거리 큰 굿"은 "여태 심방질을 해왔지만 그때처럼 신명나게 놀아보기는 처음"이었다고 그려진다. 그리고 이를 통해 굿은 4·3을 추모하는 재현의 장으로서 작동하게 된다.

> 반성할 줄 모르는 무도한 가해자가 40여 년 만에 피해자 앞에 무릎을 꿇었는데 어찌 신명이 나지 않겠는가. 나는 아이의 몸에 범접한 서러운 영신의 입을 빌려 울고 불며 억울함을 하소연하기도 하고 매섭게 가해자들을 꾸짖기도 했다. 맺힌 꽃봉오리 피어보지도 못한 채 무참해 무질러진 열일곱살, 일점 혈육 세상에 떨구지 못한 그 원한…… 열일곱 살 환자 아이도 그 몸에 범접한 영신도 열일곱 살이고, 나도 사태 당시 그 나이 무렵이었다. (…중략…) 이 묘한 나이의 우연 때문

에 그 굿이 마치 내 자신의 한풀이처럼 여겨지기도 했는데 어찌나 열심히 했던지 셋째날 막판에는 완전히 탈진상태였다. 환자 아이가 굿을 해줘서 고맙다고 술 한잔 먹고 가겠다고 해서 술을 주고 쓰러져 잠드는 것을 본 다음 나도 쓰러져버렸다. 그리고서 환자는 이틀 밤낮을 내처 깊은 잠에 빠지더니, 그 후 병이 크게 차도를 보였다.(77)

「순이삼촌」에서 제사라는 형식을 빌려 역사적 비극을 드러내고 그것의 진실을 탐구하고자 했다면 이 작품에서는 한 걸음 더 나아가 가해자의 잘못을 추궁하고 원혼의 죽음을 애도한다. 제주 4·3이라는 역사적 비극의 진실을 복원하고 그것을 기억하고자 하는 이유는 구체적 피해의 진상을 밝히는 것과 동시에 가해의 책임을 엄정하게 추궁하기 위함일 것이다. 그렇다면 무속은 개인의 신체에 각인된 고통을 심방의 신체를 통해 재현함으로써 국가에 의해 강요된 '용서'와 '화합'이라는 대항담론의 허위성에 정면으로 맞서는 제의로서 작용하게 된다. 그리고 그것은 죽음을 단순히 과거의 것이 아닌 살아 있는 자의 삶을 구속하는 강력한 현재성으로 인식하게 한다. 하나의 죽음이 아니라 수만의 죽음은 "창창한 앞날과 모든 가능성을 일순에 박탈당한 요절의 원혼들이기에"26) 강한 힘으로 현재를 지배한다. 그렇기에 "한날 한시에 죽은 원혼을 진혼"하기 위해서는 "온 마을 사람들이, 아니 온 섬 백성이 한 자손 되어 한날한시에 합동으로 공개적으로 큰 굿을 벌여야 옳다"고 말할 수 있다. 제주 4·3의 역사적 비극을 재현하는 큰 굿으로서의 제의. 그것이 현기영이 전망하는 제주 4·3의 해결방식이며 무당으로서 4·3

26) 「쇠와 살」, 『마지막 테우리』, 143쪽.

을 말하는 방식인 것이다.

## 3. 사죄하는 자 – 현길언

이러한 서사적 재현 방식은 현기영에게만 국한되지 않는다. '빙의(憑依)'라는 형식을 빌어 제주 4·3 당시 '공비'라는 누명을 쓰고 죽어간 인물의 사연을 밝히고 있는 현길언의 「우리들의 조부님」[27] 역시 이러한 방식을 취하고 있다. 서사적 재현 양식, 그리고 수난사로서의 4·3을 이야기하고 있다는 점에서 이 두 작품은 유사하다고 할 수 있다. 하지만 현길언의 '빙의'는 현기영과는 다른 양상으로 전개된다.

「우리들의 조부님」의 줄거리를 살펴보자. 죽음을 앞둔 팔순의 할아버지에게 '나'의 아버지—할아버지에게는 아들이 된다—의 혼령이 '빙의'된다. 아버지는 자신이 공비가 아니라며 할아버지의 몸을 빌려 자신의 결백을 주장한다. 아버지는 양 구장의 아들이자 아버지의 친구인 길삼에게 찾아가 자신이 양 구장을 죽이지 않았다고 말한다. 아버지의 혼령은 마을 사람들 모두 기억하고 싶지 않았던 그날의 진실을 이야기한다. 양 구장이 죽던 날 민보단 단원이었던 아버지는 마을 사람들과 모여 노름을 하고 있었다. 길삼이 역시 아버지가 노름을 하고 있었다는 사실을 알고 있었다. 하지만 증오에 사로잡힌 길삼은 경찰에게 거

27) 현길언, 『용마의 꿈』, 문학과지성사, 1986, 『한국소설문학대계』 82, 앞으로의 인용은 쪽수만을 명기한다.

짓 증언을 하게 되고 이 일로 인해 아버지는 공비로 몰려 죽게 된다.

죽은 혼령이 살아 있는 자의 몸을 빌려 자신의 결백을 주장한다는 설정은 자신의 무고함을 드러내기 위한 것이다. 하지만 살아 있는 자들은 그것이 헛된 것이라며 아무런 판단도 하지 않는다. 30년 전 그날의 기억을 "세월 탓이 아니"라 "그런 시국에 흔한" 죽음으로 치부하며 "모두들 잊어버리는 것이 그 아픔을 치유하는 일로 생각하고" 있었던 마을 사람들에게 무고를 알리는 혼령의 등장은 불편하기만 하다. 이미 "누가 과연 구장을 죽였는가 하는 문제의 해명"에 대한 "관심은 멀어져 갔다." 혼령의 등장은 이렇게 침묵하고 망각함으로써 유지되었던 공동체의 질서에 갑작스럽게 침입한다. 따라서 마을 사람들은 느닷없다고 밖에 할 수 없는 혼령의 등장에 불안해한다. 그것은 침묵과 망각의 규율이 붕괴될 것을 두려워하는 불안이다.

> "삼촌님, 전 결코 구장을 죽이지 않았수다."
>
> 할아버지가 종조부 앞으로 다가오며 사정투로 말했다. 그리고 마당가에 몰려 선 사람들을 멀거니 바라봤다. 마치 법정에 선 죄인이 무죄를 하소연하는 그 얼굴이었다. 그 무죄는 증거가 없다. 단지 심증만 그럴 뿐이다. 완전 범죄를 획책한 범인의 덫에 걸려든 피고는 벗어날 길이 없다. 그러나 그가 믿는 건 자신은 무죄하다는 그 사실뿐이었다. 나는 이상한 충격에 휩싸이기 시작했다. 정말 아버지 혼이 할아버지에게 옮겨 간 것이다. 그렇다면 아버지인 할아버지 말은 사실일 수도 있다. 한데 종조부는 그게 아니었다.
>
> "성님, 정신을 차리십서. 무슨 말을 경 허염쑤과. 이제 다 잊어버린 걸 무사 다시 시작허염쑤과."

'정신을 차리십서'에 힘주어 말하는 종조부의 얼굴엔 귀찮고 두려운 표정이 역력하게 서려 있었다.(20~21쪽)

공동체의 일상을 가능하게 한 것은 망각이었다. 망각에 저항하는 죽은 자의 증언. 그것은 '빙의'라는 초현실의 세계에서만 가능한 것이다. "완전 범죄를 획책한 범의 덫에 걸려든 피고"의 얼굴로 자신의 무죄를 증명하려고 하지만 그것을 증명할 것은 오로지 자신뿐이다. 죽은 자와 산 자는 그러한 점에서 기억을 공유하는 존재들이 아니라 진실의 현현(顯現)과 침묵으로 대립하는 존재들이다. 이러한 대립 구도는 혼령의 증언을 무의미한 것으로 치부해 버린다. 그것이 설령 진실이라고 하더라도 용납될 수 없다. 질서는 망각으로써만 유지되기 때문이다. 혼령의 등장으로 생긴 균열은 기억을 공유하고 있는, 그리고 아직 살아 있는 자들이 침묵함으로써 봉합된다.

"난 공비가 아니라. 구장을 죽이지도 않았다."

할아버지는 길삼 씨를 붙잡고 어서 대답을 하라고 다그쳤다. 그러나 길삼 씨는 바들바들 떨면서도 입은 꼭 다문 채였다.

"대답을 해. 대답을……."

할아버지는 애걸하듯 하였다. 그러나 길삼 씨는 먼 허공만을 응시하며 썩은 나무처럼 대답을 하지 않았다.

"넌 들었지. 믿을 수 있지. 내가 공비가 아니란 걸."

할아버지는 길삼 씨가 대답을 안 하자 내게 눈을 부릅뜨며 확인시키듯 하고는 후다닥 문을 박차고 밖으로 내달았다.

사람들은 안타까워하면서 한마디씩 하였다. 길삼 씨는 그냥 허공만

쳐다보고 서 있다.
"완전히 미쳤어."
"노망을 하는 거여."
"그때 일이 언젠데. 다 잊어버린 일 왜 다시 꺼내시는 건가."
"아들을 들렸어. 거 봐. 아들이 살았을 때와 닮지 않나. 목소리며 걸음걸이까지……." (26~27쪽)

할아버지의 몸을 빌린 아버지는 길삼에게 사실을 말하라고 다그친다. 하지만 무죄를 증명해 줄 길삼은 침묵으로 일관한다. 완강하게 대답을 거부하는 길삼의 이러한 태도는 진실 드러내기의 몫이 산 자의 것이 아니라 죽은 자의 것, 그리고 '빙의'라는 초현실적 상황에서만 가능하다는 것을 의미한다. 아버지의 혼령이 들린 할아버지를 노망 든 미친 노인으로 치부하는 마을 사람들의 태도는 진실 드러내기가 공동체 질서를 붕괴시킬 수도 있다는 두려움을 드러낸다. 원혼은 결국 자신의 무죄를 증명하지도 못한다. 무죄를 증명해줄 존재는 살아 있는 자들의 몫이지만 살아 있는 자들은 진실을 드러내는 두려움보다는 현실의 침묵을 선택한다. 죽음을 앞둔 할아버지의 몸에 아버지의 혼령이 들린다는 설정은 결국 할아버지의 죽음으로써 미완의 진실 규명으로 끝이 난다. 진실을 드러내줄 실체로서의 몸의 부재. 그것은 기억의 전수를 가로막는다. 진실은 "다 옛날 이야기"일 뿐이며 진실을 말하는 혼령의 증언은 "실성한 노인네"의 말로 치부된다. "지금까지 몰랐던 새로운 사실들이 밝혀지는 데 대한 불안"은 망각으로 구성되었던 공동체적 질서가 붕괴될지도 모른다는 불안이다. 그렇기 때문에 누구도 아버지의 죽음을 이야기하지 않는다. 아무도 이야기하지 않음으로써 공동체의 균열은 봉합되고 기억은 다시 침묵의 수면 아래로 가라앉는다. 「우리들의 조부님」은 '빙의'라는 형식을 빌어 서사를 진행하면서 진실을 드러내기 보다는 진실을 외면하는 자들에 초점을 두고 있다. 현기영과 현길언이 제주 4·3의 비극성을 서사적으로 재현해 내고 있다는 공통점에도 불구하고 두 사람의 간극은 진실과 침묵만큼이나 멀다고 할 수 있다. 현기영이 무당으로서의 말하기 방식을 선택함으로써 진실을 드러내고 잊혀진 기억을 복원하려고 한다면 현길언은 '빙의'라는 초현실의 자리에 죽은 자의 증언을 배치함으로써 그것이 현실의 영역에서는 증명 불가능한 것이라는 사실을 일깨운다. 진실의 복원이 사실을 날 것 그대로 드러냄으로써 비극성을 강조한다면 원혼의 증언을 외면하는 공동체의 침묵을 강조함으로써 외면 받는 진실을 문제 삼고 있다는 점에서 둘의 서사적 재현의 차이가 구분되는 것이다.

이는 망각에 대한 저항의 기억과 과거의 결백 증명이라는 상이한 태도로 나타난다. 이러한 차이는 현길언이 향후 제주 4·3 진상조사보고서에 대해 노골적인 불만을 드러내며 '우익적 시각'을 견지하게 된 이유가 무엇인가를 보여준다. 현길언은 할아버지에 빙의된 아버지의 영혼이 반복적으로 '손을 씻는' 행위를 보여준다. 이는 '결백'에 대한 강박인 동시에 과거의 희생을 이데올로기적으로 표백된 행위로 규정하는 것이라고 할 수 있다. 이러한 결백의 강조는 역사의 진실에 대한 증언으로서 4·3문학을 대하는 것이 아니라 당시 희생의 의미를 '결백'한 존재로, 즉 이데올로기가 개입되지 않은 존재로 인식하는 것이라고 할 수 있을 것이다.

## 4. 작가, 기록하다 – 오성찬

현기영과 현길언이 무당의 말하기와 '빙의'로서 제주 4·3을 이야기하기 시작했다면 오성찬은 기록하는 자의 위치에서 제주 4·3을 발화한다. 우선 그의 대표작이라고 할 수 있는 「어느 공산주의자에 관한 보고서」[28]를 먼저 살펴보도록 하자. 이 작품은 실제 인물 조몽구를 소재로 하고 있다.

조몽구는 1908년생으로 식민지 시기인 1928년 일본으로 건너가 오사카 조선노동조합에 가입하여 일본에서 노동운동을 하였던 대표적인 공산주의 운동가이다. 그는 1929년 재일본노동총맹 대표자회의가 오사카에서 열렸을 때 같은 제주 출신이자 자신의 보통학교 은사인 김문준과 함께 오사카 조선노동조합의 대표로 참석해 일본노동조합전국협의회 가맹을 결정하는 데에도 참여한다. 특히 1930년 제주 출신에 의해 주창된 자주 운항운동에 참여하여 동아통합조합을 결성하기도 한다. 이후 식민지 시기 오사카 지방을 중심으로 사회주의 활동과 노동 야학 활동을 했다.

해방 후인 1945년 9월 조몽구는 제주도 건국준비위원회 집행위원으

---

28) 오성찬, 『오성찬 문학선집』 7권, 푸른사상사, 2006. 이하 쪽수는 선집 쪽수를 명기한다. 원래 이 작품은 「한 공산주의자를 위하여」라는 제목으로 『실천문학』에 1989년에 발표되었다가 선집에 실리면서 제목이 바뀌었다.

로 이름을 올렸다. 1946년 말에는 남로당 제주도위원회에서 안세훈, 김유환, 문도배, 오대진 등과 함께 당 활동을 주도했다. 남조선노동당 제주도당의 조직부장으로, 1946년에는 부위원장에 선출되기도 했다. 1948년 무장봉기를 주장하는 김달삼, 이덕구 등의 유혈혁명에 맞서 무혈혁명을 주장했지만 강경파에 밀려 당 내에서의 입지가 좁아지게 된다. 이후 그는 제주를 떠났다가 이후 1948년 8월 해주에서 열린 남조선 인민대표자대회에 참석한다. 한국전쟁 직후 부산으로 몸을 숨겨 은신하던 중 1951년 9월 30일 체포되어 8년간 옥고를 치른 뒤 고향인 제주 성읍으로 돌아와 은둔의 삶을 지내다 1973년 세상을 떠난다.[29)]

이력을 통해서도 알 수 있듯이 조몽구는 1947년 3월 1일 '발포사건'과 이듬해 4월 3일 무장봉기로 이어지는 과정에서 남로당 제주도당의 지도부로서 중요한 역할을 담당하였던 인물이다. 이 때문에 그는 한동안 제주 4·3 발발 원인과 관련해 이른바 '3자 모의설'의 한 사람으로 거론되기도 했다.[30)] 또한 '4·3 봉기'의 주동자로 그 자신도 토벌군에 의해 가족이 몰살되는 아픔을 겪었다.[31)]

---

29) 조몽구에 대한 약력은 김찬흡, 『20세기 제주인명사전』, 제주문화원, 2000, 379~380쪽과 『4·3은 말한다』 제1권을 참조하여 정리했다.

30) '제3자 모의설'은 제주 4·3 무장 봉기가 남로당 제주도위원회 위원장 조몽구, 군사부 총책 김달삼, 국방경비대 내의 좌익분자 문상길(그는 박진경 대령 암살 사건의 주모자이다.) 등 3인이 4·3 폭동을 주도했다는 주장이다. 이러한 주장은 1952년 「대한경찰사」 제1집에서 처음 제기된 뒤 이후 관변자료에서 반복 인용되면서 사실로 굳어졌다. 하지만 『4·3은 말한다』는 이러한 '3자모의설'에 대해 강한 의문을 제기하고 있다. 그것은 박진경 대령 암살사건 재판과정에서 문상길이 암살의 불가피성은 계속적으로 주장하면서도 좌익세력의 지령이나 연계설은 부정하고 있는 점, 그리고 조몽구 역시 1951년 부산에서 체포된 이후 법원이 징역 8년형을 선고한 점 등 석연치 않은 부분이 많다는 이유에서다. 제민일보 4·3취재반, 『4·3은 말한다』 1권, 전예원, 1994, 590쪽.

기존 연구들은 이 작품에 대해 조몽구를 "단지 '불행했다'는 정도로 말할 뿐 그의 이념이나 행동에 대해서는 별다른 입장 표명을 하고 있지 않다"며 "추상적" 진술에 그치고 있다고 평가한다.[32] 또한 4·3 사건을 소재로 한 오성찬의 소설들이 사건과 관련된 사람들의 이야기를 삽화 형식으로 접근하고 있으며 이러한 시도가 익히 알고 있는 이야기를 다시 확인하는 정도에 머물고 있어 신선감이 부족하다는 지적도 있다.[33] 이와 달리 작가의 구체적인 취재 과정까지도 작품 속에 담아내는 방식이 오성찬의 "문학적 스타일"이며 그것이 오성찬 문학을 성립하게 만드는 조건이라고 말하기도 한다.[34] 오성찬 문학에 대한 상반된 평가에도 불구하고 한 가지 일치하는 것은 그의 작품이 실제 취재 과정을 모태로 하고 있다는 점이다.

발표 당시 '다시 쓰는 사기(史記) 5'라는 부제가 달린 이 작품은 연작소설의 형식을 띠고 있다. 이는 작가가 제주 4·3을 취재하면서 펴낸 증언 채록집인 『한라의 통곡소리』에도 밝히고 있다.

> 최근 나는 「다시 쓰는 사기(史記)」라는 제목으로 이 사건을(제주 4·3, 인용자) 소재로 한 연작 중편을 쓰고 있는 중이거니와, 5부작으로

31) 1948년 토벌군은 표선백사장에서 조몽구의 처와 아들 둘, 딸 둘 등 모두 다섯 식구를 사살한다. 당시 큰 딸의 나이는 열두 살, 막내는 두 살이었다. 조몽구의 비극적인 가족사는 오성찬의 취재에서도 잘 드러나 있다. 제민일보 4·3취재반, 위의 책, 오성찬 채록·정리, 『한라의 통곡소리』, 소나무, 1988. 참조.

32) 김동윤, 「4·3문학의 재조명」, 『제주작가』 제4호, 실천문학사, 2000, 48쪽.

33) 김영화, 「4·3의 파편들 - 오성찬론」, 『변방인의 세계 - 제주문학론』, 제주대학교출판부, 1988, 303쪽.

34) 오오무라 마스오, 「상처의 깊이와 화해에의 길」, 『오성찬문학선집』 11권, 푸른사상, 2006, 36~37쪽.

구상 중인 이 작품을 통해 추구하는 것은 해방 직후 역사의 파행적 행태로 인한 상처의 치유와, 민족을 통일을 추구하는 내용이다.[35]

오성찬이 처음 제주 4·3을 소재로 창작한 작품은 1976년 발표한 「하얀 달빛」이다. 이 작품에 대해 작가 자신은 "거의 모든 '증인'들이 자기 기억 주위를 맴돌 듯 그 차원을 벗어나지 못한 것"이라고 스스로 평가했다.[36] 그는 기왕의 한계를 뛰어넘어 제주 4·3의 면모를 드러내기 위해 '다시 쓰는 사기(史記)'라는 제목으로 연작 소설을 쓰기 시작하였다. 그 결실이 실천문학사에 펴낸『한 공산주의를 위하여』였다. 여기에는 표제작을 포함해 「한라구절초」, 「보춘화 한 뿌리」, 「바람의 늪」, 「나비로의 환생」 등 5편이 실려 있다. 선집에서는 이 중 「나비로의 환생」이 빠지고, 이덕구 산전을 찾아가는 이야기인 「겨울 산행」과 「사포에서」, 「바람 불어, 인연」이 대신 실려 있다. 「어느 공산주의자에 관한 보고서」, 「한라구절초」, 「겨울산행」 3편은 향토사학자 양충식(梁忠植)을 화자로 내세운 작품이다. 오성찬은 제주 4·3에 대해 본격적으로 관심을 갖게 된 것이 「제주의 마을」 시리즈를 연재하면서부터였다고 밝힌 바 있다. 이러한 그의 증언을 염두에 둔다며 작중 인물인 양충식이 작가 자신의 모습을 상당부분 반영하고 있음을 알 수 있다. 또한 이러한 연작의 형식은 그가 개인적으로 겪은 '문학적 위기'를 돌파하기 위한 의도였다.

35) 오성찬 채록·정리,『한라의 통곡소리』, 소나무, 1988, 13~14쪽.
36) 오성찬 채록·정리, 위의 책, 13쪽.

> 1971년 5월 「하얀 달빛」이란 단편 한 편을 내고 연달아 겪은 이런 문학적 위기 의식은 꽤 오랫동안 나를 주눅 들게 해서 내가 본격적으로 제주 현대사의 미해결의 장인 4·3 문제에 대든 것은 「제주의 마을」 시리즈를 내기 시작한 1985년 후반기부터였다. 이 무렵 중앙의 문학잡지들에 「마을 이야기」란 연작으로 발표하기 시작한 마을마다의 사건이 소재가 된 단편들이 나중 『단추와 허리띠』란 제목으로 책이 되어 나왔다. 그리고 4·3의 직접 주모자거나 진압군의 대장으로 역할을 했던 주인공들을 작품 안으로 끌어들여 연작 중편으로 엮은 「한 공산주의자를 위하여」도 이 무렵에 조사, 구성했던 작품이다. 이 작품은 1989년 4월에 실천문학사가 단행본으로 묶어줬는데, 이 표제의 작품은 당초 제목인 『어느 공산주의에 관한 보고서』라는 제목으로 일본에서 오무라 마스오 씨에 의해 번역되어 내년 초쯤 출간될 예정이다.[37]

제주 4·3에 대한 작가의 관심은 「제주의 마을」 연재를 시작하면서 커져갔다. 이는 취재 경험이 그의 작품세계를 조명하는 데에 중요한 참조틀이 될 수 있음을 시사한다. 이는 「어느 공산주의자에 대한 보고서」에서도 그대로 반영되는데 그가 채록하고 정리한 「한라의 통곡소리」의 한 장은 잊혀진 이름들이란 항목으로 공산주의자 조몽구를 다루고 있다. 그가 취재하면서 만난 인물들, 이를테면 3·1 사건 이후 수차례 예비 검속을 당하다 일본으로 피신하였던 김두석과, 조몽구가 형기를 마치고 귀향했을 때 함께 살았던 후처 현두진, 조몽구의 조카 조 모 씨 등 실제 인물들의 증언이 작품 속에 반복적으로 나타나고 있다. 이러

37) 오성찬, 「변방에서의 글쓰기」, 「특집 지방자치시대, 지역문학을 다시본다」, 『실천문학』, 1995년 겨울호(통권 40호), 1995, 12, 247쪽.

한 실제 취재 내용은 작품의 서사를 전개하는 중요한 요소로 작용하고 있지만 때로는 서사 진행을 방해하는 요소가 되기도 한다.

「어느 공산주의에 관한 보고서」는 향토 사학자인 양충식이 관내 고비(古碑)를 조사하는 과정에서 개 비석의 존재를 알게 되고, 그 개 비석의 내력을 캐가던 중 "개만도 못한 것들"로 표현되는 조몽구의 사연을 취재한다는 구조를 띠고 있다. 고비 조사 과정과 조몽구—작품 속에서 주명구로 지칭되는—의 사연이라는 이질적 요소들에 대한 인과적 연관관계가 미흡하다는 점, 그리고 1987년 대통령 선거 직전 시민사회의 움직임이 주명구의 행적 탐구와 병치되면서도 별다른 상관관계를 찾기 힘들다는 점 등은 이 작품의 단점으로 지적될 수 있을 것이다. 하지만 이러한 단점에도 불구하고 이 작품을 비롯한 '다시 쓰는 사기(史記)' 연작은 제주 4·3이라는 로컬리티를 인식하는 제주 내부, 특히 정주자의 시선을 보여준다.

현기영과 현길언 등 출향인들의 작품들이 일정 부분 귀향 모티프를 전제로 서사가 전개되는 것과 비교한다면 오성찬은 이들과는 다른 시각, 정주의 시선으로 제주를 인식하고 있다.[38] 동서의 갑작스런 교통사고와 이로 인해 벌어지는 장례 과정, 그리고 제주 4·3 당시의 죽음들이 병치되면서 서사가 전개되는 「한라구절초」는 4·3의 기억이 귀향이라는 특정한 사건으로 촉발되는 것이 아니라 끊임없이 일상과 마주치며 환기되는 현재적 일상이라는 측면에서 다뤄지고 있다. 동서의 교통

38) 현기영의 「순이삼촌」은 귀향이 제주 4·3의 기억을 환기하는 계기로서 작용하고 있음을 보여주는 대표적 사례라고 할 수 있을 것이다.

사고 현장으로 달려가면서도 '양충식'은 사건의 현장이 제주 4·3 당시 좌익게릴라들이 본부로 삼았던 곳이었음을 상기하고, 마을 인근의 작은 지서를 지나치면서도 해방 정국의 제주를 떠올린다. 이것을 양충식은 "안다는 것이 불행일 수도 있었"다라고 말하지만 이러한 역사적 앎은 양충식의 신체에 현재를 규정하고 과거를 상기하는 지식체계가 깊이 각인되었음을 보여준다.

> 입구 한 녘에 하마비(下馬碑)와 선정비 몇 개가 서 있었다. 그것들 허리에도 어둠의 실오라기들은 휘감겨 있었다. 아, 여기였지. 군중을 향해 총부리가 삼각대 위에 놓여 있던 곳이. 1947년 3월 1일, 3·1절 기념식을 기하여 민중들은 다시 씌워지는 질곡을 걷어내려 했지. 일제 식민지 36년도 지긋지긋한데 다시 미군정이라니. 그럴 수는 없는 일이다. 양과자는 먹지 말고 양담배는 피우지 말자. 거리로 쏟아져 나온 군중들은 걷잡을 수 없었지. 제주북교에서, 오현중학교 교정에서, 관덕정으로 쏟아져 나온 군중들의 꿈틀거림은 노도와 같았지. 미군정 고문관이 지프에 기관총을 걸고 지켜 앉았고, 기마경관들이 호루라기를 불며 날뛰어도 중과부적이었지.
>
> 충식 씨의 눈에는 그때 날뛰던 군중들 모습이 어른거렸다.[39]

교통사고 뒷수습을 위해 경찰서에 들른 후에도 양충식은 3·1절 발포사건을 떠올린다. 경찰서 입구 한 쪽에 자리 잡은 '하마비'와 '선정비'를 통해 과거의 비극은 지속적으로 환기된다. 비극은 일회적인 것이

39) 「한라구절초」, 『오성찬 문학선집』 7권, 94~95쪽.

아니다. 작품 속에서 반복적으로 되풀이되는 과거에 대한 회상은 비극이 벌어졌던 '현장'을 일상으로 받아들여야 하는 자의 운명, 즉 4·3이라는 비극을 현재적 일상으로 받아들여야만 하는 자의 운명을 보여준다. 죽음은 망각되지 않는다. 죽음은 끊임없이 환기되며 현재를 지배한다. 그것은 죽음이 하나의 풍경이 아니라 일상에 각인되고 신체에 기입된, 지울 수 없는 현재의 모습이라는 사실을 보여준다. 따라서 양충식에게 과거는 평가의 대상이 아니라 기억의 대상, 기록의 대상이다. 이러한 점에서 향토 사학자라는 직업적 특성은 단순히 제주 4·3을 소재로 다루기 위한 임의적 선택이 아니다. 그것은 '정주'라는 삶의 형태를 기록자의 운명으로 받아들이고 있음을 보여주기 위한 것이다. 이 점에서 오성찬의 작품은 현기영·현길언과는 또 다른 방식으로 제주 4·3을 형상화하고 있다.

오성찬은 "제주에서 태어난 후 군대생활 3년을 제외하고는 거의 이 섬에서만 살아"오면서 "'제주의 것'들은 운명적인 작품의 소재"[40]였다고 고백하고 있다. 초등학교 학력이 전부인 작가는 중앙 문단에 "잊혀지지 않는 방법으로 작품으로 겨루는 투고질"을 계속해 왔다. 오성찬이 기록자의 위치를 자신의 문학적 방식으로 채택한 것은 일면 의미심장하다. 그것은 기록되지 않은 것들과 기록되어야 하는 것들의 간극을 메우는 일을 그 스스로 자처했기 때문이다. "세월이 흐르는 동안에 비바람에 깎이고 이끼가 끼어 내용을 잘 알아보기" 힘든 고비(古碑)들을 조사하면서 "마모된 글자들을 짜맞추"는 '일그러진 비문을 읽는 자'의

40) 오성찬, 「변방에서의 글쓰기」, 247쪽.

운명이란 결국 판단과 해석자의 몫이 아니라 기록자의 몫이 자신의 것임을 인정하는 것이라 할 수 있다. 「한 공산주의를 위하여」가 아니라 「어느 공산주의자에 대한 보고서」가 되는 것도 그것이 대상에 대한 일정한 거리를 확보해야만 하는 기록자의 위치에서 과거를 바라보고 있기 때문이다.

그의 작품들은 증언의 기록자로서, 문학자의 운명을 자각하고 있다는 점을 염두에 둘 때 보다 충실히 읽을 수 있을 것이다. 때로는 이러한 기록자에 대한 작가적 자각이 서사의 흐름을 방해하기도 하지만 그것이 오성찬 문학을 추동하는 강한 힘이라는 점은 분명하다. "아직 기록에 안 올라 있는 새로운 사실들을 캐내려는 게 우리들의 의도니까요."라는 「단추와 허리띠」의 미스 신의 발화는 기록되지 않은 과거를 기록해야만 하는 의무의 강도가 얼마나 강한 힘을 가지고 있는가를 보여준다.[41] 기록자의 운명이란 "불과 백년 안팎에 일어난 선조들의 이야기를 듣고 있으면 가슴 한쪽이 울큰울큰 아파오며 물기가 배어오기 시작하는" 신체의 변화와 매순간 마주치는 것이다. 지역의 과거와 마주하는 것만큼 로컬리티가 강력하게 작용하는 것도 없을 것이다. 이때 기록자가 만나는 과거는 중앙이 외면하는 사실들이며 중앙이 구축한 중심의 시선이 외면한 지역의 편린들이다. 자신이 철저히 중심의 외부에 존재하는 자임을 자각할 때 로컬리티는 그러한 중심의 외면과 몰이해에 저항할 수 있는 하나의 대항 담론으로 작용한다. 하지만 이러한 저항이 언제나 성공하는 것만은 아니다. 중심의 외부에 존재하고 있던

41) 「단추와 허리띠」, 『오성찬 문학선집』, 7권, 380쪽.

것들, 그래서 망각될 수밖에 없었던 것들을 기억하는 일이란 그 자체로 난망한 일이다. 이러한 난망함은 끝없는 '갈증'으로 표현된다.

> 자기가 태어난 지역의 유별난 역사에 몰입하면서 그가 텍스트로 삼는 것은 사마천의 사기(史記)였다. 역사와 자신에게 그렇게도 엄격했던 사람, 그 옛날의 저서들은 지금도 어느 대목을 읽으나 망치로 가슴을 때리는 듯한 충격을 주었다. (…중략…) 그러나 이 거세당한 남자가 그후 남긴 기록의 위세는 그 넓은 땅 전 중국, 아니 온 세계를 다 덮고도 남음이 있지 않았던가. 그런데 나는 이게 뭔가. 이뤄 놓은 것은 없이 나이만 들어가지 않는가. (…중략…) 깨닫고 보면 손에 땀이 배어 있고, 항문 주위가 축축하게 물기가 느껴지기도 했다. 갈증 같은 것이 목을 마르게 하기도 했다. 그는 지금도 그런 갈증을 느끼고 있었다.[42]

"지역의 유별난 역사"에 대한 "몰입"은 그것이 지역의 특수성에 대한 자각이라는 사실을 보여준다. 사마천의 사기(史記)를 전범으로 삼을 만큼 엄격한 기록자의 자세를 견지하지만 그것을 무화시킬 만큼 중심의 자장은 견고하다. 이뤄 놓은 것이 없다는 자괴감은 끝없는 갈증으로 나타나고 그 갈증의 근원은 지역사를 중심에 기입하고자 하는 시도의 난망함으로 나타난다. 탈—중심으로서의 지역의 특수성을 인지하면서도 그것을 중심의 일원으로 승인받고자 하는 욕망이 그 이면에 내재되었음을 보여주는 것은 오성찬이 이후 추사 김정희 등 제주 유배인들

42) 「겨울산행」, 『오성찬 문학선집』, 7권, 239~240쪽.

의 삶을 다룬 역사소설 쓰기로 나아가게 하는 원동력이 된다. 오성찬의 역사소설의 의미에 대해서는 차후 과제로 남겨놓기로 하고 여기에서는 오성찬이 왜 자신을 기록자의 운명에 결박시켜놓았는가를 살펴보기로 하자.

> "뭣 때문에 이런 일을 하지?"
> "관심일꺼야……."
> 다른 내가 말했다.
> "관심…… 글쎄……."
> "관심은 애정이니까……."[43)]

무장대에 의해 희생당한 사람의 유해 찾기 탐사를 다루고 있는 「단추와 허리띠」에서는 스스로 지역의 과거를 캐묻는 '나'의 혼잣말이 등장한다. '나' 스스로 그러한 작업의 의미를 묻는 이 대목은 지역에 대한 작가적 인식의 일단을 보여준다. "관심"과 "애정"이 지역을 인식하는 동력이 되고 있지만 그것만으로는 불충분하다. "관심"과 "애정"의 동력이 무엇인지 드러나지 않지만 위 인용에서 볼 수 있듯이 그것은 '운명'으로서의 '역사 찾기'이다. 그것은 "천형의 팔자"를 지니고 태어난 자가 선택할 수 있는 유일한 선택지이다.

> 이 섬에서도 나의 고향은 더 변방적 성격이 짙은 서귀포. 나는 청년기까지도 이런 고장, 이런 땅 위에서 가난한 부모를 모태로 하고 태어

43) 「단추와 허리띠」, 『오성찬문학선집』 7권, 386쪽.

난 팔자를 얼마나 원망했는지 모른다. 그것은 그야말로 천형의 팔자라 해야 옳을 것이다.[44]

"변방"에서 태어난 "천형의 팔자"라는 자의식은 중심에의 동경과 탈주를 동반한다. 중앙 문단에서 잊혀지지 않기 위해 작품 투고를 계속해야만 했던 오성찬은 그로 인해 일정한 문학적 성취를 이뤄낸다. 이러한 성취는 지역신문의 기자로 취재 일선에 뛰어들게 하였고, 기자로서의 경험은 <마을 시리즈> 연작 취재에서도 일정한 영향을 미친다. 이러한 작가적 이력이 기록하는 자의 운명을 자각하게 한 계기가 되었다고 할 수 있다.

운명은 모든 이성적 판단에 앞서 존재하며 모든 것을 선험적으로 규정한다. 그리고 이러한 운명은 정주자로서의 삶과 만나 묻혀 있는 사실의 '발굴'을 하나의 삶의 과제로 인식하는 동력으로 작동한다. 이러한 동력은 로컬리티 인식을 바탕으로 하고 있다. 그것은 과거에 대한 발굴이 결국 중앙—중심의 외부에 묻힌 진실 캐기라는 의미를 부여하는데서 알 수 있다. 「어느 공산주의자에 대한 보고서」에서 잊혀진 공산주의자 '주명구'의 존재를 확인하고 증언을 채록하던 '양충식'은 이렇게 이야기한다. "도대체 어떻게 이런 엄청난 일이 일어날 수 있었단 말인가. 또 어떻게 그런 일이 여태 묻혀 있을 수 있다는 말인가."(40쪽)

은폐된 사실은 기록되어야만 한다. 묻혀 있을 수밖에 없었던 사실들. 그것은 중심의 외부에 존재하고 있었지만 중심이 망각을 강요함으로써

44) 오성찬, 「변방에서의 글쓰기」, 244쪽.

비존재로서 존재하고 있었던 것들이었다. 수많은 죽음의 기억들은 중앙—중심의 외부에서 기록을 예비하고 있었다. 그것을 찾아내는 것, 제주의 로컬리티로서 비존재의 존재성을 자각하고 그것들을 중심-중앙의 경계에 기입하고자 하는 것. 그것이 바로 기록자의 운명이며 그가 마주하는 현실이다. 오성찬은 제주의 로컬리티를 비존재의 존재로 인식하고 그것을 존재의 영역에 기입하는 것이 문학자의 길이라는 사실을 자각했다. 일그러진 묘비를 읽어내려고 애쓰는 자, 그럼으로써 잊혀진 것들을 기억하는 자의 운명이란, 과거를 현재적 일상으로 살아낼 수밖에 없는 정주자의 운명인지도 모른다. 그러한 점에서 제주 4·3을 다루는 그의 태도에 대해 사건을 삽화적으로 다루고 있다고 지적하는 것은 재고되어야 한다. 기록자의 사명이란 판단과 해석이 아니라 기록 그 자체로서 운명 지워지는 것이기 때문이다. 숱하게 반복되는 취재의 편린들이 작품 곳곳에 편재되어 있는 것은 기록함으로써 망각과 싸우고 비존재의 숨죽인 아우성을 드러내려고 하는 시도이다. 풍경이 아니라 일상으로서의 역사, 언제 어느 때나 숱한 죽음의 아우성들을 들을 수밖에 없는 자의 운명, 그것이 오성찬이 4·3을 다루는 방식이라고 할 수 있을 것이다. 정주의 삶으로서 제주의 로컬리티를 기억해야 하는 자의 운명. 무당으로서의 말과 죽은 자에 빙의되어 죽음의 비극을 증언하는 것과 달리 살아 있는 자들이 지니고 있는 기억의 편린을 짜 맞추고, 그것을 충실히 기억해냄으로써 비극을 드러내는 방식은 모두 증언이라는 외적형식을 두르고 있다. 하지만 이러한 유사성에도 불구하고 로컬리티를 대하는 태도의 차이는 증언의 낙차로 이어질 수밖에 없다. 죽은 자를 기억하고 제의의 형식으로 그 기억을 공유하는(현기영) 방식과 아무도 증명할 수 없는 무죄 증명을 빙의의 형식으로 재현하는 방식(현길언)이 그 자체로 증언의 낙차를 가지고 있을 수밖에 없는 것처럼, 기록자의 운명은 또 다른 양상을 띤다. 오성찬은 해석과 판단을 유보한 채 충실한 기록으로서 비존재의 존재를 드러내는 방식을 선택한다. 그것은 4·3이라는 역사적 비극이 특별한 계기에 의해 촉발되는 '기억의 복원'이 아니라 '기억의 일상'을 살아내야 하는 정주자의 운명을 보여준다.

제6장

# 대통령의 사과, 그 이후

# 06
# 대통령의 사과, 그 이후

## 1. 권력의 문법과 대통령의 사과

2003년 10월 31일 노무현 대통령은 제주를 찾았다. 이날 대통령은 국가원수로서는 처음으로 '제주 4·3 사건'으로 피해를 입은 제주도민에게 사과를 했다. 이에 앞서 10월 15일에는 정부 차원의 '제주 4·3 사건진상조사보고서'가 최종 확정되었다. 1948년 사건이 발생한 지 55년만의 일이었다. 우여곡절 끝에 2000년 제주 4·3사건 진상규명 및 희생자 명예회복에 관한 특별법'이 제정된 지 3년만의 일이었다. 당시 사과문 전문은 다음과 같다.

"존경하는 제주도민과 제주 4·3사건 유족 여러분, 그리고 국민 여러분,

55년 전, 평화로운 섬 이곳 제주도에서 한국 현대사의 커다란 비극 중의 하나인 4·3사건이 발생했습니다. 제주도민들은 국제적인 냉전과 민족 분단이 몰고 온 역사의 수레바퀴 밑에서 엄청난 인명피해와 재산 손실을 입었습니다.

저는 이번에 제주를 방문하기 전 「4·3사건 진상규명 및 희생자 명예회복에 관한 특별법」에 의거하여 각계 인사로 구성된 위원회가 2년여의 조사를 통해 의결한 결과를 보고 받았습니다. 위원회는 이 사건으로 무고한 희생이 발생된 데 대한 정부의 사과와 희생자 명예회복, 그리고 추모사업의 적극적인 추진을 건의해왔습니다.

저는 이제야말로 해방 직후 정부 수립과정에서 발생했던 이 불행한 사건의 역사적 매듭을 짓고 가야한다고 생각합니다.

제주도에서 1947년 3월 1일을 기점으로 하여 1948년 4월 3일 발생한 남로당 제주도당의 무장봉기, 그리고 1954년 9월 21일까지 있었던 무력충돌과 진압과정에서 많은 사람들이 무고하게 희생되었습니다.

저는 위원회의 건의를 받아들여 국정을 책임지고 있는 대통령으로서 과거 국가권력의 잘못에 대해 유족과 제주도민 여러분에게 진심으로 사과와 위로의 말씀을 드립니다. 무고하게 희생된 영령들을 추모하며 삼가 명목을 빕니다.

정부는 4·3평화공원 조성, 신속한 명예회복 등 위원회의 건의사항이 조속히 이루어질 수 있도록 적극적으로 지원하겠습니다.

존경하는 국민여러분,

과거 사건의 진상을 밝히고 억울한 희생자의 명예를 회복시키는 일은 비단 그 희생자와 유족만을 위한 것이 아닙니다. 대한민국의 건국에 기여한 분들의 충정을 소중히 여기는 동시에, 역사의 진실을 밝혀 지난날의 과오를 반성하고 진정한 화해를 이룩하여 보다 밝은 미래를 기약하자는 데 그 뜻이 있습니다.

이제 우리는 4·3사건의 소중한 교훈을 더욱 승화시킴으로써 '평화와 인권'이라는 인류보편의 가치를 확산시켜야 하겠습니다. 화해와 협력으로 이 땅에서 모든 대립과 분열을 종식시키고 한반도의 평화, 나아가 동북아와 세계 평화의 길을 열어나가야 하겠습니다.

존경하는 제주도민 여러분,

여러분께서는 폐허를 딛고 맨 손으로 이처럼 아름다운 평화의 섬 제주를 재건해 냈습니다. 제주도민들께 진심으로 경의를 표합니다.

이제 제주도는 인권의 상징이자 평화의 섬으로 우뚝 설 것입니다. 그렇게 되도록 전국민과 함께 돕겠습니다. 감사합니다.

2003. 10. 31. 대통령 노무현"[1)]

대통령이 "과거 국가권력의 잘못에 대해 유족과 제주도민 여러분에게 진심으로 사과와 위로의 말씀을 드립니다"라고 이야기하자 일부 유족은 자리에서 일어나 "대통령님 감사합니다"라며 눈물을 쏟았다. 55년만의 대통령 사과라는 역사적 순간을 당시의 신문기사는 "입 밖에 내기도 조심스러웠던 사건이 국가적 사과까지 받아냈으니 어찌 감회가 없겠는가"라며 "스스로 잘못을 시인하는 것은 용기가 필요한 일이다. 노 대통령은 역사 앞에 그런 용기를 보여주었다"며 감격적인 어조로 보도한다.[2)] 이 날의 사과는 1947년 3월 1일 벌어진 3·1절 발포사건을

1) 「제주 4·3사건에 대한 대통령 발표문」, 제주 4·3사건 진상조사위원회. 당시 대통령의 사과는 제주 지역 방송을 통해 소상히 보도되었고 제주지역의 매체들은 사과문 전문을 게재했다.

2) ≪제민일보≫, ≪한라일보≫, 2003. 11. 1. 기사 참조. 당시 제주의 언론들은 대통령의 사과 발표를 1면 머리기사로 보도하고 이와 관련한 특집기사들을 쏟아냈다.

기점으로 1948년 4월 3일의 무장봉기와 그로 인해 빚어진 토벌과정에서 행해졌던 민간인들의 희생에 대해 정부가 그 역사적 과오를 인정한 것이었다.[3)]

3) 진상조사보고서가 채택되기까지의 중요 사건을 당시 한라일보는 다음과 같이 정리하고 있다.
△ 1947년 3월 1일 3·1절 발포사건 발생, '4·3'의 시발점
△ 1948년 4월 3일 제주 4·3 발발
△ 1954년 9월 21일 한라산 금족지역 전면개방, 7년 7개월 만에 '4·3' 종료
△ 1989년 4월 제주지역 사회단체 4월제 공동준비위원회 구성, 제주시민회관서 제1회 제주항쟁추모제
△ 1990년 6월 제주도 4·3사건 민간인희생자유족회 조직
△ 1991년 4월 3일 제주도 4·3사건 민간인희생자유족회 주최 제1회 합동위령제
△ 1993년 3월 20일 제주도의회 4·3특별위원회 구성
△ 1993년 8월 11일 제주 4·3사건위령사업 범도민추진위원회 설치 및 운영조례 공포
△ 1995년 5월 도의회 4·3특별위원회 4·3피해조사 1차보고서 발간 1만4천1백25명 희생자 명단 발표
△ 1996년 11월 12일 도의회 4·3특별위원회, 국회 4·3특위 구성에 관한 청원 국회에 제출
△ 1997년 4월 1일 서울에서 '제주 4·3 제50주년 기념사업추진 범국민위원회' 결성
△ 1998년 4월 제50주년 제주 4·3학술·문화사업 추진위원회 창립
△ 1998년 3월 8일 제주 4·3 진상규명과 명예회복을 위한 도민연대 결성
△ 1999년 12월 16일 국회 '제주 4·3사건 진상규명 및 희생자 명예회복에 관한 특별법' 본회의 통과
△ 2000년 1월 11일 청와대에서 제주 4·3특별법 제정 서명식
△ 1월 12일 제주 4·3특별법 공포
△ 3월 3일 행정자치부에 제주 4·3사건처리지원단 설치
△ 3월 27일 제주도 4·3사건지원사업소 설치
△ 8월 28일 '제주 4·3사건 진상규명 및 희생자 명예회복위원회' 출범
△ 2001년 1월 17일 제주 4·3사건 진상조사보고서 작성기획단 발족. ≪한라일보≫, 2003. 11. 1. 참조
△ 2002년 11월 20일 4·3중앙위 5차회의에서 1천7백15명 희생자 첫 심의 결정
△ 2003년 2월 25일 제주 4·3사건 진상조사보고서 초안 심의 확정
△ 3월 29일 6개월 유예기간 조건부로 '제주 4·3사건 진상조사보고서' 심의 결정
△ 9월 28일 6개월 유예기간 완료
△ 10월 15일 정부차원의 '제주 4·3사건 진상조사보고서' 최종 확정
△ 10월 31일 노무현 대통령 국가차원 '제주 4·3사건' 공식 사과

여기에서 논의할 것은 국가 폭력을 사과한 대통령의 언술 방식이다. 국가원수로서 대통령이 제주에서 일어났던 비극적 역사에 대해 공식적으로 사과한 행위는 그 자체로 커다란 의미가 있다. 하지만 대통령의 사과에도 불구하고 제주 4·3은 여전히 역사적 해결의 미완 상태로 남아있다. 지난 2008년 제주 4·3 평화공원이 개관했을 때 특정 전시작품이 일반에게 공개되지 못한 채 수장고에 보관된 것은 '국가'의 공식적 사과에도 불구하고 4·3이 여전히 미해결의 상태로 남아 있음을 증명한다.[4] 국가의 공식적 사과에도 불구하고 여전히 제주 4·3은 논란과 논쟁의 대상이 되고 있다. 이러한 사실은 과연 무엇을 의미하는가.

이 장에서 대통령의 사과 발표문을 언급하는 것은 거기에 담긴 진정성, 혹은 '실체적 진실' 규명 노력 등을 검증하거나 논의하려는 것이 아니다. 그것은 실증적 접근도 어려울 뿐더러 적절치도 않다. 다만 여기서 문제 삼는 것은 사과의 언술과 작동방식이다. 보다 정확히 말하자면 발표문에 나타난 '언어'의 형식과 그것의 의미작용이다. 베르나르 앙리 레비는 "욕망을 만들고 구조화하고 그것의 존재 가능성을 부여하는 것"이 "권력"이라며 "언어에 대해서 똑같은 논증을 할 수 있다."고 말한 바 있다. 그에 따르면 언어의 영향력은 곧 권력의 영향력이며 그런 점에서 "입법 행위"는 "문법" 그 자체이다.[5] 물론 레비의 이 같은

4) 일반에게 전시되지 못한 작품은 화가 박불똥의 '행방불명'과 만화가 김대중의 '오라리 사건의 진실'이었다. 박불똥의 작품은 이승만 전 대통령의 얼굴이 게재된, 당시 타임지를 콜라주한 것이 문제가 되었고 만화가 김대중의 작품은 오라리 방화사건과 백악관을 연관 지은 표현이 외교적 마찰을 빚을 수 있다는 우려로 작품 전모가 온전히 공개되지 못했다. ≪한겨레신문≫, 2008. 4. 24.

5) 베르나르 앙리 레비, 박정자 역, 『인간의 얼굴을 한 야만』, 프로네시스, 2008. 74~79쪽 참조.

지적은 피해자가 지배자의 언어 체계 안에서 사고하게 됨을 설명하기 위한 것이다. 하지만 여기에서는 권력의 언어, 즉 언어를 통한 권력의 영향과 작동방식에 집중하여 살펴보고자 한다. 그의 주장을 참조하여 대통령의 발표문을 들여다보자.

## 2. 희생의 수사학과 은폐된 책임

대통령의 사과는 '발표문'이라는 형식으로 표출된, '언어'를 통한 통치행위이다. 대통령은 제주 4·3을 "1947년 3월 1일을 기점으로 하여 1948년 4월 3일 발생한 남로당 제주도당의 무장봉기, 그리고 1954년 9월 21일까지 있었던 무력충돌과 진압과정에서 많은 사람들이 무고하게 희생"된 사건으로 규정한다.[6] 제주 4·3은 '남로당 제주도당의 무장봉기'와 이로 인한 '무력충돌'과 '진압과정'에서 '많은 사람들이 희생'된 사건이다. 권력이 '역사적 실체'를 이렇게 규정할 때 그것은 권력이라는 상징체계 내부로 수렴된다. 권력이 '언어'를 통해 규정한다는 것은 그것이 '말하지 못 하는 것', 혹은 '말할 수 없는 것'을 전제로 한다는 것을 의미한다. 이는 권력 언어의 상징체계로는 수렴할 수 없는 외부가 존재한다는 것을 보여준다. 그렇다면 이날의 발표문에서 '말할 수 있었던 것'은 무엇이며 그것의 외부에 존재했던 것은 무엇이었는가. 이러한 물음을 해명하기 위해서는 먼저 무엇이 말해졌는가를 살펴보아야

6) 이와 같은 사건의 규정은 진상조사보고서의 조사결과를 바탕으로 한 것이다.

할 것이다.

발표문에서 눈에 띄는 것은 '희생'의 언어이다. '희생'은 짧은 발표문에서 7번 반복된다. '무고'가 3회, '진상'이 3회, '사과'가 2회 반복되는 것을 염두에 둔다면 '희생'의 반복은 다분히 수사적 반복이 아니다. 대통령은 제주 4·3진상보고서의 내용을 바탕으로 "제주도에서 1947년 3월 1일을 기점으로 하여 1948년 4월 3일 발생한 남로당 제주도당의 무장봉기, 그리고 1954년 9월 21일까지 있었던 무력충돌과 진압과정에서 많은 사람들이 무고하게 희생되었"다라는 점을 분명히 하고 있다. 하지만 제주 4·3을 정의할 때조차 권력의 언어는 '역사적 실체'를 '희생'으로 수렴하며 '희생'의 무고함과 그것의 비극성을 강조한다. 즉 '희생'의 무고함은 역사적 비극의 전제이며 그것은 개별적이고 구체적인 '희생'들을 단일한 '희생 담론'으로 추상화한다. 그렇다면 이러한 추상화의 효과는 무엇인가. 그리고 그러한 추상의 외부에는 과연 무엇이 있는 것인가.

이를 논의하기 위해 잠시 진상조사보고서의 내용을 살펴보자. 2000년부터 2001년까지 제주 4·3진상조사위원회에 신고 된 희생자 현황을 살펴보면 행방불명자와 후유장애자, 사망자를 포함한 희생자는 총 1만 4,028명으로 이를 가해자별로 나눠보면 토벌대에 의해 1만955명, 무장대에 의해 1,764명(기타 및 가해 불명 등의 공란 각각 43명, 1,266명)이 피해를 입었다.7)

7) 제주 4·3사건 진상규명 및 희생자 명예회복위원회 편, 『제주 4·3사건진상조사보고서』, 389쪽. 당시 희생자 수에 대해서는 정확한 통계가 없다. 진상조사보고서도 약 3만 명 가량이 희생되었을 것이라고 추정할 뿐이다.

(4·3) 발발원인은 복합적인 요인이 작용했다. 우선 1947년 3·1절 발포사건을 계기로 제주사회에 긴장 상황이 있었고, 그 이후 외지출신 도지사에 의한 편향적 행정 집행과 경찰·서청에 의한 검거선풍, 테러, 고문치사사건 등이 있었다. 이런 긴장상황을 조직의 노출로 수세로 몰린 남로당 제주도당이 5·10 단독선거 반대투쟁에 접목시켜 지서 등을 습격한 것이 4·3 무장봉기의 시발이라고 할 수 있다.

서청 단원들은 '4·3' 발발 이전에 500~700명이 제주에 들어와 도민들과 잦은 마찰을 빚었고, 그들의 과도한 행동이 '4·3' 발발의 한 요인으로 거론되었다. '4·3' 발발 직후에는 500명이, 1948년 말에는 1,000명 가량이 제주에서 경찰이나 군인 복장을 입고 진압활동을 벌였다. 제주도청 총무국장 고문치사도 서청에 의해 자행되었다. 서청의 제주 파견에는 이승만 대통령과 미군이 후원했음을 입증하는 문헌과 증언이 있다.

1948년 11월부터 9연대에 의해 중산간마을을 초토화시킨 강경 진압작전은 가장 비극적인 사태를 초래했다. 강경 진압작전으로 중산간마을 95% 이상이 불타 없어졌고 많은 인명이 희생되었다. 4·3 사건으로 가옥 39,285동이 소각되었는데, 대부분 이때 방화되었다. 결국 이 강경 진압작전은 생활의 터전을 잃은 중산간마을 주민 2만명 가량을 산으로 내모는 결과를 빚었다. 이 무렵 무장대의 습격으로 민가가 불타고 민간인들이 희생되는 사건도 있었는데, 대표적인 피해마을은 세화, 성읍, 남원으로 주민 30~50명씩 희생되었다.[8)]

---

8) 『진상조사보고서』, 577~579쪽.

위에 따르면 제주 4·3은 1947년 3·1절 발포사건 이후 중앙에서 파견된 관료의 편향적 행정과 경찰과 서청에 의한 가혹한 도민 탄압으로 인한 사회적 혼란 속에서 5·10 단독선거를 반대하기 위해 남로당 제주도당이 4월 3일 무장봉기한 사건이다. 또한 진압과정에서 이승만 대통령과 미군의 암묵적인 후원 아래 자행된 서청의 과도한 행동과 9연대의 초토화 작전이 비극적 결과를 초래했다.

조사보고서라는 성격상 이러한 규정은 국가적 승인의 결과물이라고 볼 수 있을 것이다. 국가의 공인된 언어로 이야기된 사건의 개요만 들여다보더라도 중앙 출신 관료의 편향적 행정집행, 서청의 탄압, 남로당 제주도당의 무장봉기라는 사건의 얼개가 드러난다. 물론 이러한 사건 규정 자체에 대한 비판 의견도 제기된 바 있지만 여기서는 이러한 규정 자체가 역사적 진상규명에 얼마만큼 다가갔는지를 문제 삼지 않는다. 그것은 정밀한 사적(史的) 탐구의 영역일 터이다. 여기에서는 진상조사보고서가 언급하고 있는 경찰과 서청, 남로당 제주도당이라는 사건 전개의 주체들이 어떻게 언급되고 있는지를 살펴보고자 한다.

발표문은 "1948년 4월 3일 발생한 남로당 제주도당의 무장봉기, 그리고 1954년 9월 21일까지 있었던 무력충돌과 진압과정에서 많은 사람들이 무고하게 희생"당한 사건으로 규정하고 있다. "무력충돌"과 "진압과정"이라는 수사에서 충돌의 한 축인 남로당 제주도당은 등장하지만 그 반대의 존재—그것은 곧 진압의 주체일 터인데—는 대괄호 속에 묻힌 채 드러나지 않고 있다. 이것을 단순히 수사적 실수라고만 봐야 할 것인가.

"이것은 누구의 범죄인가. 기관총인가. 기관총 사수인가, 사격명령을 내린 장교인가, 무선전화로 처단명령을 내린 대대장인가. 그 위의 연대장인가, 그 옆의 그림자 같은 미 군사고문인가. 그 위 또 그 위, 마침내 삼각형의 꼭짓점은 누구인가? 트루맨은 진인이었나?"[9]고 물을 때 이 같은 수사는 충분한 답변이 될 수 있는가.

모든 죽음은 개별적이며 구체적이다. 이 말은 그 죽음이 자의적, 자연적 죽음의 경우에만 해당되지 않는다. 다소 거칠게 이야기하자면 제주 4·3 당시 행해졌던 수많은 죽음들은 죽음의 대상과 가해 주체들이 명확하게 구분되는 '죽임에 의한 죽음'들이었다. 누군가는 죽음의 가해자였으며 누군가는 죽음의 피해자였다. 신문 연재물을 엮은 『4·3은 말한다』의 마지막 권에는 「초토화 작전의 실상」이 자세히 기록되어 있다. 그 내용 중 소제목 일부만 옮겨본다.

> "소 한 마리 값에 생사 갈려"(송당리)
> "폭도 지원자 찾아내라"며 집단학살(행원리)
> 무장대 대대적 습격, 무차별 학살(세화리)
> 생후 1주일 영아까지 총살(신풍리)
> 토벌대, 우익성향의 면장도 살해(표선리)
> 아버지-아들 양측에 죽는 비극(신흥리)
> "사위가 입산했다" 장모를 총살(호근리)
> 경찰간부 가족도 서청에게 희생(상예리)
> 우는 아기 입 틀어막다 질식사(상천리)

---

9) 현기영, 「쇠와 살」, 『마지막 테우리』, 창작과비평사, 1994, 123쪽.

무장대, 군인 트럭 습격(화순리)
"삐라 신고 안했다"며 교사 몰살(인성, 보성, 안성리)[10]

태어난 지 1주일도 안 된 영아도, 입산한 사위를 둔 장모도, 경찰간부도, 삐라 신고를 하지 않은 교사도 죽음을 벗어날 수 없었다. 죽음은 그 자체로 비극이지만 그 비극은 개별적이며 지극히 구체적이다. '희생'의 수사는 이렇게 개별적이고 구체적인 죽음을 획일화한다. 개체의 죽음이 '희생'이라는 상징체계로 수렴될 때 그 죽음에 얽힌 개인적 서사는 사라진다. 여기에서 '희생'의 강조는 다분히 정치적 수사에 불과하다는 반론이 있을 수 있다. 대통령의 사과발언이 모든 역사적 실체를 구체적이고 개별적으로 다룰 수는 없으며 이를 문제 삼는 것은 과도한 해석이라는 지적이 있을 수도 있다. 또한 국가는 늘 추상으로서만 존재하고 발화한다는 일반론을 제기할 수 있다. 하지만 여기에서는 '희생'의 화용적 효용에 주목하여야 한다. '희생'이 단순한 수사가 아니라 '희생'이라고 대통령—국가권력 집행의 최후 책임자인—이 말하는 순간 모든 죽음은 '희생'의 범주로 수렴된다. 죽음이 '희생'인 한에서만 그것은 사과의 대상이 되며 무고한 죽음으로 불린다.

하지만 '권력—언어'가 항상 추상의 형태로 발화되는 것만은 아니다. 권력은 언어를 선택하며 그 선택의 힘은 강력하다. 1948년 6월 조병옥 경무부장은 '제주도 폭동'의 진상에 대해 발표한다. 이날 발표에서 조병옥은 '공산계열'의 '폭동'으로 인한 피해를 비교적 상세하게 언급한다.

10) 제민일보 4·3취재반, 『4·3은 말한다』 5, 전예원, 1998.

폭동이 일어나자 1읍 12면의 경찰지서가 빠짐없이 습격을 받았고 저지리 청수리 등의 전 부락이 폭도의 방화로 타버렸을 뿐만 아니라 그 살상 방법에 있어 잔인무비하여 4월 18일 신촌서는 육순이 넘는 경찰관의 늙은 부모를 목을 잘라 죽인 후 수족을 절단하였으며, 대동청년단 지부장의 임신 6개월 된 형수를 참혹히 타살하였고, 4월 20일에는 임신 중인 경찰관의 부인을 배를 갈라 죽였고 4월 22일 모슬포에서는 경찰관의 노부친을 총살한 후 수족을 절단하였으며 임신 7개월 된 경찰관의 누이를 산 채로 매장하였고, 5월 19일 제주읍 도두리에서는 대동청년단 간부로서 피살된 김용조의 처 김성희(24)와 3세 된 장남을 30여 명의 폭도가 같은 동리 고희숙 집에 납치한 후 십 수 명이 윤간하였으며, 같은 동리 김승옥의 노모 김씨(60)와 누이 옥분(19) 김중삼의 처 이씨(50), 16세 된 부녀 김수년, 36세 된 김순애의 딸, 정방옥의 처와 장남, 20세 된 허영선의 딸 그의 5세, 3세의 어린이 등 11명을 역시 고희숙의 집에 납치 감금하고 무수 난타한 후 '눈오름'이라는 산림지대에 끌고 가서 늙은이, 젊은이를 불문하고 50여 명이 강제로 윤간을 하고 그리고도 부족하여 총창과 죽창, 일본도 등으로 부녀의 젖, 배, 음부, 볼기 등을 함부로 찔러 미처 절명되기 전에 땅에 생매장하였는데 그 중 김성회만은 구사일생으로 살아왔다. 그리고 폭도들은 식량을 얻기 위하여 부락민의 식량 가축을 강탈함은 물론 심지어 부녀에게 매음을 강요하여 자금을 조달하는 등 천인이 공노할 그 비인도적 만행은 이루 헤아릴 수 없는 정도이다.[11)]

'공산계열'의 '폭동'으로 임산부와 세 살 된 아이마저 희생되었다. 그들은 사람의 숨이 끊어지기 전에 생매장하고 여성의 신체를 마구 찌

11) ≪경향신문≫, 1948. 6. 9.

르고 윤간하는 "비인도적 만행"을 저질렀다. 이날 발표에서는 '폭동'의 '포악'과 '잔인함'을 설명하기 위해 "생매장", "윤간" 등의 자극적인 묘사뿐만 아니라 피해자의 신원까지도 언급하고 있다. 이날의 발표는 5월 1일 일명 '오라리 방화 사건' 이후 미군정과 조병옥 경무부장 등이 제주문제를 무력으로 진압해야 한다는 입장으로 선회한 즈음의 일이었다.[12] 조병옥은 피해자의 무고함과 가해자의 폭력성을 대비함으로써 무력진압의 필요성과 당위성을 미디어를 통해 효과적으로 전달하고 있다. 이처럼 자신의 의도를 관철하기 위해 권력은 언어를 선택한다.

따라서 발표문이 '희생'을 강조하는 것은 단순한 정치적 수사가 아니라 '희생의 수사학'을 전면에 내세움으로써 개인을 지우고 '희생'의 상징적 의미를 부각시키기 위한 것이라고 볼 수 있다. 이렇게 개인적 서사가 사라진 죽음들은 이중의 소멸에 직면한다. 그것은 신체의 소멸과 개인적 서사의 소멸이다. '희생의 수사학'은 이러한 이중의 소멸이라는 외부를 상정한 채 발화된다. 이중의 소멸을 통해 개인의 서사 대신 권력에 의해 선택된 사회적 서사만이 유일하게 통용된다.

12) 미군정이 무력진압으로 선회했다는 정황은 당시 브라운 대위의 "사건원인에는 흥미없다. 나의 사명은 진압시키는 것뿐이다."라는 말에서 확인할 수 있다. ≪조선중앙일보≫, 1948. 6. 8.

## 3. '추상(抽象)'의 가면 뒤에 숨은 국가

여기에서 '희생'을 강조하는 것은 당시의 사과가 진정성이 없었다거나 진상규명 노력이 미약했다는 의미에서 말하고자 하는 것이 아니다. (다시 말하지만 당시 대통령의 사과는 한국 민주주의 역사에서 국가 폭력에 대해 국가의 책임을 인정하고 민간인의 피해에 대해 사과했다는 점에서 그 자체로 커다란 의미가 있다) 또한 민간인들의 무수한 죽음이 비극적인 희생이 아니라는 것도 아니다. 이것은 국가가 '희생'의 수사학으로서 구체적이며 개별적인 죽음을 추상화하는 것과 동일하게 국가폭력에 의해 행해진 가해의 구체성 역시 추상화된다는 것을 강조하기 위함이다. 즉 구체적이고 확증적인 가해의 주체들이 국가라는 추상성으로 수렴될 때 개별적 주체의 선택은 은폐된다.13)

피해와 가해의 이항대립은 국가와 개인의 자리로 치환되며 국가는 가해의 책임자이자 사과의 당사자로, 개인들은 희생자이며 사과와 위령의 대상이 된다. 이는 사과의 대상과 사과의 형식도 국가에 의해 결정되는 구조적 한계를 태생적으로 가진다는 것을 의미한다. 이러한 한계 속에서 개별적 주체들이 은폐되는 방식은 '국가'와 '희생'이라는 두 개의 추상 속에서 이뤄진다. 개별성이 지워진 '국가—희생'의 구도는 가해의 구체성을 은폐시키는 동시에 개별적 주체의 주체성을 희생에

13) 이런 점에서 본다면 대통령의 공식적인 사과에도 불구하고 제주 4·3을 '좌익반란'이라거나 당시 희생된 민간인들을 '빨갱이'로 매도하는 일부 극우집단들의 '반동'이 계속되고 있는 것은 당시 사과가 태생적으로 지닐 수밖에 없었던 한계를 드러내는 것이라고도 볼 수 있다. 추상에 기댄 국가권력의 사과는 당시 '집행'의 당사자였던 군인과 경찰, 그리고 서청의 책임을 구체적으로 물을 수 있는 가능성을 차단해버린다.

한해서만 인정하게 한다. 그렇다면 이러한 추상의 기원은 무엇인가. 이에 대한 대답을 국가권력 자체에서 찾으려고 한다면 또 다른 추상의 오류를 범할 수 있다. 추상의 기원 혹은 추상의 작동방식을 고찰하기 위해 대통령의 발표문으로 돌아가 보자.

대통령의 공식적인 사과문에서 제주는 "평화와 인권의 섬"이라는 상징으로 지칭된다. 대통령은 이날 연설문에서 "제주가 평화와 인권의 섬으로 우뚝 섰다"라고 말한다. 주지하다시피 55년간 제주는 대한민국의 외부로 존재해왔다. 그것은 4·3을 말하는 것이 금기시되었으며 국가권력은 금기에 대한 도전을 철저히 응징해왔다는 사실에서도 알 수 있다. 하지만 이 날의 공식적인 사과를 통해 제주는 "평화와 인권"이라는 기표를 부여받았으며 위령공간은 제주 4·3 평화공원이라는 공식적 명칭으로 불리게 되었다. 평화와 인권은 보편적 가치로 승인받는다. 이 때 보편적 가치라는 것은 특수를 전제로 개념화된다. 구체적 질료를 가진 제주는 이렇게 추상화되고 폭력적으로 단일화된 이미지의 그물망에 묶이고 만다.14)

14) 제주 4·3 진상보고서 채택 이후 제주 지역에서 이뤄졌던 평화의 섬 담론이 로컬기억을 국가가 포섭하는 하나의 사례라고 하는 것은 조명기·장세용도 지적하고 있다. 그들은 제주 내부를 향한 기표인 해원과 상생 그리고 용서와 화해가 평화로 수렴되고 국가에 의해 주인기표의 위치로 재맥락화하는 과정이 국가가 현실 유지의 욕망과 가장 보편적인 기표를 결합하고 충전하는 과정이라고 설명하고 있다. 특히 평화라는 당위적인 가치, 긍정적인 이미지를 전수함으로써 부유하는 기표의 기의를 생산하고 고정하는 과정을 통해 국가가 평화담론의 당위적 선험적 주체가 되어갔음을 지적하고 있다. 이들은 제주 4·3평화공원이야말로 주인기표를 장악한 국가의 위상을 보여주는 사례로 지적하고 있다. 「제주 4·3사건과 국가의 로컬기억 포섭과정」, 『역사와 세계』 제43집, 2013, 6. 이와 관련하여 제주 4·3평화공원에서 행해지는 합동위령제의 기념의례의 성격을 고찰하고 있는 현혜경의 논의나 4·3위원회의 기념사업의 배제의 작동 방식에 주목하고 있는 고성만의 지적은 의미가 있다고 하겠다. 현혜경

그렇다면 이러한 추상은 어디에서 비롯되었는가. 추상의 기원 혹은 정치적 수사의 작동방식을 살펴보기 위해서는 1948년 4월 3일의 '무장봉기' 이후 발표된 조병옥의 선무문을 살펴보자.

도민에게 고함

친애하는 제주의 동포 여러분! 우리의 동경하던 자주독립이 목첩(目睫)에 박두한 이 때, 무모한 폭동을 일으켜 여러분의 골육인 건국의 일꾼을 살상하여 가뜩이나 빈약한 우리의 재산을 파괴하고 독립을 방해함은 그 무슨 일인가. 여러분은 민족을 소련에 팔아 노예로 만들려 하는 공산분자의 흉악한 음모와 계략에 속은 것이다. 현명한 여러분은 총선거가 조선독립의 천재일우의 호기이고 그 완성의 유일한 방도임을 인식하라. 이 기회에 독립하지 못하면 우리 민족은 영영 노예의 운명을 면치 못할 것이다. 여러분! 때는 아직 늦지 않았다. 파괴와 기만적 선전 및 폭동에 부화뇌동하지 마라. 그리고 주모자와 직접 행동으로 범죄한 자들도 지금이라도 즉시 그 전과(前過)를 회전(悔悛) 선량한 국민이 되는 행상(行狀)을 가지라. 소지하고 있는 무기, 흉기 등을 신속히 경찰관서에 납부하라. 그리고 각기 생업에 종사하라. 그리하여야 정상작량(情狀酌量)의 은전을 받을 것이다. 그러나 개전치 않고 끝끝내 여사(如斯) 망국적 폭거를 지속할진대 본관은 부득이 눈물을 머금고 단호한 조치를 취할 것이다.

1948년 4월 14일 경무부장 조병옥[15]

---

「제주 4·3사건 기념의례의 형성과 구조」, 전남대학교 대학원 박사학위논문, 2008.
고성만 「4·3위원회의 기념사업에서 선택되고 제외되는 것들」, 『역사비평』 82, 2008.

15) ≪제주신보≫, 1948. 4. 18.

여기에서 주목할 것은 제주도민을 지칭하는 지시어 층위들의 충돌이다. 선무문에서는 "제주도민"과 "여러분", "제주의 동포", 그리고 "건국의 일꾼"과 "국민", "민족"이 서로 혼재되어 등장한다. 이들 지시어는 서로 충돌되기도 하는데 "여러분"은 "우리의 재산을 파괴하고 독립을 방해"하는 세력들에게 속은 우매함을, 때로는 "현명한"이라는 수식어를 동반하기도 한다. 이러한 혼재들 속에서 분명한 것은 "공산분자"들이 '도민'의 범주로 인식되지 않는다는 점이다. "공산분자"들은 "범죄"를 저지른 자일뿐이며 과오를 참회하고 "선량한 국민"으로 개조되어야 할 대상이다. 그들은 "건국의 일꾼"을 살상한 흉악한 자들이다. "공산분자"와 "건국의 일꾼"이라는 명확한 구분 속에서 도민은 그 발화의 의미에 따라 "여러분"으로 또는 "동포"로 불려진다. 이러한 구분은 "공산분자"와 "건국의 일꾼"이라는 대립적 구도 속에서 "도민"이 특정한 선택을 강요받는 대상임을 보여준다. "공산분자의 흉악한 음모와 계략"에 속을 때는 우매한 "여러분"이지만 "총선거가 조선독립의 천재일우"라는 사실을 자각할 때 도민은 "현명한 여러분"으로 불려진다.

이러한 구분은 '폭동'의 주도세력을 "조선독립의 천재일우의 호기"를 방해하는 세력으로 묘사한다. 이들의 '폭동'은 "망국적 폭거"이며 "민족을 소련에 팔아 노예로 만들려는"는 반민족적 행위이다. "조선독립"이라는 민족적 과제를 전면에 내세우고 있는 이러한 구도는 '민족—반민족'의 이분법으로 사태를 재단하는 태도이며 민족의 내부와 외부를 명확히 구분 짓는 발상이다. 이러한 '민족—반민족'의 구도 아래에서 민족은 절대선으로 그리고 "공산폭동"은 절대악으로 그려지고 있다. 이는 당시 조병옥을 비롯한 집권세력이 '사태'의 발발원인에 대한 관심보다는 총선거를 통한 '조선독립'의 성취에 무게중심을 두고 있다는 것을 보여준다. 악은 응징되어야 할 대상이며 민족을 위해 악을 응징하는 군경은 선의의 집행자일 뿐이다. '민족=선'/'반민족=악'의 구도는 군경의 진압행위를 선의 집행으로 인식하게 하는 결과를 초래한다. 결과론적인 접근이지만 제주 4·3이 한국 현대사에 유래를 찾아볼 수 없는 비극적 결말을 가져온 것도 이러한 선악의 대결의식이 자리 잡고 있었기 때문이라고 볼 수 있다.16)

그런데 이러한 대결의식과 달리 김대봉 공보실장은 "폭력과 동족상잔"을 막아야 한다는 인식을 보여준다. 김대봉은 기자들과 만나 밝힌 담화문에서 자신의 직속상관인 조병옥의 견해와는 다른 해결책을 제시한다. 그는 "동포애만이 사건해결의 관건"이라며 자신의 임무를 "민중을 탄압"하는 것이 아닌 "민중의 참다운 여론을 듣고 서로 협동해서 선무를 통해서 민심을 안정시키고 동족상잔을 막자"고 주장한다.

> 내가 내도한 목적은 민중을 탄압하는 것보다도 민중의 참다운 여론을 듣고 서로 협동해서 선무를 통해서 민심을 안정시키고 동족상잔을

16) 이러한 점에서 1948년 8월 15일 남한 단독정부 수립 이후 강경진압 기조로 돌아서고 1948년 10월을 기점으로 이른바 '초토화작전'에서 희생된 수많은 인명 피해의 원인을 군경의 '광기'어린 강경진압으로만 보는 것은 적절치 않다. 그들에게 있어 진압작전은 반공의 절대선을 진압하는 '선의 집행'이었다. 그래서 그들의 '집행'을 문제삼기 위해서는 그들이 '집행'한 '선'의 실체를 먼저 살펴보아야 한다. 즉 선악을 구분하는 권력의 태도와 그것을 집행하는 권력 그 자체에 내재된 폭력성 자체를 문제삼아야 한다.

막자는 이 점에 있다. 그러므로 나는 항상 민중과 접촉하여 민중의 소리를 듣는 기회를 얻으려고 노력하며 무력이나 탄압으로 치안을 확보하려는 것은 벌써 낡은 치안유지 방법이며 폭력과 동족상잔은 절대 회피하여 도덕적으로 모든 일을 처리하여 나가야 할 것이다. 그리고 지난 3·1 사건으로부터 2·7 사건에 긍(亘)하여 경찰이 잘못한 행위가 있는 것을 나는 인정하며 이를 사과한다. 그러나 이런 것은 경찰관 개인의 부당한 행위이요, 국립경찰은 항상 이러한 부당행위를 제거하기에 노력하고 이다. 그러나 민중들도 경찰이 잘못된 점이 있으면 폭행과 살육으로 임하는 대신에 상사에 호소하여 주기 바란다. 그러므로 나는 진정한 민중의 여론을 듣고 의견을 참고하여 이번 사건의 수습에 노력하겠다. 오늘과 같이 미군정 하에 있는 우리들은 사상을 초월하여 민족애를 가져 독립전취에 매진하지 않으면 우리는 조국을 잃을 것이요, 민족은 영원히 멸망되고 말 것이다. 그러므로 나는 공산주의니 우익이니 하는 것을 모두 싫어한다. 이런 것은 조국이 독립되는 날 주장할 것이고, 군정 하에 있어서 취할 것은 아니다. 왜냐하면 그 결과는 동족상잔밖에 아무 것도 아니니까. 그리고 나도 제주사람이요, 조선민족이다. 나는 제주사람을 사랑하고 조선민족을 사랑한다. 동포애 이것만이 이번 사건해결의 유일한 관건일 것이다. 그리고 청년단체가 경찰에 협조하는 것은 좋으니 그 기회를 얻어서 무기를 가져서 테러 폭행 그 외의 경찰행위를 하는 것은 절대 용서할 수 없다. 그리고 제주도의 언론인도 일부 말단 경관에 의하여 활동에 많은 제한을 받고 있다고 들었다. 나는 자유로운 분위기를 양성할 것이며 언론인을 통하여 참다운 여론을 듣고 싶다. 야간통행증 같은 것도 발행하도록 하겠다. 또 교통이 차단되어 곤란한 사정도 잘 안다. 최후에 부탁할 것은 이조 500년래 내려온 개인 팟쇼주의를 청산하고 민족애를 가져서 서로 노력하여

야 한다는 것이다.[17]

조병옥의 선무문과 다른 점은 일단 그가 '제주사람'으로서의 정체성을 밝히고 있다는 것이다. 조병옥이 '민족—선/반민족—악'의 구분에서 사태를 바라본다면 김대봉은 '제주인'을 '조선민족'의 범주에 포함시키면서 '동포애'를 강조하고 있다. 또한 조병옥이 사건 발발 원인에 대해 관심을 기울이지 않고 있는 것과 달리 김대봉은 사건 발발의 한 원인으로 '경찰'의 잘못을 거론하고 있다. 물론 그 잘못이 구체적으로 어떠한 행위였는지는 밝히고 있지 않지만 '무력'과 '탄압'에 의한 치안 유지를 '낡은 것'으로 규정하고 있다. 그는 사태를 해결하기 위한 방법으로 '도덕적 치안 집행'이 필요하다고 강조하며 이러한 '도덕적 치안 집행'이 '동족상잔'을 막을 수 있는 수단이라고 보았다. 관용적으로까지 보이는 이러한 발화는 국가권력의 인도주의적 '사과'인가, 아니면 '선한' 권력의 반성인가.

권력의 관용적 태도가 하나의 이데올로기라는 점을 감안한다면[18] 김대봉의 발언은 조병옥 선무문의 유화적 표현이라고 보는 것이 적절할 것이다. 그것은 이 담화문에서 과오를 인정하는 방식에서도 확인할 수 있다. 여기에서는 '부당한 행위'가 경찰관 개인의 잘못으로 인식되고 있다. 이는 "경찰관 개인의 부당한 행위"를 "국립경찰"이 "제거"하려 애쓰고 있다는 발언에서 드러난다. '폭력'과 '탄압'은 '국립경찰'의 문제가 아니라 일부 개인의 일탈행위일 뿐이다. 과오는 국립경찰—국

17) 《제주신보》, 1948.4.18.
18) 슬라보예 지젝, 이현우 외 역, 『폭력이란 무엇인가』, 난장이, 2011, 199쪽 참조.

가권력의 성실한 대리인인—이 아니라 개인이 범한 것이다. 국가는 개인의 과오까지도 '관대하게' 사과를 할 수 있는 주체이다. 이러한 태도는 구조를 문제 삼지 않고 모든 것을 개인의 '실수'로 모든 것을 무화하려는 무의식을 저변에 담고 있다.

'민족/반민족'의 구분이나 '동포애'를 강조하는 방식은 구체적 개인들을 추상의 범주로 수렴하려는 동일한 욕망에서 발화된다. 민족성, 혹은 일국(一國)의 국민이라는 정체성이 결국은 관습적인 일상생활 속에서 신체화된 다양한 실천들로 존재한다는 점을 감안한다면[19] 이러한 추상의 언어란 개인의 신체에 각인된 국가의 언어들이라고 할 수 있을 것이다.

권력은 변하지 않는다. 권력의 잘못을 인정할 때는 그것을 개인의 탓으로 돌리거나 '국가'라는 추상의 가면 뒤로 숨어버린다. 이승만이 "가혹한 방법을 써서라도 진압"하라는 명령을 내릴 수 있는 것도 바로 이러한 권력의 태도에서 기인한다고 볼 수 있다.

이러한 점을 감안한다면 이승만 대통령의 '가혹한 탄압'의 지시나 노무현 대통령의 '희생'에 대한 사과는 동일한 권력의 수사를 기반으로 하고 있다고 볼 수 있다. 즉 '제주'라는 구체성을 지워버린 진압명령과 가해의 구체성을 외면한 사과는 서로 같은 맥락에서 발화되고 있는 것이다. 여기에서 권력의 선함과 악함을 구분하는 것은 의미가 없다. 그렇게 말해지도록 하는 것, 그렇게 말해질 수밖에 없는 것이 권력이기 때문이다. '제주'라는 지리적 공간은 국가에 의해 호명될 때 추상

19) 도리야마 이치로, 임성모 역, 『전장의 기억』, 이산, 2002, 33쪽.

은 전면으로 부각되고 수많은 구체들은 추상의 외부로 남게 된다. '가혹한 탄압'의 명령 주체나 모두를 '희생자'로 호명하는 방식은 개별적 죽음의 구체적 진실을 은폐할 수 있다는 점에서 대통령의 발표문은 진실에 다가서려 하는 선의마저도 진실에 다가갈 수 없게 만드는 권력구조의 발화가 지니는 한계를 보여준다고 하겠다.

물론 이러한 시각에 대해 대통령의 공식적인 사과가 지닌 역사적 의의를 축소하여 해석한다고 반론할 수도 있다. 하지만 대통령의 공식적인 사과에도 불구하고 계속되는 '제주 4·3'에 대한 '반동적 시각'은 무엇 때문인가. 이러한 질문에 답하기 위해서는 사과의 역사적 의의와 함께 그것이 지닌 한계를 명확히 할 필요가 있다.

개인의 과오를 국가라는 추상의 뒤에 숨기는 행위는 그 자체로 비겁하다. '그들'과 '우리'를 구분하고 그럼으로써 '그들'의 행위 혹은 '우리'의 행위가 지닌 폭력의 진실을 외면하는 것은 음험하며 불온하다. 끊임없이 개인의 구체적 행동에 대한 책임을 묻는 것, 그럼으로써 그것을 추상으로 회피하려는 모든 시도를 무화하는 것은 우리 스스로 '악'이 되지 않기 위한 최소한의 윤리를 회복하는 길이다. 루쉰 식으로 이야기하자면 외부의 대상을 향해 날선 투창을 던지는 동시에 내 자신에게도 동일한 날카로움으로 비수를 던지는 일. 그것이 국가라는 추상 뒤에 숨겨진 개인의 구체적 가해를 기억해야 하는 이유이다. 구체적 가해의 책임에 대한 외면이 계속될 때, 우리는 스스로 또 다른 '악'의 자리에 서 있을지도 모른다. 그런 점에서 본다면 대통령의 사과는 역사적으로 진일보한 것이라고 할지라도 개인의 행위를 추상화함으로써

'추상의 알리바이'를 부여했다는 책임을 모면하기는 힘들다. 그러한 추상 뒤에서 국가 폭력에 대한 공식적 사과에도 불구하고 단 한 번도 그들의 행위를 반성하지 않는, 방아쇠를 당긴, 채찍의 손잡이를 휘두른 책임이 은폐되거나 용인될 수는 없다. 이것이 역사적 성과와 의의에도 불구하고 대통령의 사과에 담긴 언술의 작동방식을 문제 삼는 이유다.

# 제7장

# '제주'라는 내부 식민지

# 07

# ‘제주’라는 내부 식민지

## 1. 제주로, 제주로, 제주 이주 열풍

제주 이민자들이 늘고 있다. 2014년 한 해만도 3,569가구가 제주로 귀촌했다. 2013년 귀촌가구는 204가구였다. 일 년 만에 17배나 늘어났다.[1)] 그야말로 폭발적인 증가다. 2000년 이후 제주 인구 증가세는 가히 ‘제주 열풍’이라고 부를 만하다. 이 같은 인구 증가는 2010년을 전후로 시작되었다. 2009년까지만 하더라도 제주의 인구증가율은 0.42%에 불과했다. 제주로 전입 오는 인구보다 학업, 생계 등의 이유로 제주를 떠나는 사람들이 더 많았다. 그러던 것이 2010년부터 달라지기 시작했다. 2011년에 인구증가율은 1.63%로 늘었고 이 기간 유입인구는 2만1,717명, 유출 인구는 2만1,289명으로 제주 전입 인구가 전출 인구

1) 2014년 귀농·귀촌인 통계, 농림축산식품부·통계청, 2015. 3.

를 앞서기 시작했다.[2] 2014년 귀촌 인구는 2013년에 비해 17배나 늘어났다.[3]

제주로 이주하는 인구가 늘어나는 이유는 다양하다. 마침 불기 시작한 힐링 열풍도 한 몫 했고 제주 관광의 패턴이 변화한 것도 큰 영향을 미쳤다. 2000년대 최고 히트 상품 중 하나는 '올레'다. 올레 길은 제주 관광의 형태를 바꿔 버렸다. 80년대 제주는 신혼여행 관광 1번지였다. 올레 길 열풍은 해외여행 자유화 이후 가격 경쟁력 면에서 큰 매력을 느끼지 못했던 제주관광의 구원투수였다. 마침 유행처럼 번졌던 힐링 담론은 올레 길 열풍과 함께 제주를 힐링과 치유의 섬으로 재발견하게 했다. '제주에서 한 달 살기'는 이러한 제주 열풍을 보여주는 상징처럼 여겨졌다. 이주 열풍에 이어 제주로 삶의 터전을 옮긴 이들을 인터뷰한 책들이며, 방송 프로그램도 꾸준히 제작되고 있다. 이효리를 비롯한 유명인들의 제주 러시도 이어졌다.

이주민들이 늘어나면서 덩달아 부동산 가격도 올랐다. 제주 부동산 가격 상승은 세종시를 제외하고 전국 최고 수준이다. 중국 자본의 투자와 함께 국내 부동산 수요가 제주로 집중되면서 제주의 땅값은 천정부지로 치솟았다. 몇 해 전까지만 해도 한적한 시골 마을이었던 구좌읍 월정리 카페촌은 평당 가격이 1천만 원을 넘어선지 오래다.

부동산 과열 현상은 각종 통계 수치에서도 확인되고 있다. 한국감정원의 전국 지가변동률 조사결과를 보자. 2013년 지가변동률은 1.424%

2) 통계청 통계연보, 2009년, 2010년 자료.
3) 2014년 귀농귀촌인 통계, 위의 자료.

였다. 하지만 2014년은 3.728%로 상승했다. 전국평균이 2013년 1.135%, 2014년 1.964%인 것과 비교하면 제주 지역의 지가상승률이 상대적으로 높다는 사실을 알 수 있다.[4] 지역일간지인 제민일보는 "'제주' 프리미엄 천정부지…서민 집 장만 더 어렵다"라는 기사에서 제주의 부동산 과열현상을 진단하고 있다.[5] 부동산 열풍에 대한 위기감은 일부 매체에 국한된 일이 아니다. 제주 지역 인터넷 매체인 '제주의 소리'는 공인중개사의 입을 빌어 제주 주택시장의 과열을 전하고 있다. 기사 일부를 살펴보자.

> 송종철 한국공인중개사협회 제주지부 사무국장은 최근 주택시장을 보다 근본적인 차원에서 들여다볼 것을 주문했다. 그는 기본적으로 '투기'라는 키워드에 주목했다. 부동산투자영주권 제도, 귀농귀촌 붐 등을 타고 투기세력이 끼어들면서 부동산 경기가 들썩이기 시작했다는 것. 이들이 맘껏 뛰놀 수 있도록 당국이 '판'을 깔아줬다는 비판도 가했다. 송 사무국장은 "집값이 오르는 건 근본적으로는 투기세력 때문이다. 농촌에 가서 전봇대 현수막만 봐도 다 투기세력이라는 걸 알 수 있다. 그렇게 한 번 올려서 시세를 형성하면 주변 지역도 이를 따라가게 된다. 하나하나 트렌드를 형성하니까 점차 투기세력이 모이게 됐다. 언론에서도 이를 부추겼다. 그러다 보니 투기세력이 '상품화'하는 것"이라고 진단했다. (…중략…) 여기서 자연스레 떠오르는 풍경은 얼마 전 반나절 만에 선착순 계약이 마감된 제주시 삼화지구의 '사랑으로 부영 7차' 분양권을 차지하려는 행렬이다. 공공임대아파트로 보

4) 한국감정원 전국지가변동율 조사 http://www.r-one.co.kr/rone/resis/statistics/statisticsViewer.do?menuId=LFR_12200#

5) 《제민일보》, 2015. 4. 26.

증금 4,400만 원대에 월세 72만 원이라는 싸지 않은 가격에도 계약 개시 나흘 전부터 사람들이 모델하우스로 몰려 밤을 새워 장사진을 쳤다. 과거 제주에서는 목격하기 힘든 광경이었다. 부동산업계 전반에서는 소위 '떴다방'이 개입해 분위기를 띄운 것으로 보고 있다.[6]

공인중개사마저 제주 부동산 열풍을 '투기'라고 지적한다. 제주에서 보기 힘들었던 월세 72만 원, 연 864만 원의 공공임대 아파트 청약을 받기 위해 장사진을 이루는 광경도 목격된다고 기사는 전한다. 인구 증가, 부동산 가격 상승, 임대 소득의 유무에 따른 소득 양극화 문제가 지역 사회를 옥죄고 있다. 제주부동산은 지역 사회의 최대 이슈가 된 지 오래다. 대면사회였던 제주 공동체의 위기를 지적하는 목소리도 적지 않다. 제주도의회에서도 "부동산 대책"을 요구하거나 이주민들로 인한 지역 갈등 해결을 촉구하기도 한다.[7] 이주민 증가와 부동산 가격 폭등은 오랫동안 제주가 변방으로 치부되었던 것에 비하면 낯설기까지 하다.

그야말로 '제주 붐'이다. 예전에 제주가 돌, 여자, 바람이 많은 삼다(三多)의 섬이었다면 이제는 게스트 하우스, 카페, 중국인이 많은 신(新)삼다라고 할 정도다. 이러한 일련의 흐름은 '힐링의 섬', '치유의 섬'으로 제주가 떠오르면서 마주할 수밖에 없는 현실이 된 것처럼 보인다.

---

6) 제주의 소리, <중국자본 탓? "문제는 공급부족 - 저금리 편승한 투기세력>, 2015. 4. 27.

7) 제주특별자치도의회 강성균 의원은 마을 주민과 정착 이주민과의 토지 분쟁이 늘고 있다며 이에 대한 해결방안을 도정에 요구하기도 했다. 2015. 4. 17 제주특별자치도의회 제329회 본회의.

그렇다면 정말 제주는 '힐링의 섬'인가. '힐링'의 주체는 누구이고 대상은 누구인가. '힐링'의 뒤에 숨겨진 제주의 민낯은 없는 것인가. 이것이 진정 '제주'의 모습인가.

오키나와 작가 메도루마 슌은 '오키나와 붐'에 대해 불편한 시선을 감추지 않는다. 그는 '오키나와 붐'으로 오키나와의 전통 악기나 전통 춤을 즐기는 야마톤추(오키나와 인이 일본 본토인을 지칭하는 오키나와 어)가 늘고 있지만 과연 그들이 오키나와 인이 경험한 차별과 동화의 역사를 얼마나 알고 있는가 묻는다. 그러면서 '오키나와 붐'이 야마톤추가 오키나와의 역사와 현실을 회피하기 위한 수단으로 악용되고 있음을 지적한다.[8] 지금의 '제주 붐'의 이면을 살펴보기 위해 그의 질문을 제주에 던져보자. '과연 '힐링과 치유의 섬'으로 제주를 호명할 때 은폐되고 있는 것은 없는 것인가'라고.

잠시 제주의 역사를 더듬어보자. 제주는 오랫동안 변방이었다. 조선시대에 제주인은 200년 동안 섬을 떠날 수 없었다. 조선왕조실록에는 제주 사람이 육지로 나오는 것을 금지했다는 기록이 여러 차례 보인다. 바로 출륙금지령이다.[9] 출륙금지령의 배경에 대해서는 중앙정부의 과도한 부역 요구와 포작인에 대한 무리한 진상요구가 계속되면서 포작인들이 제주를 탈출하자 내려진 조치였다고 한다.[10] 포작인은 포작(鮑

8) 메도루마 슌, 안행순 옮김, 논형, 2013, 『오키나와의 눈물』, 39쪽.

9) 제주인에 대한 출륙금지는 인조 7년에 내려졌다. "제주(濟州)에 거주하는 백성들이 유리(流離)하여 육지의 고을에 옮겨 사는 관계로 세 고을의 군액(軍額)이 감소되자, 비국이 도민(島民)의 출입을 엄금할 것을 청하니, 상이 따랐다." 인조 7년(1629년) 8월 13일 인조실록 21권.

10) 박찬식, 「제주해녀의 역사적 고찰」, 『역사민속학』 19, 2004.

作), 즉 바다에서 물고기와 해산물을 채취하던 사람들을 일컫는 말이었다. 전복 등 해산물 진상요구에 시달린 제주 사람들이 부역을 피하기 위해 제주를 '탈출'하는 일이 많아지자 법으로 제주 사람들의 육지 출입을 금지했다.

오랫동안 섬은 고립의 땅이었으며 중앙의 권력에서 밀려난 지배층들의 유배지였다. 흔히 "사람이 나면 서울로 보내고 말이 나면 제주로 보내라"는 말처럼 제주는 사람이 살 수 있는 땅이 아니었다. 사람이 살 수 없는 곳이었기에 그 곳에 사는 주민들 역시 사람이 아니었다. 중앙정부의 진상요구를 성실히 수행해야 하는, 의무만 부과되었고 권리는 주어지지는 않은 존재, 비유하자면 제주인은 '말하는 존재'가 아니라 '먹는 존재'였다.

양제해 모변부터 시작하여 방성칠 난, 신축항쟁을 거쳐 제주 4·3에 이르기까지 제주의 역사는 관권의 불의에 대한 저항과 중앙정부의 가혹한 탄압을 반복적으로 겪어 왔다. 이 같은 제주 역사를 상징적으로 보여주는 것이 바로 현기영의 『지상에 숟가락 하나』이다. 이 작품에는 다음과 같은 장면이 묘사되어 있다.

> 관덕정 광장에 읍민이 운집한 가운데 전시된 그의 주검은 카키색 허름한 일본군 차림의 초라한 모습이었다. 그런데 집행인의 실수였는지 장난이었는지 그 시신이 예수 수난의 상징인 십자가에 높이 올려져 있었다. 그 순교의 상징 때문에 더욱 그랬던지 구경하는 어른들의 표정은 만감이 교차하는 듯 심란해 보였다. 두 팔을 벌린 채 옆으로 기울어진 얼굴, 한쪽 입귀에서 흘러내리다 만 핏물 줄기가 엉겨 있었지

만 표정은 잠자는 듯 평온했다. 그리고 집행인이 앞가슴 주머니에 일부러 꽂아놓은 숟가락 하나, 그 숟가락이 시신을 조롱하고 있었으나 그것을 보고 웃는 사람은 없었다.

그리하여 그날의 십자가와 함께 순교의 마지막 잔영만을 남긴 채 신화는 끝이 났다. 민중 속에서 장두가 태어나고 장두를 앞세워 관권의 불의에 저항하던 섬 공동체의 오랜 전통, 그 신화의 세계는 그날로 영영 막을 내리고 있었다.[11]

강요배의 '동백꽃 지다' 연작 중에서 '장두'라는 그림이 있다. 무장대를 이끌었던 이덕구가 사살되자 경찰은 그의 시신을 제주 관덕정 광장에 매달아놓았다. 현기영은 이 장면을 "관권의 불의에 저항하던 섬 공동체의 오랜 전통"이 막을 내리고 있는 것으로 그려냈다. 그것은 '신화의 종말'이었다. 제주 섬을 수탈해왔던 권력에 죽음으로 저항해왔던 제주 섬의 전통이 현실이 세계에서 영영 사라지는 순간. 그것을 현기영은 신화의 세계가 막을 내리고 있다고 말했다. 강요배의 '장두'는 바로 이러한 순간을 그려내고 있다.

"혓바닥을 깨물 통곡 없이" "발가락을 자를 분노 없이"[12] 갈 수 없는 땅이었던 제주는 이제 한 해 1,300만 명의 관광객이 방문하는 곳으로 변모했다. 지금 제주에는 독립왕국 '탐라국'이라는 역사적 자존심과 '관광 제주'라는 자본주의적 욕망이 뒤섞여 있다. 1960년대부터 시작된 제주 개발은 1990년대 제주개발특별법의 제정과 2002년 제주특별

11) 현기영, 『지상에 숟가락 하나』, 실천문학사, 1999, 83~84쪽.
12) 이산하, 「한라산」, 『녹두서평』, 1986, 14쪽.

자치도 설치와 국제자유도시 건설을 위한 법 제정으로 이어졌다.

외형적인 발전에도 불구하고 제주는 여전히 경계이며 주변이다. 그동안 축적된 학문적 성과에도 불구하고 한국사에서 제주는 여전히 변방이다. 제주 지역문학을 본격적인 연구의 대상으로 삼았던 김영화가 제주문학을 "변방인의 문학"[13]이라고 규정하였던 것도 바로 이러한 자괴감의 표현이다.

변방의 섬 제주가 힐링과 치유의 섬으로, 누구나 살고 싶어 하는 이주의 섬으로 변모했다. 그러면 질문을 하나 던져 보자. 과연 이러한 변모가 '제주'에 대한 근본적 인식의 변화를 의미한다고 볼 수 있을 것인가. 문화적, 정치적으로 종속된 제주의 식민지적 상황이 근원적으로 바뀌었는가. 여기서 나는 식민지적 상황이라는 말을 사용했다. 이러한 용법에 제주의 내부와 외부가 모두 반발할지도 모른다. 제주 바깥에서는 지방자치법과 제주특별자치도법 등에 의해 자치권을 인정받고 있는 상황에서 식민지 운운은 말이 되지 않는다고 할지 모른다. 제주사람들도 자신들이 피식민지인이라는 사실에 불쾌한 감정을 감추지 않을 수 있다. 이 글은 이처럼 조금은 불편하고 불유쾌한 질문을 던지고 있다. 그것은 제주와 중앙의 관계가 식민주의의 내면화와 식민주의의 은폐를 전제로 하고 있다는 생각 때문이었다.

제주를 힐링과 치유의 섬이라고 할 때 치유와 힐링의 대상은 과연

13) 제주대학교 교수로 있던 김영화는 그동안 연구에서 소외되어왔던 제주지역 출신 문인들의 생애와 이들의 작품을 두루 살피는 연구서를 펴낸다. 이 책은 그동안 한국문학사의 논외로 치부되었던 지역문학을 본격적인 연구대상으로 삼고 있다는 점에서 의미가 있다. 김영화, 『변방인의 세계 : 제주문학론』, 제주대학교출판부, 1998.

누구인가. 그 대상은 제주의 외부인들이다. 제주 4·3평화공원 한편에는 백비가 눕혀져 있다. 비문이 새겨지지 못한 채 땅바닥에 놓인 백비는 제주 4·3이라는 역사적 상처가 여전히 진행 중임을 보여주는 상징이다. 제주인들의 상처는 여전하고 치유는 멀기만 하다.(2015년 『화산도』의 작가 김석범이 제1회 4·3평화상 수상자로 결정되었을 때 보수언론의 신경질적인 반응을 생각해보라) 사람들은 여전히 제주 올레를 걷고, 도시의 삶을 정리하고 제주로 이주해온다. 그들은 제주에서 지친 마음을 치유한다. 하지만 '힐링과 치유'는 아직 내부의 상처에 가닿지 못하고 있다. 이 지독한 모순을 어떻게 설명해야 할 것인가.

## 2. 제주, 한국적 근대의 극한

가벼운 사례 하나를 생각해보자. 한국방송의 장수 프로그램 중에서 '6시 내 고향'이라는 프로그램이 있다. 이 프로그램은 주로 지역 방송 총국을 연결하며 지역의 현장을 시청자들에게 '생생하게' 보여준다. 이때 프로그램 속의 지역은 먹거리 생산기지로서의 지역(철마다 바뀌가며 산지의 먹거리를 소개하는 꼭지들을 보라. 군침을 흘리며 방송하는 리포터와 진행자들에게 지역은 맛있는 먹거리가 풍부한 풍요의 상징일 뿐이다)이며 훈훈한 인정과 인심이 넘쳐나는 곳이다. 시골로 명명되는 '지역'은 정치성이 거세된 채 오로지 도시인들의 입맛을 충족시키는 다양한 먹거리가 생산되는 곳으로만 소비된다. 시골은 도시라는 체제를 위협하지 않을 때에만 소비된다. 이처럼 미디어에 의해 재현된 '생생함'이란 지역의 현재적 일상을 충실히 '재현'한 것이 아니라 미디어에 의해 '선택'된 것일 뿐이다. 매일같이 미디어는 지역을 '발견'하며 지역을 '소비'한다. 이때 '발견'되고 '소비'되는 지역은 실재가 아니라 가상이다. 지역에 대한 미디어의 관심은 오로지 도시인들의 욕망으로 한정된다. 이러한 점에서 본다면 지역에 대해서 미디어는 열려 있는 것이 아니라 닫혀 있다.[14] 도시인들의 과잉된 욕망이 가득한 미디어. 그 자리에 지역이 있을 자리는 없다. 호명되지 않으면 존재하지 않는 것이 바로 지역의 현재 모습이다.

제주 역시 대한민국이라는 중심—이 때의 중심은 다분히 서울일 것이다—에 의해 안전하게 호명된다. 그 호명의 언어는 바로 힐링과 치유의 섬이다. 예를 들어 강정해군기지를 둘러싼 숱한 논란의 핵심은 지역의 희생을 전제로 한 것이다. '국가가 호명할 때 고개를 돌리지 마라. 국가의 호명은 정언명령이며 그것에 저항하는 자는 비국민이다.' 강정의 문제는 바로 여기에 있다. 강정해군기지를 둘러싸고 국가가 당

14) 지역에 대한 미디어의 개방성이 자본의 욕망을 내재할 때 생기는 문제에 대해서는 구모룡도 지적하고 있다. 그러한 점에서 다음과 같은 지적은 특기할 만 하다. "매체가 중심에 독점되어 있기 때문에 중심의 모든 매체가 지방을 홀대한다고 보는 것은 지나치다. 많은 경우 중심의 매체들은 열려 있으며 경우에 따라 지나칠 정도로 지방의 역량을 흡인하는 양상을 보이고 있는 것도 사실이다. 문제는 이러한 점에서도 발생한다. 그것은 중심이 지역문학을 흡인하는 과정에서 지역의 생성적인 가치들을 배제하거나 중심 모방 욕구를 증대시키는 경우이다. 그리고 중심의 자본이 지역의 활력을 흡수하는 한편 지역을 그들의 시장으로 삼으려는 의지는 변함없다." 구모룡의 이와 같은 지적은 중심이 지역문학을 흡입하는 과정에서 생기는 생성적 가치의 배제와 주변이 중심을 모방하려는 욕망의 이중성을 극명하게 보여준다. 구모룡, 『지역문학과 주변부적 시각』, 도서출판 신생, 2006, 20쪽.

사자가 된 숱한 소송들을 상기해보자.

그런 점에서 나는 제주가 한국적 근대의 상상력이 도달할 수 있는 극한이라고 생각한다. '제주'는 한국적 근대가 상상해왔고 그 상상을 구체적으로 실현해온 과정이 축적되어 온 한계를 보여주는 '드러냄의 장'이다. 또한 제주는 식민지시기, 해방과 한국전쟁기를 거쳐 개발독재 시대와 최근에 이르기까지 우리 사회가 만들어왔던 '지금—여기'의 모습이 도달할 수 있는 상상력의 극지이다.

지역, 특히 제주를 중심에 둔 것은 제주의 지역성을 탐구함으로써 자본주의적 근대가 만들어놓은 체제의 안팎을 횡단하고 이를 통해 체제의 외부를 상상할 수 있는 여지가 확장될 수 있다고 믿기 때문이다. 제주는 국민국가가 상상한 지리적 실체의 극점이자, 국민국가적 상상력의 임계점이다. 이런 점에서 제주는 그 자체로 국민국가의 틀을 내파(內破)할 수 있는 한계와 가능성을 동시에 갖고 있다. 제주는 자본주의적 근대와 '중심/중앙'—'주변/지역'이라는 구획으로부터 멀리 떨어진, 그들의 중력으로부터 자유로워질 수 있는 곳이다. 힐링과 치유의 섬이라는 표상은 이러한 자유를 국가의 이름으로 억압하려는 하나의 시도이다. 나는 이 글에서 제주를 하나의 식민지, 내부식민지로 규정하고 그러한 인식의 역사적 전개 과정을 살펴보았다. 그것은 단순히 제주의 현재를 그려내는 작업이 아니다. 오히려 자본주의적 근대가 강요한 질서의 틀을 가로지를 수 있는 무한한 상상의 자원이 매장된 지역의 모습을 그려내려는 시도이다.

앞서 미디어가 지역을 소비하는 방식을 이야기한 것은 이 글에서 논의한 '제주적'인 것의 의미가 단순히 제주적 가치가 무엇인지를 규명하는 데 있지 않았다는 것을 말하기 위함이다. 다소 거칠게 이야기하자면 그동안의 지역 연구는 지역의 가치를 발견하고 그것에 의미를 부여하는 데에 집중해왔다. 이는 '중앙—지역'의 위계질서가 고착된 한국 사회에서 소외되어 왔던 지역의 가치를 발견함으로써 그 위계를 전복하고 지역의 가치를 인정받으려는 욕망을 반영한 것이다. 그러나 나는 '지금—여기'의 자리에 놓여 있는 지역성이 어떠한 방식으로 구축되어 왔는가 하는 점에 주목하였다. 그것은 지역의 가치가 '중앙—지역'의 위계질서를 확인하거나, 전복하는 데에 있지 않다고 믿기 때문이다.

이른바 중앙과 대별되는 또는 중앙에 필적하는, 그래서 때로는 중앙을 뛰어넘는 '제주적인 것'을 상정하는 것은 지역의 가치를 새롭게 발견해내려는 시도이다. 하지만 이러한 시도가 빠질 수 있는 오류는 서울이 지역을 차별하는 방식으로 스스로를 차별화할 수 있다는 것이다. 마치 괴물과 싸우는 사람이 그 자신이 괴물이 되지 않도록 조심해야 하는 것처럼 지역이 중앙의 심연을 바라볼 때 중앙 역시 지역을 바라보게 된다.[15] 이를 적을 증오하면서 닮아가는 태도라고 할 수 있다면 '중앙—주변'의 위계를 전복하는 공격적 태도는 중앙의 권위를 소유하고자 하는 인정욕망이라고 볼 수 있다. 따라서 '제주적인 것'을 규명할 때 지역성 자체에 함몰하는 것은 상상의 영역을 축소시키는 자기 오류에 빠질 우려가 있다. 오히려 제주라는 지역을 상대화하는 것, 즉 타자

15) 니체, 김정현 역, 「선악의 저편」, 『선악의 저편-도덕의 계보』 니체전집 14, 책세상, 2002, 125쪽.

화된 지역에서 식민주의적 내면화를 벗어나기 위해 지역을 논의할 필요가 있다.

## 3. 제주는 대한민국인가

제주는 대한민국인가. 제주사람들은 과연 대한민국 국민인가. 아니다. 제주는 대한민국의 영토가 아니고, 대한민국 국민이 아니다. 그렇다면 그들은 누구인가. 비국민이다. 헌법적으로 대한민국의 영토에 포함되고 선거라는 형식을 통해 주권을 행사한다는 사실만으로 그들을 국민이라고 할 수 없다. 국민이라면 국민으로서의 합당한 권리를 지녀야 한다.

하지만 제주사람들은 그 당연한 권리에서 오랫동안 유예되었다. 제주 4·3을 거치면서 제주는, 제주사람들은 "휘발유를 뿌려서라도 섬멸"해야 할 공산주의 독균에 감염된 세균들이었다. 일국의 국민이라면, 국민으로서 합당한 대우를 받는 존재였다면 3만 명이 넘는 죽음은 존재하지 않았다. 모든 죽음은 개별적이다. 그 개별의 비극을 관통하는 것은 비국민이라는 차별과 배제의 폭력이었다. 폭력의 상처는 깊었고 진실은 오랫동안 침묵을 강요받았다.

나의 문제의식은 여기에서 출발한다. 국가는 무엇이며, 국민은 누구인가. 국가가 국민이라는 정체성을 만들어 나간 과정은 내부에 비국민이라는 또 다른 외부를 상상하는 일이었다. 제주는 반공국가 대한민국의 외부였고, 야만의 존재였다. 휘발유를 뿌려서라도 섬멸해야 한다고 소리 높일 수 있었던 것도 바로 이러한 식민지적 국가전략의 일환이었다. 국민국가라는 문명화를 달성하기 위해서라도 야만의 뿌리는 도려내야만 했다. 대한민국이라는 국민국가가 성립하기 위해서는 자신의 내부에 야만의 존재를 필요로 해야 했다. 제주는 야만의 땅이었고 제주인은 야만의 종자였다. 제주가 반공국가의 일원이 되기 위해서는 '공산주의 독균'에 감염된 자들은 박멸되고 격리되어야 했다. 해방기와 한국전쟁기로 이어진 섬멸의 시대에 제주인들은 당연히 '우리'라고 생각했던 공동체가 자신들을 죽음으로 내모는 아이러니를 온 몸으로 경험했다.

> 우리는 때로 우리를 토벌했습니까
> 우리는 때로 우리를 습격했습니까
> 제주 섬에 산다는 이유 하나만으로도
> 산폭도가 되고 빨갱이가 되고
> 산간 마을들 불탔습니까 그 섬마을 사람들
> 총에 맞고 죽창에 찔려 죽임을 당했습니까 비록
> 그 비참한 삶이 지난 세기 1940~50년대뿐이겠습니까
> 제주 바다 수평선 건너온 사람들
> 그 사람들 핏빛 이데올로기들
> 10대 나의 소년은 낯선 겁에 질려 말조차 잃어버렸습니다.
> 2연대에 내준 아아, 우리 제주북초등학교
> 관덕정 근처
> 칠성통 입구 헌병대 근처 아득히

봉홧불 타오르던 오름들
보입니까 그 처참한 주검들

— 문충성, '우리는 때로 우리를 토벌했습니까' 전문[16)]

"'우리'가 '우리'를 토벌했습니까?"라는 물음은 '우리'라는 공동체의 분열을 경험한 자만이 던질 수 있다. '우리'라는 공동체 안에서 개인은 단 한 번도 공동체의 일원임을 의심해본 적이 없다. '우리'는 당연한 것이었으니까. '나'는 결국 '우리'이며 이때의 '우리'는 어떠한 경우에도 분리될 수 없는 것이다. 하지만 지극히 당연했던 '우리'가 '우리'를 토벌했다. 그동안 단 한 번도 의심하지 않았던 '우리'가 토벌의 주체가 되어 '우리'를 학살할 때 '우리'는 '우리'가 아니며 '우리'라는 공동체는 낯선 타자가 되어 버린다. "'우리'가 '우리'를 토벌했습니까?"라는 질문에서 앞의 '우리'가 '국가'라면 뒤의 '우리'는 제주 공동체이다. 국가가 제주를 토벌할 때, 제주인들은 '우리'라는 공동체와의 폭력적 단절을 경험한다. '빨갱이'라는 호명 앞에서 '우리'는 '우리'가 아닐 수도 있다는 사실. 이 폭력적 단절의 경험이야말로 제주를 이야기할 때 가장 먼저 논의되어야 한다. 그렇다면 '제주 섬에 산다는 이유만으로' 공동체의 바깥으로 밀려났던 제주가 다시금 '힐링과 치유의 섬'으로 각광받는다는 사실은 무엇을 의미할까.

이러한 물음에 대한 답을 찾기 위해 이 글은 내부식민주의적 관점에서 제주를 바라보았다.[17)] 이때 단순히 제주라는 지리적 공간의 특수성

16) 문충성, 『허물어버린 집』, 문학과지성사, 2011, 12쪽.
17) 내부 식민지론은 한 나라의 핵심지역과 주변지역간의 접촉과 교류가 증가하면서 두

에만 초점을 맞추어서는 안 된다. 제주를 여전히 식민지로 있게 만드는 식민지적 상황의 근원과 그것을 둘러싼 내부의 수용과정을 문제 삼아야 한다. 그동안 제주에 대한 연구들은 크게 두 가지 측면에서 진행되어 왔다. 제주적 특수성을 규명하려는 계보학적 탐구(제주학이라는 용어로 상징화되는)와 제주 4·3이라는 역사적 진실을 규명하려는 기억투쟁은 기존 제주 연구의 커다란 흐름이었다.

여기서는 이러한 흐름과는 달리 제주가 대한민국이라는 국민국가의 외부, 즉 내부식민지주의라는 관점에서 제주를 바라보고자 하였다. 식민지적 위계질서는 '국가 대 국가'의 관계에서 뿐만 아니라 국가의 내부에서 동일하게 작동한다.[18] 니시카와 나가오는 오키나와와 홋카이도 경영을 통해 일본이 식민지 행정의 경험을 지방개혁에서도 동일하게 작용했다는 점을 설명하면서 지방의 문제는 곧 식민화의 문제였으며, 국민은 최초의 식민지라고[19] 말한다. 그는 이것을 내면화된 식민주의라고 명명하고 있다. 내부식민지적 관점이 중심과 주변의 차별과 착취

---

지역이 사회구조적 측면과 문화적 측면에서 동화, 수렴된다는 근대화적 전파이론과는 정반대의 입장에 서 있다. 즉 일국의 영토 안에서 공간적으로 근대화는 불평등하게 전개되며 이에 따라 선진적인 지역그룹과 낙후된 지역그룹이 창출된다. 이러한 불평등은 다분히 우연의 산물이다. 이렇게 초래된 불평등은 두 그룹 간의 자원과 권력의 불평등한 배분을 고착화시키며 기득권을 독점하기 위해 핵심지역은 계층구조의 제도화를 통해 차별화를 시도한다. 헤치터에 의해 주장된 내부 식민지론은 원래 영국의 잉글랜드 노동자와 에이레 노동자 사이의 정치적 대립관계의 경제적, 문화적, 정치적 구조를 설명하기 위해 창안된 이론이다.

18) 남한 사회에서의 중앙-지방의 관계를 내부식민지적 입장에서 바라보는 것은 강준만의 다소 도발적인 『지방은 식민지이다』에서도 확인할 수 있다. 개마고원, 2008. 이 책에서 강준만은 한국사회의 학벌주의가 지방을 식민지적으로 착취하고 있는 근본적 원인이라고 보고 있다.

19) 니시카와 나가오, 박미정 역, 『新식민주의』, 일조각, 2009, 35쪽.

를 문제 삼는다면 '국민'이라는 단일한 호명은 차별과 착취를 은폐한다. 은폐의 방식은 교묘하다. 은폐의 주체와 대상을 지워버리며 은폐되고 있다는 사실마저도 숨겨버린다. 제주에서의 지방자치 역시 그러하다. 제주특별자치도 혹은 국제자유도시라는 제도가 제주를 호명할 때 중심-주변의 차별과 착취는 존재하지 않는 것으로 간주된다.

한국적 근대의 중요한 특징 중 하나를 서울-지방으로 구분되는 수직화된 식민지주의라고 보는 것은 강준만이다.[20] 한국의 근대를 이해하기 위해서는 그의 논의를 참조할 필요가 있다. 하지만 서울-지방이라는 이분법적 구도는 '지방'을 단일하고 공통적인 대상으로 환원할 우려가 있다. 지방은 단일하지도 않으며 수직화된 식민지주의의 밀도는 지역마다 다르다.

한국에서 지역주의가 고착화되기 시작한 것을 1960년대 이후 시작된 개발독재와 이를 유지하기 위한 지배계급의 정치적 의도에서 출발되었다고 보는 것이 지배적인 시각이다.[21] 하지만 중심-주변의 위계는 그 이전에도 여전히 존재하였으며 현재도 진행 중이다. 지역을 문제 삼는 이유가 바로 여기에 있다.

2000년 제주는 특별자치도가 되었다. 제주는 특별한 자치권을 부여받았다. 하지만 법 개정은 여전히 입법권을 지닌 국회에서 결정된다. 이러한 사실을 보더라도 제주'특별'자치도라는 명명은 그 자체로 모순이다. 특별 자치권은 중앙으로부터 부여된 권리이자 의무이며, 그 한계

20) 강준만, 『지방은 식민지다』, 개마고원, 2012, 『지방식민지 독립선언』, 개마고원, 2015.
21) 김진하, 「한국지역주의의 변화」, 현대정치연구, 2010. 이대희, 「지역주의 원인의 비판적 고찰」, 『사회과학연구』, 2007.

역시 입법권의 자장에서 벗어나지 못한다. 제주특별자치도 설치 및 국제자유도시 조성을 위한 특별법(제주특별법)의 제1장을 보자.

> 종전의 제주도의 지역적 · 역사적 · 인문적 특성을 살리고 자율과 책임, 창의성과 다양성을 바탕으로 고도의 자치권이 보장되는 제주특별자치도를 설치하여 실질적인 지방분권을 보장하고, 행정규제의 폭넓은 완화 및 국제적 기준의 적용 등을 통하여 국제자유도시를 조성함으로써 국가발전에 이바지함을 목적으로 한다.

"고도의 자치권"과 "실질적인 지방분권"을 목적으로 한 행정규제의 완화는 결국 '국제자유도시'라는 목표를 향하고 있다. 하지만 이러한 목표 지향은 다분히 중앙이 제주에 부여한 과제이다. 그리고 이러한 과제의 달성은 제주가 체제를 위협하지 않는 선에서만 인정된다. 제주 '특별'자치는 여전히 국민국가의 범주에서 자유롭지 못하다. 국제자유도시특별법이 규정한 자치는 사실 지역이라는 주체의 자율적 자치라기보다는 '특별'한 차별과 착취의 세련된 명명이다.

세련된 차별과 착취의 구도를 무너뜨리기 위해서는 무엇이 필요한가. 사카이 나오키는 국민국가의 마이너리티로 존재하던 이들이 스스로 마이너리티라는 정체성을 거부할 때 국민국가의 구심력이 위협받는다고 말한 바 있다. 니시타니 오사무는 한 걸음 더 나아가 그것이 "국민공동체의 나사를 풀어버리는 것"이라고 규정한다.[22] 이러한 인식을

22) 사카이 나오키 · 니시타니 오사무, 차승기 · 홍종욱 역, 『세계사의 해체』, 역사비평사, 2009. 54쪽.

염두에 둔다면 지금의 '제주 붐'이 교묘하게 숨기고 있는 또 다른 차별과 착취의 고리를 끊어버리기 위해서는 '우리'가 '우리'가 아니라는 선언이 필요하다. '우리'가 '우리'를 토벌할 수도 있다는 역사적 경험은 '우리-제주'가 '우리-국가'가 아니었다라는 현재적 자각을 가능하게 하는 힘일 것이다.

## 참고 문헌

### 1. 자료

≪경향신문≫, ≪동아일보≫, ≪매일신보≫, ≪서울신문≫, ≪조선일보≫, ≪조선중앙일보≫, ≪자유신문≫, ≪제남신문≫, ≪제민일보≫, ≪제주신보≫(제호 변경으로 ≪제주신문≫, ≪제주일보≫), ≪한라일보≫, 『신천지』, 『민성』, 『개벽』, 『삼천리』, 『조광』, 『학병』

### 2. 논저

강봉옥, 「濟州島의 民謠 五十首, 맷돌 가는 여자들의 주고 밧는 노래」, 『개벽』 32호, 1923, 2.

강재언, 「제주도와 大阪」, 『제주도연구』 13집, 1996.

강준만, 『지방은 식민지이다』, 개마고원, 2008.

_____, 『지방식민지 독립선언』, 개마고원, 2015.

강효백, 「한중해양 경계획정 문제 : 이어도를 중심으로」, 제86차 중국학연구회 정기 학술발표회, 2008.

고광명, 「재일 제주인의 제주지역 교육발전에 대한 공헌」, 『교육과학연구』 제13권 제1호, 2011.

『고려사』 제57권, 탐라현.

고명철, 「4·3 소설의 현재적 좌표」, 『반교어문연구』 제14집, 2002.

_____, 「국문학과 제주도; 4·3소설의 현재적 좌표 – 1987년 6월 항쟁 이후 발표된 4·3소설을 중심으로」, 『반교어문연구』 14호, 2002.

_____, 「제주문학의 글로컬러티, 그 미적 정치성 – 제주어의 구술성과 문자성의 상호작용을 중심으로」, 『영주어문』 24호, 2012.

고성만, 「4·3 과거청산과 '희생자' : 재구성되는 죽음에 대한 재고」, 『탐라문화』, 2011.

_____, 「4·3위원회의 기념사업에서 선택되고 제외는 것들」, 『역사비평』 2008년 봄호.

고시홍, 「제주문단사」, 『제주문학』 제13집, 1984.

고 은, 『문의 마을에 가서』, 민음사, 1974.

_____, 『제주도 - 그 전체상의 발견』, 일지사, 1976.
구모룡, 『지역문학과 주변부적 시각』, 도서출판 신생, 2006.
구인모, 「국토순례와 민족의 자기구성」, 『한국문학연구』, 2004.
권명아, 「여성 · 수난사 이야기의 역사적 층위」, 『상허학보』, 2003.
권보드래 · 천정환, 『1960년을 묻다 - 박정희 시대의 문화정치와 지성』, 2013.
김동윤, 「4·3 소설의 전개 양상」, 『탐라문화』, 1998.
_____, 「'여순사건'과 '4·3사건'관련 소설의 담론화 연구」, 『현대문학이론연구』, 2003.
_____, 「1990년대 제주소설의 성찰」, 『제주작가』 1호, 1998.
_____, 「20세기 제주소설의 흐름」, 『백록어문』, 2001.
_____, 「4·3문학의 재조명」, 『제주작가』 제4호, 실천문학사, 2000.
_____, 「4·3문학의 전개 양상과 그 의미」, 『한국어문화』, 24집, 2003.
_____, 「4·3의 기억과 소설적 재현」, 『민주주의와 인권』 제5권 1호, 2005.
_____, 「신축제주항쟁의 문학적 형상화 양상과 그 과제」, 『제주작가』 제7호, 2001.
_____, 「제주도방언의 문학적 활용방안」, 『탐라문화』 21호, 2000.
_____, 「제주문학 연구의 현황과 과제」, 『탐라문화』 20호, 1999.
_____, 「진실복원의 문학적 접근 방식」, 『탐라문화』 23호, 2003.
_____, 「현길언 소설의 제주설화 수용양상과 그 의미」, 『한국언어문화』 31집, 2006.
_____, 「현대소설에 나타난 제주해녀」, 『제주도연구』 22호, 2002.
_____, 『4·3의 진실과 문학』, 도서출판 각, 2003.
_____, 『기억의 현장과 재현의 언어』, 도서출판 각, 2006.
_____, 『제주문학론』, 제주대학교출판부, 2008.
김동전, 「일제시대 일본의 제주 조사 연구」, 『제주학회』, 2010.
김병택, 「제주문학의 특수성과 보편성」, 『제주작가』 1호, 1998.
_____, 「지역문학사의 서술 대상론」, 『영주어문』, 2005.
_____, 『제주예술사회사』 상, 보고사, 2010.
_____, 『제주현대문학사』, 제주대학교출판부, 2009.
_____, 『한국현대시론의 탐색과 비평』, 제주대학교출판부, 1999.
_____, 『한국현대시인론』, 국학자료원, 1995.
김석범, 『화산도』, 1~12, 보고사, 2015.
김성례, 「근대성과 폭력 : '제주 4·3'의 담론 정치」, 역사문제연구소, 『제주 4·3연구』, 1999.
_____, 「제주 무속 : 폭력의 역사적 담론」, 『종교신학연구』 4집, 1991.
김양선, 「세계성, 민족성, 지방성」, 『한국근대문학연구』, 제25호, 2012.

_____, 「이효석 소설에 나타난 식민지 무의식의 양상 – 향토와 조선적인 것의 발견을 중심으로」, 『현대소설연구』, 2005.
_____, 「탈식민의 관점에서 본 지역 문학」, 『인문학연구』 제10집, 2003.
김연수, 「언어도단의 역사 앞에서 무당으로서 글쓰기」, 『작가세계』, 1998.
김영돈, 「이여도와 제주민요」, 『어문논총』, 1985.
김영범, 「기억에 대항기억으로 혹은 역사적 진실의 회복 – 기억투쟁으로서의 제주 4·3 문화 서설」, 『민주주의와 인권』 제3권 2호, 2005.
김영화, 「1950년대의 제주문학」, 『탐라문화』, 1994.
_____, 「문학과 <이여도>」, 『탐라문화』 제12집, 1996.
_____, 「현대문학과 제주」, 『탐라문화』, 1995.
_____, 『변방인의 세계 – 제주문학론』, 제주대학교출판부, 1988.
김오성, 「건국과 학병의 사명」, 『학병』 제1집, 1946, 1.
김은석, 「이여도 : 이상과 절망의 세계」, 『한국학논집』, 1987.
김은희, 「이치카와 상키의 「濟州島紀行」의 제주학적 연구 – Forty Days in Quelpart Island'와의 비교를 통하여 –」, 『동북아문화연구』 제26집, 2011.
김은희, 『이여도를 찾아서』, 도서출판 이어도, 2002.
김재용, 「폭력과 권력, 그리고 민중 – 4·3문학, 그 안팎의 저항의 목소리」, 『제주 4·3 연구』, 역사비평사, 1999.
김종윤, 「동란(動亂)의 제주도(濟州島)」, 『민성』, 1948년 8월호.
김종한, 「일지의 윤리」, 『국민문학』, 1942년 3월호.
김진하, 「제주민요의 후렴 "이여도"의 다의성과 이여도 전설에 대한 고찰」, 『탐라문화』 28호, 2006,
_____, 「한국지역주의의 변화」, 현대정치연구, 2010.
김창흡, 『20세기 제주인명사전』, 제주문화원, 2000.
김태능, 『제주도사논고』, 세기문화사, 1982.
김 항, 『먹는 입과 말하는 입』, 새물결, 2009.
나카케 타카유키, 건국대학교대학원 일본문화언어학과 역, 『'조선' 표상의 문화지』, 소명출판, 2012.
노성환, 「신화와 일제의 식민지 교육」, 『한국문학논총』 제26집, 2000.
_____, 「일본신화를 통해서 본 일제의 동화교육」, 『일어일문학』 제39집, 2008.
니체, 김정현 역, 「선악의 저편」, 『선악의 저편-도덕의 계보』 니체전집 14, 책세상, 2002.
다카라 구라요시, 원정식 역, 『류큐왕국』, 소화, 2008.

다카하시 도루, 『濟州島の民謠』, 보련각, 1974.
도리야마 이치로, 임성모 역, 『전장의 기억』, 이산, 2002.
마스다 이치지(桝田一二), 『濟州島의 地理學的 硏究』, 우당도서관 편, 홍성목 역, 2005.
마에다 젠지(前田善次), 「濟州島에 대해」, 『文教の朝鮮』, 1928, 8, 제주시우당도서관 편, 홍성목 역, 『제주도의 옛기록』, 1997.
문경연 외 역, 『좌담회로 읽는 국민문학』, 소명출판, 2010,
문무병, 『날랑 죽건 닥밭에 묻엉 : 문무병 해원 굿시집』, 도서출판 각, 1999.
문순덕, 「제주학의 연구 동향과 과제」, 『제주도연구』 제37집, 2012.
문재원, 「1930년대 문학의 향토재현과 로컬리티」, 『우리어문연구』 35, 2009.
_____, 「문학담론에서 로컬리티 구성과 전략」, 한국민족문화 32, 2008.
박미경, 「일제강점기 일본어 교과서 연구 - 조선총독부편 『普通學校國語讀本』에 수록된 한국설화를 중심으로」, 『일본언어문화』 18집, 2011.
박수연, 「신지방주의와 향토」, 『한국근대문학연구』, 2012.
박찬모, 「자기 구제의 '제장(祭場)'으로서의 대자연, 지리산」, 『현대문학이론연구』, 2009.
박찬식, 「4·3 연구의 추이와 전망」, 『제주작가』 2호, 1999.
_____, 「개항 이후(1876~1910) 일본 어업의 제주도 진출」, 『역사와 경계』 68, 2008.
_____, 「제주 해녀의 역사적 고찰」, 『역사민속학』 19, 2004.
_____, 「제주지역의 4월 혁명과 지역사회의 변화」, 『지역에서의 4월 혁명』, 선인, 2010.
_____, 『1901년 제주민란』, 도서출판 각, 2013.
박찬효, 「1960~1970년대 소설의 '고향' 이미지 연구」, 이화여자대학교 박사학위논문, 2010.
베네딕트 앤더슨, 윤형숙 역, 『상상의 공동체 - 민족주의의 기원과 전파에 대한 성찰』, 나남출판, 2002.
베르나르 앙리 레비, 박정자 역, 『인간의 얼굴을 한 야만』, 프로네시스, 2008.
사단법인 이어도연구회, 『이어도 바로알기』, 도서출판 선인, 2011.
사카이 나오키 · 니시타니 오사무, 차승기 · 홍종욱 역, 『세계사의 해체』, 역사비평사, 2009.
서영채, 『아첨의 영웅주의』, 소명출판, 2011.
서재권, 「평란(平亂)의 제주도」, 『신천지』, 1949년 9월호.
석주명, 『제주도관계문헌집』, 1949.
소영현, 『문학청년의 탄생』, 푸른역사, 2008.
송상일, 「이어도를 찾아서」, ≪한라일보≫, 2008. 8. 13~8. 27.
송성대, 「제주해민들의 이어도토피아」, 『문화역사지리』, 2009.

김은석, 「이여도 : 이상과 절망의 세계」, 『동아시아문화연구』, 1987.
스기하라 토루(杉原達), 『越境する民-近代大阪の朝鮮人史硏究』, 新幹社, 1998.
슬라보예 지젝, 김서영 역, 『시차적 관점』, 마티, 2009.
슬라보예 지젝, 이현우 외 역, 『폭력이란 무엇인가』, 난장이, 2011.
심재실·민인기, 「전설의 섬 "이어도"에 최첨단 종합해양과학기지 구축」, 『한국방재학회지』, 2004.
아라리연구원 편, 『제주민중항쟁 자료집』, 소나무, 1998.
아오야기 츠나타로(青柳綱太郎), 『朝鮮の寶庫濟州島案內』, 東京 隆文館, 1905, 『조선의 보고 제주도』, 제주시우당도서관, 1998.
앙리 르페브르, 양영란 역, 『공간의 생산』, 에코리브르, 2011.
양영길, 「4·3문학의 흐름과 과제」, 『제주작가』 2호, 1999.
_____, 「지역문학사 서술방법론 - 제주문학사를 중심으로」, 『영주어문』 3, 2001.
양정심, 『제주 4·3항쟁 - 저항과 아픔의 역사』, 선인, 2008.
양조훈, 「양조훈 4·3육필증언」, ≪제민일보≫, 2010. 10. 31～2011. 1. 24.
양중해, 「제주문단의 형성 과정」, 『제주문학』 제19집, 1990.
에드워드 렐프, 심승희 외 역, 『장소와 장소상실』, 논형, 2005.
에드워드 사이드, 박홍규 역, 『오리엔탈리즘』, 교보문고, 1999.
에릭 홉스봄 외, 박지향·장문석 역, 『만들어진 전통』, 휴머니스트, 2004.
오성찬 채록·정리, 『한라의 통곡소리』, 소나무, 1988.
오성찬, 「변방에서의 글쓰기」, 『실천문학』, 1995년 겨울호.
_____, 『오성찬 문학선집』 1～11, 푸른사상, 2006.
오영미, 「최금동 시나리오 연구」, 『드라마연구』 제35호, 2001.
오오무라 마스오, 「상처의 깊이와 화해에의 길」, 『오성찬문학선집』 11권, 푸른사상, 2006.
오태영, 「'朝鮮' 로컬리티와 (탈)식민 상상력」, 『사이間SAI』 4, 2007.
우에다 고이치로(上田耕一郎), 「제주도의 경제」, 1930, 『제주도의 경제』, 제주시우당도서관, 1999.
요시미 순야(吉見俊哉), 「メデイア・イベント 概念の諸相」, 『近代日本のメデイア・イベント』, 1996.
요시미 순야(吉見俊哉), 『소리의 자본주의』, 이매진, 2005.
원수일, 김정혜·박정이 역, 『이카이노 이야기』, 새미, 2006.
윤대석, 『식민지 국민문학론』, 역락, 2006.
이대희, 「지역주의 원인의 비판적 고찰」, 『사회과학연구』, 2007.

이마무라 도모(今村鞆), 「제주도(濟州島)를 말한다」, 『文化朝鮮-濟州特輯』, 1942, 제주시우당도서관편, 홍성목 역, 『20세기 전반의 제주도』, 1997.
이명원, 「4·3과 제주방언의 의미작용 – 현기영의 「순이삼촌」을 중심으로」, 『제주도연구』 제19집, 2001.
이산하, 「한라산」, 『녹두서평』, 녹두, 1986.
이상봉, 「인문학의 새로운 지평으로서 '로컬리티 인문학' 연구의 전망」, 『로컬리티 인문학』 1호, 2009.
이상철, 「제주도의 개발과 사회문화변동」, 『탐라문화』 제17호, 1999.
이영권, 『새로 쓰는 제주사』, 휴머니스트, 2005.
이은상, 『탐라기행 한라산』, 조선일보사출판부, 1937.
이즈미 세이치(泉靖一), 『濟州島民俗誌』, 제주시우당도서관 편, 홍성목 역, 『제주도(濟州島)』, 1999.
이청준, 『이어도』 이청준문학전집 8, 열림원, 1998.
이치지 노리코(伊地知紀子), 「재일제주인의 이동과 생활-해방 전후를 중심으로」, 윤용택·이창익·쓰하 다카시 편, 『제주와 오키나와』, 보고사, 2013.
이치카와 상키(市河三喜), 『私の博物誌』, 1956, 제주시우당도서관편, 홍성목 역, 『20세기 전반의 제주도』, 1997.
이혜령, 「식민주의의 내면화와 내부 식민지 – 1920~30년대 소설의 섹슈얼리티, 젠더, 계급」, 『상허학보』, 2002.
이효덕, 박성관 역, 『표상공간의 근대』, 소명출판, 2002.
인조실록 21권, 인조 7년(1629년) 8월 13일.
임대식, 「제주 4·3항쟁과 우익 청년단」, 역사문제연구소·역사학연구소·제주4·3연구소·한국역사연구회 편, 『제주4·3연구』, 역사비평사, 1988.
장희권, 「문화연구와 로컬리티」, 『비교문학』 47, 2009.
전경수, 「제주학과제와 방법」, 『제주도연구』 제14집, 1997
全羅南道 濟州島廳, 『未開の寶庫 濟州島』, 1924.
______________, 『濟州島勢要覽』, 1939.
전지니, 「해방기 희곡의 청년담론 연구」, 『한국문학이론과 비평』 제50집.
정공흔, 「Socotra礁의 由來에 대하여 – 이여도와의 관련을 덧붙여」, 『탐라문화』 4, 1985.
정선태, 「표준어의 점령, 지역어의 내부식민지화 – 현기영의 「순이삼촌」을 시점으로」, 『어문학논총』 제27집, 2008.
정영남, 「청년의 의기를 논함」, 『학병』 제1집, 1946, 1.

정종현, 「추상과 과잉－중일전쟁기 제국/식민지의 사상연쇄와 담론정치학」, 『상허학보』 21, 2007.
_____, 「한국근대소설과 "평양"이라는 표상」, 『사이間SAI』, 2008.
정주아, 「움직이는 중심들, 가능성과 선택으로서의 로컬리티」, 『민족문학사연구』, 2011.
제민일보 4·3취재반, 『4·3은 말한다』 1～5권, 전예원, 1998.
제주 4·3사건진상규명 및 희생자 명예회복위원회, 『제주 4·3사건 자료집』 1～11권, 2001.
제주 4·3사건진상규명 및 희생자 명예회복위원회, 『제주4·3진상조사보고서』, 2003.
제주도, 『제주도지』 상·하권, 1982.
제주문인협회, 「제주문학의 나아갈 방향」, 『제주문학』 27, 1995.
제주시우당도서관, 홍성목 역, 『제주도의 옛 기록』, 1997.
제주신문50년사 편찬위원회, 『제주신문50년사』, ≪제주신문≫, 1995.
제주작가회의, 『제주작가』, 1호·2호·4호·14호.
조덕송, 「현지보고, 유혈의 제주도」, 『신천지』, 1948년 7월호.
조명기·장세용, 「제주 4·3사건과 국가의 로컬기억 포섭과정」, 『역사와 세계』 제43집, 2013.
조성운 외, 『시선의 탄생－식민지 조선의 근대관광』, 선인, 2011.
조성윤, 「이어도에 관한 제주도 주민들의 이미지」, 『탐라문화』 39호, 2011.
주강현, 「이어도로 본 섬－이상향 서사의 탄생」, 『유토피아의 탄생』, 돌베개, 2012.
진관훈, 「해방전후의 제주도 경제와 4·3」, 『탐라문화』 21호, 2000.
진성기, 『신화와 전설』, 제주민속연구소, 1959.
진행남, 「이어도 문제의 현황과 해결방안 모색」, 『JPI정책포럼』 96, 2012.
천정환, 「지역성과 문화정치의 구조」, 『사이間SAI』, 2008.
최원식·임규찬 편, 『4월 혁명과 한국문학』, 창작과비평사, 2002.
최현식, 「협죽도」, ≪제주신문≫, 1964, 12. 29～12.30.
츠루다 고로(鶴田吾郎), 『濟州島の自然と風物』, 1926, 중앙조선협회.
統監府財政監督廳, 『濟州島現況一般』, 1907.
프란츠 파농, 『검은 피부 하얀 가면』, 인간사랑, 1998.
하루오 시라네, 『창조된 고전』, 소명출판, 2002.
하정일, 「지역, 내부 디아스포라, 사회주의적 상상력·김유정 문학에 관한 세 개의 단상」, 『민족문학사연구』 47호, 2011.
한국예술연구소 편, 『이영일의 한국영화사를 위한 증언록』, 도서출판 소도, 2003.
한국예총제주도지회 편, 「제주문학의 어제와 오늘」, 『제주문화예술백서』, 1988.

한상복, 「제주도종합학술조사(1959) 개요」, 『제주도연구』, 제1집, 1984.
_____, 『해양학에서 본 한국학』, 해조사, 1988.
허재영, 「일제강점기 조선인을 대상으로 한 일본어 보급 정책」, 2004년 사회언어학회 담화인지언어학회 공동학술대회, 2004.
현기영, 『마지막 테우리』, 창작과비평, 1994.
_____, 『변방에 우짖는 새』, 창작과비평사, 1983.
_____, 『순이삼촌』, 창작과 비평, 1978.
현길언, 『우리들의 조부님』 한국소설문학대계 82, 동아출판사, 1986.
_____, 「역사와 문학 - 제주 4·3사태와 문학적 형상화 문제」, 『제주문화론』, 탐라목석원, 2001.
_____, 「제주학 연구 방법론 - 문학을 중심으로」, 『제주도연구』 제14집, 1997.
현용준 · 김영돈, 『한국구비문학대계 - 북제주군편』, 한국정신문화연구원, 1980.
현혜경 「제주 4·3사건 기념의례의 형성과 구조」, 전남대학교 대학원 박사학위논문, 2008.
고성만 「4·3위원회의 기념사업에서 선택되고 제외되는 것들」, 『역사비평』 82, 2008.
호사카 유지(保坂祐二), 「日帝の同化政策に利用された神話」, 『日語日文學硏究』 제35권, 1999.
홍기돈, 「근대적 민족국가와 4·3소설 - 제주 언어, 신화, 역사의 특수성을 중심으로」, 『어문연구』, 33, 2005.
홍용희, 「재앙과 원한의 불 또는 제주도의 땅울림 - 「아버지」에서 『지상에 숟가락 하나』까지」, 『작가세계』, 1998, 2.
홍한표, 「동란의 제주도 이모저모」, 『신천지』, 1948년 8월호.
황태연, 「내부식민지와 저항적 지역주의」, 『한독사회과학논총』, 1997.